# Key Seeker

*by Joey Hollis*

# Key

# Seeker

# Teil I

# Key Seeker

## *Nächte im Schnee*

# Key Seeker

## Nächte im Schnee

# Key Seeker

## Nächte im Schnee

Stell dir vor, du hättest eine außergewöhnliche Gabe.

Stell dir vor, du könntest in die Seelen anderer Menschen sehen.

Stell dir vor, es würde den Menschen verletzen, dessen Seelenschloss du öffnest.

Stell dir vor, du würdest ihn umbringen, je tiefer du in seine Seele hineinblickst.

Aber du kannst nicht anders.

Es ist ein unstillbares Verlangen.

*Würdest du diese Gabe dann noch benutzen?*

# *Prolog*

*Ein Leben, das langsam ins Wanken gerät und allmählich in sich zusammen zu stürzen droht.*

*Ein Mädchen, das mit vereinten Kräften alles für die Erinnerungen ihrer Vergangenheit tut.*

*Ein junger Mann mit einer außerordentlichen Gabe, der auf die erlösenden Worte wartet.*

*Ein Schauspieler, der sehr viel Liebe und Mitgefühl besitzt und genau weiß, was er will.*

*Und ein Lord, der nach Rache und Blut dürstet und bereit ist zu töten.*

# *3. Dezember*

# Kapitel I

## *Lucy*

Es schneit bereits, als Lucy Tyler an diesem Abend die Wohnung ihres Bruders verlässt. Kalter Wind schneidet ihre milchige Haut. Sie zieht den Reisverschluss ihres Parkers bis zur Nasenspitze hoch.

Sie kann noch immer nicht glauben, was ihr Bruder ihr vor einigen Minuten erzählt hat. So emotionslos und trocken, als spräche er über den Aufbau einer Kommode. Es ist, als wäre es ihm egal. Als wäre ihm alles egal.

Sie schiebt die Hände tief in die Jackentaschen und wirft einen Blick zurück auf das kleine Fenster im ersten Stock des Wohnblocks, in dem noch Licht brennt. Auf der Fensterbank steht ein roter Weihnachtsstern, den sie ihrem Bruder geschenkt hatte. »Wenigstens etwas Fröhliches und Weihnachtliches muss es doch hier geben«, hatte sie gesagt und er hatte nur traurig genickt.

*Es ist so schwer für ihn,* denkt sie, aber der Gedanke entwischt ihr in der gleichen Sekunde, in der er gekommen ist.

Sie bleibt stehen und legt den Kopf in den Nacken. Schnee fällt ihr in die Augen, aber sie hat nicht die Kraft ihn wegzuwischen. Die Kraft wurde ihr vor wenigen Minuten genommen.

Ein kleines Mädchen versucht auf die Fensterbank zu klettern. Die kleinen, dünnen Arme um die Kante geschlungen und halb das Bein auf das Brett gestützt, versucht sie sich hochzuziehen. Ihr Bruder kommt. Er trägt noch immer den kaffeebegossenen, hellblauen Pullover. Die braunen Haare hat er sich hinter die Ohren gestrichen. Aber sie werden ihm wieder nach vorne fallen - das tun sie immer. Er greift das kleine Kind und nimmt es behutsam auf den Arm. Mit großen, traurigen Augen sieht er nach unten - Lucy direkt ins Gesicht.

Sie spürt die Hoffnungslosigkeit in jedem Knochen ihres Körpers. Es ist eine Kälte, die sich so leicht nicht vertreiben lässt.

Langsam hebt ihr Bruder eine Hand an und legt einen Finger auf die Lippen. Eine einfache Geste, die in ihr drinnen einen Klumpen in der Brust anschwellen lässt. Eine Last, die sie zu ersticken drohen wird, wenn sie nicht lernt damit umzugehen. Dann dreht er sich um und geht mit seiner Tochter auf dem Arm fort. Er dreht sich nicht einmal mehr um. Seine Schultern hängen. Seine Schritte schlurfen langsam. Den Kopf hat er auf die Schulter des Mädchens gebettet.

Sie erkennt selbst aus dieser Entfernung, wie schwer alles für ihn ist. Dass er es nicht länger erträgt und dass er furchtbare Angst hat, aber er auf keinen Fall seine Tochter damit reinziehen möchte. Sie soll fröhlich bleiben und immer lächeln - wenigstens das heitert ihn noch etwas auf. Aber nur für einen Moment.

Nach einigen Sekunden erlischt das Licht.

Lucy bleibt regungslos stehen. Sie weiß, sie darf es niemanden sagen. Es würde ihn umbringen. Ihn und seine ganze kleine Familie. Ihn, seine Tochter, seine Ex-Freundin, die ihn einfach mit seiner Tochter zurückgelassen hat. Sie alle wären tot.

Lucy schaudert es bei dem Gedanken daran, dass sie aufwacht und er einfach tot ist. Sie hätte niemanden mehr. Niemanden. Und ihr Bruder ist noch so jung. Fünfundzwanzig. Vater von einer Dreijährigen.

Sie weiß, sie kann nur eine richtige Entscheidung treffen. Sie darf nichts sagen. Nicht heute. Nicht morgen. Nicht in eine Million Jahren.

Sie starrt zu dem Fenster hoch, als sie plötzlich einen harten Schubs in den Rücken bekommt und auf den kalten, schneebedeckten Steinen landet. Die Arme instinktiv ausgestreckt. Sie schlägt sich hart die Knie an und jault auf. Die Schmerzen schießen bis in die Brust. Sie stöhnt, während sie ein Knie anzieht und vorsichtig mit der Hand über die Steinkörnchen an ihrer Hose streicht. Rasch entfernt sie sie. Aber auf irgendeine Art und Weise passt dieser Schmerz zu dieser Situation, zu ihren Gefühlen, zu ihrem Bruder. Dennoch will sie wissen, wer sie umgestoßen hat.

»Entschuldige«, murmelt ein etwas verwirrt dreinblickender junger Mann in einem schwarzen Mantel. Die wirren Haare hängen ihm in der Stirn. »Ich hab dich nicht gesehen.« Er streckt ihr seine Hand hin. Sie ist blass und sieht kräftig aus. An den Fingerspitzen schimmert die Haut leicht bläulich.

Sie hebt den Kopf und sieht ihn an. Sie ist genauso verwirrt wie er. Aber hauptsächlich bohren sich die Schmerzen in ihre Knie. »Äh? Was?«

»Komm. Ich helfe dir hoch.« Er packt ihren Arm und zieht sie blitzschnell auf die Beine, als wäre sie nur ein kleines Kind, nicht schwerer als eine Tüte Milch. Einige Sekunden sieht er ihr tief in die braunen Augen, hält noch immer ihren Arm umklammert und atmet langsam und flach.

Weiße Atemwölkchen streifen Lucys Wange. Sie beobachtet ihn wie hypnotisiert. Jede Bewegung seiner dunklen Augen. Jede kleinste Andeutung der Sorge auf seinen dunkelroten

Lippen. Jede Berührung seiner Finger um ihren Arm herum. Sie spürt die Energie zwischen ihnen. Die elektrisierte Luft. Sie hebt wieder den Blick von seinen Händen und sieht in sein hübsches Gesicht.

Seine Augen scheinen etwas zu suchen. Etwas, das er nicht findet, aber verzweifelt sucht. Ein Anzeichen für tiefgehende Liebe vielleicht. Aber da ist nichts. Außer dem Braun ihrer Augen und dem verschlossenen, verletzten und vernebelten Blick auf ihre Seele. Er lächelt eine Sekunde. Zu schnell, dass Lucy es hätte registrieren können. Dann, als hätte er gemerkt, wo er sich befindet, zuckt er zusammen, als hätte er einen Stromschlag bekommen und dreht sich um. »Bis dann«, murmelt er hastig und geht schnellen Schrittes davon. Schnee hüllt ihn ein wie ein schützender Mantel.

Lucy hält sich kopfschüttelnd die rechte Hand. Einige dünne Bluttropfen quellen hervor und hinterlassen rote Flecke im Schnee. »Was sollte das denn?«, fragt sie leise zu sich selbst und sieht ihm nach. Der junge Mann blitzt für einen Moment noch vor ihr auf. Seine dunklen, tiefblickenden Augen. Sie fröstelt. Irgendetwas stimmt mit ihm nicht. Das spürt sie. Tief in ihrem Bauch hat sie sofort gemerkt, dass er anders ist als die anderen Jungen. Sie registriert es aber erst jetzt. Und noch etwas anderes dringt in ihr Bewusstsein ein: Die Tatsache, dass sie ihn wiedersehen wird. Sehr bald sogar. Es ist, als würde eine Stimme in ihrem Kopf flüstern, dass es so passiert. »Er wird wiederkommen. Du wirst ihn wiedersehen. Es dauert nicht mehr lange. Warte nur ab. Dann siehst du ihn wieder. Es wird nicht mehr lange dauern.«

Sie schüttelt den Kopf. »Sei still«, brummt sie sich an. Dann verschwindet sie ebenfalls im immer dichter werdenden Schneegestöber.

# Kapitel II

## *George*

Mit wildklopfendem Herzen bleibt er stehen und wendet seinen Kopf. Der Schnee in seinen Haaren friert schmerzhaft an seiner Haut fest. Als würden tausend kleine Rasiermesser durch die Haut schneiden und winzige Schnitte hinterlassen. Aber da ist kein Blut. Nicht einmal ein Tropfen. Er späht in die Dunkelheit hinein, die mit einem Mal gekommen zu sein scheint. Der Schnee fällt dicht an dicht. Das Mädchen ist verschwunden. Er kneift die Augen fest zusammen, aber er kann sie nicht mehr sehen. Er hat sie verloren. Ein Teil seines Herzen bröckelt und scheint genauso kaputt wie sein Verstand, wie es seine Lehrer immer behaupten. Was zu seinem Übel aber ganz und gar nicht stimmt.

George schüttelt vorsichtig den Schnee aus seinen Haaren, streicht mit der Hand hindurch und setzt sich die leuchtend blau, schwarz gestreifte Mütze auf, die er auf der Parkbank gefunden hatte. Ein letztes Warnzeichen. Ein letztes Warnzeichen bevor sie kommen, um ihn sich vorzuknöpfen. Aber daran kann er im Moment nicht denken. Er sucht in seinem Verstand nach einem Schlüssel. Einem Code. Einer Karte. Irgendetwas, womit er die Tür öffnen kann. Die Tür zu ihrer Seele. Er muss es einfach tun. Er muss ihr noch einmal in die Augen sehen und das Schloss brechen – und eindringen in ein Reich, von dem er weiß, dass er es lieber verschlossen halten sollte.

Aber er kann nicht. Es ist zu verlockend, zu verführerisch.

Mit kalten Fingerspitzen berührt er seine Schläfen und presst die Augenlider aufeinander. Codes. Schlüssel. Karten. Methoden. Worte. Bilder. Alles wirbelt in seinem Kopf herum.

Er beißt sich auf die Lippe, um sich besser konzentrieren zu können. Langsam hat alles eine Reihenfolge. Die ganzen Kombination und Zusammenhänge. Alles kommt langsam zur

Ruhe. Er geht einige Stritte zurück. In das Dunkel einer Hauswand. Dann geht er sie durch. Systematisch. Erst die Schlüssel. Mit den Schlüsseln ist es am einfachsten. Die meisten Menschen brauchen nur einen Schlüssel. Aber es passt keiner zu dem Schloss ihrer Seele. Die Linien und Zeichen und Windungen.

George holt tief Luft.

*Bilder.*

Ein Bild nach dem anderen. Mit Bildern funktioniert es auch - meistens. Bilder sind so effektiv wie Schlüssel, nur schwerer zu bedienen, da sie eine stärkere Reaktion und stärkere Emotionen hervorrufen, als ein Schlüssel. Die Bilder fliegen vor seinen Augen. Eins nach dem anderen. Wie in einer Jukebox. Aber keines passt. Kein einziges Bild, kein einziger Strich passt zu den Windungen in ihrem Schloss. Er beißt sich noch fester auf die Unterlippe. Fast blutet es. Es ist schwer. Ihr Schloss ist anders als andere. Er hat bisher nur ein Schloss gesehen, dass so außergewöhnlich und anders war. Und zu ihr würde er jetzt gehen. Um Klarheit zu erlangen. Aber es geht nicht. Sie ist verschwunden - vor einigen Wochen. Einfach so.

Aber vorher muss George noch etwas anderes erledigen. Etwas noch wichtigeres, als das Knacken des Schlosses. Er greift in die Innentasche seines Mantels und zieht einen einfachen, verbeulten, silbernen Umschlag hervor. Mit schmalen Fingern streicht er das plastikartige Papier glatt und lächelt für einen Moment in  sich hinein. Für eine Sekunde erkennt man das Leuchten in den Augen, während er kurz daran denkt, dass er jemanden heute Nacht sehr glücklich machen wird, wenn er demjenigen den Umschlag durch den Türspalt schieben wird.

Es schneit stärker als vorher, als er mit schweren, langsamen Schritten zurück zu dem Wohnblock kehrt, an dem er sie angerempelt hat. Ausversehen, wie er denkt. Aber ein Teil von ihm weiß, dass das nicht stimmt. Er hat es getan, um es zu versuchen. Um das Schloss zu sehen und zu seiner Sammlung hinzuzufügen. Jetzt er hat etwas Zeit um den Schlüssel zu suchen und ihn über das Schloss zu legen. Er wird sie so schnell nicht wiedersehen, nicht bevor er es geschafft hat.

Er steigt die zwei Treppenstufen hoch und sucht die passende Klingel. Drei Klingeln übereinander. Drei Familien in diesem dreistöckigen Haus. *Miller. Tyler. Pennigway.* Ein kleines Messingschild, genauso unauffällig wie jedes andere, verrät den Namen, der gesuchten Person: *T. Tyler*. Derselbe Name, der auf dem Umschlag steht.

George schiebt den Umschlag vorsichtig durch den Briefschlitz und drückt auf die Klingel. Während er sich die Fingerspitzen reibt und zurück stolpert in das Dunkeln der Bäume gegenüber dem Wohnblock, sucht er weiter. Code für Code deckt er mit dem Schloss von ihr ab.

Die Tür öffnet sich. Ihr Bruder kommt heraus. Sein Pullover ist mit Kaffeeflecken übersät. Haarsträhnen hängen ihm in der Stirn. Er sieht müder aus, denn je. Die ständigen Sorgen machen ihn müde.

George beobachtet ihn. Sie hat eine große Ähnlichkeit mit ihrem Bruder. Sehr groß sogar.

Er sieht die Gesichter vor sich. Lucy und Tristan. Ihre braunen Augen. Ihr braunes Haar. Die schmalen Nasen. Die vollen, roten Lippen.

George legt die Gesichter übereinander. Wie Schablonen auf einem Projektor. Tristan hat eine blasse Narbe an der Schläfe Er lächelt nicht, schon seit einiger Zeit nicht mehr. Lucy hat dunklere und vollere Wimpern. Sie lächelt ebenfalls nicht. Die Sorge um ihren Bruder zerbricht sie. Das weiß er und er weiß noch viel mehr. Und er wüsste noch viel mehr, würde er dieses Schloss endlich zu öffnen wissen.

George schüttelt den Kopf. »Es reicht«, murmelt er und steckt die zittrigen, vor Kälte bläulichen Hände zurück in die Jackentaschen. Er beschließt nach Hause zu gehen.

Er sieht noch einmal zu Tristan, der überrascht, aber noch immer müde einen Schritt zurück macht und sich bückt um den Umschlag aufzuheben. Die Ratlosigkeit in seinem Gesicht ist für George unübersehbar. Er fährt vorsichtig mit dem Finger unter den Klebestreifen und öffnet den Umschlag. Seine Augen werden größer, ratloser, verwirrter.

Darauf hat George gewartet. Er lächelt nüchtern. Dieses warme Gefühl tief in sich drinnen, gefällt ihm. Wie eine warme Decke nach einem kalten Tag. Er weiß, dass er öfter spüren könnte, aber er hat Angst davor. Immer wenn er helfen will, geht etwas furchtbar schief. Jedes Mal.

Tristan zieht die Geldscheine hervor. Ein Bündel. Dann noch ein zweites. Und ein drittes Bündel. Seine Augen glänzen, das sieht George bis zu seinem Versteckt in der Dunkelheit.

*Wie winzig kleine Sterne am unendlich dunklen Himmel*, denkt er für einen Augenblick.

George lächelt ein Wenig mehr.

Tristan sieht sich um. Langsam dreht er den Kopf von links nach rechts. Beinahe hätte er George entdeckt, hätte er sich nicht lächelnd weggeduckt. Dann streckt er die Hand nach dem Türgriff aus, den Umschlag und die Geldbündel hält er fest in der Hand und schließt die Tür.

Georges Lächeln verschwindet in der gleichen Sekunde, in der das Schloss klackt.

Er sieht eine Gestalt. Sie trägt einen dunklen Mantel, wie er, dunkle Hosen und einen dunklen Hut. Sie kommt auf ihn zu. Die Hände in den Taschen. Die Augen auf ihn gerichtet. Einen Brief in der Hand. Weiß glänzt das Papier in der Straßenlaterne vor dem Wohnblock.

»Zach«, haucht George atemlos, dreht sich um und will davonstürmen soweit er nur kann, aber seine Beine schlittern auf dem frischen Schnee aus und er stürzt unsanft zu Boden. Er kann keine Briefe mehr entgegennehmen. Er kann keine Seelen mehr öffnen. Er will keine Menschen mehr leiden sehen. Er kann sie nicht mehr verletzen. Er hat seinen Soll erfüllt. Aber sie lassen ihn nicht in Ruhe. Das werden sie nie. Nicht bis sie jemanden wie ihn gefunden haben. Jemanden mit noch kraftvolleren Fähigkeiten, der genauso leicht zu kaufen ist, wie er damals.

George rappelt sich auf und stützt sich an der kalten, mit Frost überzogenen Rinde des Baumes ab.

»George«, lächelt Zach eisig und streckt die Hand nach ihm aus. Vorsichtig berührt er ihn an der Wange.

Spitze Eissplitter scheinen sich in Georges Haut zu bohren. Er zuckt unter der Berührung zusammen. Sein Kopf arbeitet. Verarbeitet Informationen. Gleicht Handlungen, Auffälligkeiten ab. Zieht Schlüsse und trifft Entscheidungen. So schnell, dass es nur einen Augenaufschlag dauert.

Zach bekommt von alldem nichts mit. Er zieht seine Hand zurück und schiebt sie zurück in die warme Manteltasche. »Wie ich sehe, warst du bei ihm.« Er deutet mit dem Kopf sanft in die Richtung, in der Tristan mit seiner Tochter wohnt.

George hält den Blick auf die glänzenden, schwarzen Stiefelspitzen von Zach gesenkt. »Wie befohlen«, murmelt er nur.

Zach seufzt ein paar Mal, bevor er ihm den Brief entgegenstreckt. »Nimm ihn, George.«

Er schüttelt den Kopf. Nur ganz leicht, aber bestimmt. In seinem Kopf prüft er weiter. Verhaltensmuster. Erinnerungen. Zukünftige

Verhaltensmuster. Wünsche. »Was wenn ich nicht mehr kann? Was wenn mir das zu viel wird? Das alles.« Er sieht Zach fest in die Augen. Sie sind grün wie nasses Moos an einem sonnigen Tag. George atmet tief durch. »Denn so ist es. Es reicht.«

Zach wirkt gekränkt. Traurig zucken seine Schultern nach vorne. Er streckt die freie Hand aus und nimmt Georges in seine. »Hör mir zu, George. Wir brauchen dich. Wir können es nicht ohne dich schaffen. Denk doch daran, was wir für dich getan haben. Nur noch einmal, George. Ich bitte dich. Ich bin doch dein Bruder. Dein einziger lebendiger Bruder. Du hast doch niemanden. Denk doch mal daran. Denk an mich und an Adam. Er würde wollen, dass du es tust. Dass du uns hilfst.« Zach lächelt traurig. »Er war so ein guter Mensch. Er wollte immer nur das Beste. Immer nur Frieden. Und jetzt, da wir dem Ziel so nah sind. So nah, wie es näher nicht geht. Und wir nur noch einmal deine Hilfe brauchen, da willst du nicht mehr. Du willst Adams Wunsch nicht erfüllen. Er war dein Bruder, George. Er war unser Bruder. Wir waren doch beste Freunde.

Zusammen in diesem schrecklichen Heim. …
Du liebst Adam nicht. Du hast ihn nie geliebt. Und mich auch nicht. All deine Worte, deine Taten – alles war nur heiße Luft. Aber wieso, George? Wieso tust du uns so etwas an?« Zach greift sich ans Ohr und streicht das Haar zurück.

Und da weiß George es. Er weiß, dass Zach lügt. Er weiß, dass Zach und auch Lord Isaac wussten, dass er ablehnen würde. Sie haben sich eine List zurecht gelegt, die an seine Gefühle ansetzt und ihn zerfressen wird. Wie tausende kleine Ratten, die sich in ihm einnisten und sein Herz annagen. Solange bis er nachgibt. Denn wenn man ihn eiskalt erwischen kann, dann geht es nur an seinen Gefühlen. Er ist zu schlau um Fakten Wahrheit zu schenken, wenn sie lügen. Um Aktionen gut zu heißen, wenn sie nur Gewalt und Terror bringen. Dafür ist er zu schlau, aber seine Gefühle kann er nicht leugnen. Und gerade deshalb, trotz der Lüge, dass es den Frieden bringt, kann George nicht abstreiten. Er hat Adam geliebt. Und Zach hat Recht. Sie sind

Brüder, Adam und er, wenn auch nicht durchs Blut.

»In Ordnung.« Er nimmt den Brief und lässt ihn in seiner rechten Manteltasche verschwinden. »Ich mach's. Aber das ist das letzte Mal. Sag das Isaac. Nur noch einmal. Verstanden?« Er wartet geduldig und sieht Zach dabei tief in die Augen. Tief genug, um das Schloss zu sehen. Lange genug, um Schlüssel um Schlüssel auf das Schloss zu legen. Aber nicht lange genug, um es zu knacken. Nur ein winziges Bisschen mehr Zeit hätte er gebraucht, aber die lässt ihm sein Bruder sicherlich nicht.

»Hör auf, George!« Zach stößt ihn vor die Brust. »Ich weiß, was du versuchst. Aber du wirst es niemals hinkriegen. Ich weiß um dein Geheimnis. Ich könnte es verraten, würdest du es wagen mich zu brechen.« Zach richtet langsam seinen Hut und starrt in die dunkle Nacht und in das Schneegestöber um sie herum. »Ich werde es Isaac ausrichten. Er wird nicht erfreut sein. Aber er muss dich gehen lassen. Auch wenn du damit den Frieden in die Ferne verabschiedest.« Er seufzt, nickt George zu und dreht sich dann um. »Eines noch, George. Das Geld im Brief ist für dich. Nicht für jemand anderen.« Dann verschwindet er.

George sieht ihm lange nach. Er steht da. Schnee schneidet ihn. Kälte kriecht durch Mark und Bein. Erst als er das Schreien von Tristans Tochter hört, die jede Nacht von furchtbaren Albträumen geweckt wird, zuckt er zusammen und verschwindet wie auch Zach im sicheren Schneegestöber. Der Brief in seiner Tasche wiegt viel. Genauso viel wie ein Menschenleben. Ein Menschenleben, das er zerstören wird.

»Dann wären es fünfhundertachtundneunzig. Bei sechshundert kauf ich mir einen Kuchen, steck eine Kerze rauf und zünde sie an.« Er seufzt, sucht weiter nach dem passenden Schlüssel für Lucys Schloss und schreitet durch die dunkle, schneevolle Nacht, die nicht nur ihm einsam und leer, aber vor alldem unendlich still vorkommt.

# Kapitel III

## *Lucy*

Lucy sitzt still schweigend vor ihrem Teller. Auf dem gedeckten Tisch brennt einsam eine Kerze in einem silbernen Gesteck.

*Genauso einsam fühle ich mich,* denkt sie traurig und sieht erst nach rechts, wo ihre Mutter sitzt und mit hastigen Augen auf die Tastatur ihres Laptops eintippt, dann nach links. Dort sitzt ihr Vater und hat das Handy am Ohr. Mit schneller Stimme spricht er auf seinen Anrufer ein.

»Ich verstehe. Ja, ich verstehe. … Das muss ich mir nicht gefallen lassen. Hör zu, ich werde gleich losfahren. Ich bin gleich da. Beruhige dich erst einmal. Wenn ich da bin, kümmern wir uns darum. Er wird es nicht wagen, uns hängen zu lassen. Er ist unser wichtigster Kunde. … Nein, sagt das auf keinen Fall, hörst du? Das darf er auf keinen Fall wissen. Das ist schlecht fürs Geschäft. Beruhige dich. Ich komme ja schon.« Er steckt das Handy ein und steht auf.

Lucy hebt den Kopf und sieht ihn müde an. Immer muss er weg. Zu Geschäftsterminen. Notfällen. Kunden. Er ist nie da. Seit Lucy ein kleines Kind ist. Sie senkt wieder den Blick und starrt in das schwache Leuchten der Kerze.

Auch ihre Mutter schaut für eine Sekunde von ihrem Bildschirm auf. »Musst du schon wieder weg?«, fragt sie genervt und wirft ihm einen strafenden Blick zu. »Ich dachte, wir spielen gleich ein Spiel. Das haben wir doch seit Wochen besprochen. Jetzt sind wir alle hier und haben Zeit. Kannst du deinen Termin nicht verschieben?«

Lucy lauscht. Aber sie kennt die Antwort bereits – es ist dieselbe Antwort wie immer, wenn ihr Vater einen Anruf bekommt.

»Nein. Das geht nicht. Es ist dringend. Steve hat ein Problem mit einem Kunden. Die Ware ist nicht da und er will abspringen. Ich muss das regeln. Sei doch froh.« Er beugt sich zu ihr herunter und haucht ihr einen Kuss auf die

Stirn. »Du kannst dein Buch weiterschreiben. Und Lucy, meine Kleine«, er sieht sie an, »du könntest doch etwas Schönes malen.«

»Ich bin keine zehn mehr«, brummt sie und sieht nicht einmal auf. Es würde nichts bringen, es ihm zu erklären.

*Dafür ist es sechs Jahre zu spät.*

Ihr Vater seufzt und geht dann einfach ohne ein weiteres Wort zu sagen.

Lucy will aufstehen. Ihr ist der Appetit vergangen. Sie will nur noch raus hier. Aus ihrem langweiligen Leben ausbrechen, wie ein Vogel aus seinem Käfig. Sie will raus aus diesem Haus mit den großen, leeren Räumen und hinaus in die Nacht. Sie will irgendwohin, wo sie in Ruhe Tee trinken und Waffeln essen kann und nicht so ein seltsames Gemüse und zähes Fleisch, was ihre Mutter mit aller Mühe und Not und in aller Hast zusammengewürfelt hat.

Ihre Mutter hält sie zurück. »Iss auf, Lucy. Und dann räumst du die Sachen weg. Ich denke, dein Vater wird heute nichts mehr essen. Trotzdem, pack ihm was ein, damit er es sich warm machen kann. Und außerdem hat dein Vater Recht. Du kannst etwas malen. Du kannst das so gut. Vielleicht hänge ich es auf. Aber nur, wenn es gut wird.« Sie zwinkert ihrer Tochter zu.

Lucy pustet genervt eine Haarsträhne aus ihrer Stirn. Ja, sie kann gut malen und zeichnen und tuschen. Schon seit sie denken kann, malt, zeichnet und tuscht sie Bilder mit Meisterqualität, aber jetzt ist ihr nicht danach. Sie hat das Gefühl, sie wird ersticken, wenn sie noch länger hier bleibt, wo sie sowieso niemand will. Lieber schreibt ihre Mutter an ihren Büchern. Lieber geht ihr Vater zu irgendwelchen Notfällen. Lieber hätte sie eine andere Familie. Und auch wenn sie alles hasst und verabscheut, isst sie das Gemüse und das Fleisch auf und räumt die Sachen weg. Und auch das Essen vom Teller ihres Vaters verpackt sie in einer Brotbox, klebt einen Heftzettel drauf, auf dem sie *Abendessen* schreibt und stellt sie ihm in den Kühlschrank. Dann geht sie in ihr Zimmer. Aber nicht um zu malen.

Sie lässt sich seufzend auf ihr Bett fallen. Warum muss ihr Leben nur so langweilig sein? Warum kann nicht mal etwas Spannendes passieren?

Sie lässt sich auf den Rücken fallen. Dann fällt es ihr wieder ein. Die Sache mit ihrem Bruder. Sie hat es das ganze Abendessen über verdrängt, sie hat sich schon fast krampfhaft versucht auf ihr Essen zu konzentrieren und sich alltägliche Sorgen zu machen. Aber das größte Problem hat sie ganz außer Acht gelassen. Sie spürt, wie ihr die Tränen in die Augen schießen. Sie wischt sie weg, blinzelt und presst dann die Augen zusammen.

»Wieso nur?«, flüstert sie die Decke über sich an. »Wie konnte es nur soweit kommen? Wieso, Tristan?«

Sie sieht sein kaltes, leeres Gesicht vor sich. Die Hände abwehrend in die Luft gestreckt. Die Augen klein und trüb vor Sorge um seine kleine Tochter.

»Wie soll ich sie nur versorgen?«, hatte er ganz am Anfang gefragt. »Ich habe keine Arbeit. Gar nichts. Sie geht nicht einmal in den

Kindergarten. Was soll ich nur tun? Sie meldet sich nicht mehr bei uns.« Er hatte mit leerem Blick nach draußen gestarrt. Dass seine Ex-Freundin einfach abgehauen war, macht ihm immer noch zu schaffen. »Ich kann mir kein Geld mehr leihen. Ich habe es verbockt. Wenn mir nichts einfällt, dann« Er hatte aufgesehen, ihr für einen kurzen Moment in die Augen gesehen, dann war er wieder in sich zusammen gesunken. Die Fäuste geballt, starrte er auf den Fußboden. »Sag es niemanden, Lucy. Ich werde gehen und ich werde meine Prinzessin mitnehmen. Wir werden gesucht. Nicht nur von der Polizei. Ich hab einen ganz dummen Fehler gemacht.«

Sie hatte ihn angesehen, fast hätte sie geweint. Er tut ihr so unendlich leid. Sie hatte ein so starkes Mitleid, dass es ihr die Brust zerriss. Aber sie konnte genauso wenig tun, als dass sie ihn hätte aufmuntern können. »Was hast du getan, Tristan?«, hat sie nur schwach gefragt und wenn sie ehrlich ist, wollte sie es gar nicht wissen. Sie wollte damit nichts zu tun haben, auch wenn er ihr Bruder ist. Sie will da nicht mit reingezogen werden und darunter leiden müssen. Unter seinen Entscheidungen. Sie hat genug unter ihnen gelitten.

»Ich habe mir eine Menge Geld geborgt«, hatte er begonnen und damit hatte er eigentlich schon alles gesagt. Er sah sie traurig an. Er war den Tränen nahe. Sie schimmerten bereits in seinen Augenwinkeln. Aber es reichte ihm nicht. Er musste alles loswerden. Seine Schwester würde es verstehen. Sie musste es verstehen. Sie war schließlich seine Schwester. Sie hatte ihn immer verstanden und auch jetzt würde sie es tun. »Von Leuten, die genug davon haben. Aber sie haben genauso wenig Skrupel und Angst vor der Polizei.«

Lucy hatte ihn angesehen. Lange. Und sie hatte geschwiegen. Als sie sich endlich durchringen konnte etwas zu sagen, dass ihr nicht die Luft abschnürte, hauchte sie nur: »Was für Leute, Tristan?«

»Geschäftsmänner.« Er stemmte die Hände auf die Knie und ließ sich nach vorne sacken. Müde hingen seine Schultern über den Beinen. Der Stuhl, in dem er saß, knackte verächtlich, als würde er ihn auslachen. »Männer mit Geld eben. Sie wollen ihr Geld zurück. Aber ich habe nichts. Ich kann gerade einmal die Miete bezahlen und für Annie und mich sorgen. Meistens sogar nur noch für Annie.« Er drehte den Kopf in Richtung der Tür, die das Wohnzimmer mit Annies Kinderzimmer verband. »Sie haben mir bereits gedroht.« Er schluckte schwer. »Sie haben mich zusammengeschlagen und mir ziemlich deutlich klargemacht, dass sie ihr Geld wollen – und zwar noch diesen Monat, keinen Tag später.«

»Sie haben dich … was?« Lucy hatte ihn ungläubig angestarrt. Ein kalter Schauer war ihr über den Rücken gelaufen. Eine Gänsehaut ließ die Härchen in ihrem Nacken sich aufstellen.

Tristan zog einen Teil seines Pullovers hoch, den Annie beim Snack mit Kaffee begossen hatte, das  einzige Getränk, von dem er sich ernährte. »Sieh her.« Er deutete auf die kränklich grün aussehenden Blutergüsse und den blutigen Kratzern. »Sie haben mir meine Finger gebrochen.« Er starrte auf den Verband. »Jetzt weißt du es. Meinem Arzt habe ich nichts gesagt. Du bist die erste und einzige Person, der ich davon erzähle.«

Er wirkte so müde und zerschlagen, dass sie ihn nur noch in den Arm nehmen wollte, aber sie wagte es nicht ihn anzurühren. Womöglich hatte er noch viel stärke Schmerzen.

»Ich habe nicht mehr viel Zeit.«, nimmt er leise den Faden wieder auf. »Sie haben Annie schon aufgelauert, als ich sie vor einer Woche in den Kindergarten gebracht habe. Sie haben mit ihr geredet und sie über mich ausgefragt. Deshalb geht sie da nicht mehr hin. Ich habe einfach so entsetzliche Angst um sie. Verstehst du?«

Vorsichtig hatte sie genickt und ihm eine Hand aufs Knie gelegt.

»Ich brauche Geld. Du musst mir etwas besorgen, damit ich sie bezahlen kann. Unbedingt.«

Sie hatte mit den Schultern gezuckt. »Warum fragst du nicht unsere Eltern?«

Er sah sie giftig an. »Du weißt genau warum. Wegen Annie und alldem.« Er seufzte tief und lange und rieb sich die Schläfen. Dann flüsterte er ganz leise, so leise, dass Lucy es fast nicht gehört hätte: »Ich bin tot.«

Sie hatte gespürt, dass er das genauso meinte, wie er es sagte. Aber auf zwei unterschiedliche Arten und Weisen.

Einmal ist er für seine Eltern, für seine ganze Familie, außer Lucy, Geschichte. Er hat ein Kind, keine Arbeit, keine Freundin – nichts. Eine Schande. Selbst Lucy trifft ihn nur heimlich.

Und zweitens würde er bald wirklich tot sein, wenn er nicht das Geld auftrieb. Die Leute, diese Geschäftsmänner würden ihn umbringen. Sie würden keinen Spaß mehr verstehen, aber erst einmal würden sie sich Annie holen und quälen – und das weiß er und das will er auf keinen Fall.

Diese Männer sind gefährlich. Und dass er seiner Schwester nur die halbe Wahrheit erzählt hatte, machte alles nur noch schlimmer für ihn.

»Kannst du mir Geld leihen?«, fragte er und stand auf. »Bitte, Lucy.«

Sie hatte genickt. »Ich werde sehen, was ich machen kann.« Sie war ebenfalls aufgestanden und hatte ihn traurig gemustert. »Werden sie mir wehtun, Tristan?«

Er hatte mit den Schultern gezuckt. Er war hoffnungslos. »Ich weiß nicht. Pass auf dich auf.«

Dann war sie gegangen.

Und jetzt liegt sie da und geht alles noch einmal durch. Irgendetwas sagt ihr, dass da noch mehr ist, aber das sie aus irgendeinem Grund nicht erfahren soll.

»Was verheimlichst du vor mir?«, fragt sie sich und steht dann mit einem Ruck auf. Sie hat einen Entschluss gefasst. Sie wird jetzt einen Tee trinken gehen und eine Waffel essen und dann wird sie beschließen, wie es weitergehen soll. Denn dass ihr Bruder stirbt, das wird sie auf keinen Fall zulassen. Nicht einmal wenn er der schlimmste Mensch auf der Erde ist. Er hat sie immer beschützt und geliebt. Und genau diese Liebe bringt sie ihm jetzt entgegen. Sie berührt abweisend die Uhr an ihrem Handgelenk, als ihr plötzlich eine Idee kommt.

Vielleicht wird es nicht reichen, aber es ist ein Anfang.

Sie zieht sich blitzschnell eine Jacke an und schlüpft in ihre schwarzen Winterstiefel. Ein Versuch ist es wert. Und immerhin würde sie sich dann nicht ganz so beklommen vorkommen. Sie öffnet leise ihre Zimmertür und huscht auf den leeren, langen Flur hinaus. Die strengen, handgemalten Bilder ihrer Großeltern sehen sie vorwurfsvoll an, als wüssten sie alles über ihren Bruder und seine ausweglose Situation und auch über ihr Vorhaben, aber sie schiebt die unangenehmen Erinnerungen an sie beiseite. Sie hat dafür keine Zeit. Sie muss ihrem Bruder helfen.

So leise wie möglich schleicht sie auf Zehenspitzen zur Haustür. Aber dennoch blickt ihre Mutter vorwurfsvoll auf.

»Was schleichst du hier so herum? Willst du weggehen?« Sie zieht die Augenbrauen hoch und mustert sie von oben bis unten.

*Dir entgeht auch gar nichts, du listiger Fuchs,* denkt sie bitter und sucht fieberhaft nach einer Ausrede. Ihre Mutter würde sie nie gehen

lassen, würde sie ihr die Wahrheit erzählen.
»Nein.« Sie schüttelt den Kopf. »Ich wollte nur schnell los und … äh … neue Pinsel kaufen.« Sie hat schon die Hand auf den Türknauf, als ihre Mutter sie zurückruft.

»Warte, Lucy. Nimm dir mein Geld. In der Küche auf der Ablage liegt mein Portmonee. Nimm dir einen Schein.«

Überrascht sieht sie sie an. »Äh … danke?«

*Du hast ja keine Ahnung, dass du damit deinen schändlichen Sohn unterstützt,* denkt sie.

Sie steckt sich leise und schnell zwei Scheine aus dem Portmonee in die Hosentasche. Dann hält sie es ihrer Mutter hin. »Da ist auch nur ein Schein drinnen«, brummt sie und holt den Fünfziger raus. »Du solltest besser wirtschaften.«

Ihre Mutter sieht nicht einmal mehr auf. Sie ist schon wieder tief in ihrem Buch versunken und murmelt vor sich hin.

Lucy geht schnell, bevor ihre Mutter doch noch stutzig werden könnte und schließt leise die Tür hinter sich.

Auch wenn ihre Mutter nicht so aussieht, sie kann ziemlich berechenbar sein und dann sollte man ihr besser nicht widersprechen.

Lucy fröstelt, als ihr der kalte, schneidende Wind entgegenschlägt. Es ist der dritte Dezember. Bald ist Weihnachten. Und wenn sie Pech hat, wird ihr Bruder Heilig Abend auf der Straße mit seiner Tochter feiern müssen. Und sie würde weinen und vor Kummer ganz rote Augen bekommen, denn Lucy bezweifelt, dass ihr Bruder auch nur ein Geschenk kaufen konnte.

Sie flitzt die Straßen entlang. So flink und geschickt, als wäre sie ein Straßendieb. Aber das ist sie nicht.

Plötzlich durchfährt ein starker Schmerz sie. Sie bleibt schwer atmend stehen, krümmt sich zusammen und stemmt überrascht die Hände in die Seite. Ein Bild flammt vor ihren Augen auf. Sie kann nicht sehr viel erkennen, aber sie sieht schwarz. Einen Mantel. Schneeflocken, die wild vor ihr hin und her wirbeln und eine ungewollte Unruhe in dieses Bild bringen. Zwei glänzende Augen. Dann ist es wieder weg. Und mit dem Bild verschwindet auch schlagartig der Schmerz. Verwirrt sieht sie auf, die Augen kneift sie zusammen und blinzelt in das Licht der Straßenlaterne vor dem Geschäft, das sie aufzusuchen geplant hat.

»Was sollte das denn?«, fragt sie vorsichtig halblaut zu sich selbst und sieht sich verwirrt um. »Und wie um Himmels Willen komme ich so schnell hierher?« Ratlos starrt sie zu dem blaulackierten Ladenschild hoch, um das die Schneeflocken nur so stauben.

***Argus' Antiques***

(Argus' Antiquitäten)

, steht in verschnörkelten Buchstaben ganz groß auf dem Metallschild geschrieben. Es ist schon etwas alt und heruntergekommen, genau wie der Laden und Argus selbst.

»Und wer zum Kuckuck ist dieser Junge?« Sie erinnert sich nämlich sehr gut daran, dass er sie heute Abend angerempelt hatte, als sie von ihrem Bruder kam. Jetzt weiß sie es wieder. Die Erinnerungen sind so frisch, wie eine blutendende Wunde.

»Wie konnte mir das nur entgangen sein? Wie konnte ich ihn nur vergessen? So wie er mich angesehen hat«, fragt sie sich noch immer absolut verdattert.

Mit einem Mal fegt ein eiskalter Windstoß durch ihre Kleider hindurch und erinnert sie daran, was sie eigentlich überhaupt vorhatte.

Sie schüttelt den Schnee aus ihren Haaren und stößt die Tür zum Antiquitätenladen auf. Eine Traube Messingglocken fängt augenblicklich wild an zu kreischen. Warme, stickige Luft schlägt ihr entgegen. Sie atmet tief ein und schließt hastig die Tür wieder hinter sich. Dann sieht sie sich suchend um.

An den Wänden stehen Regale, die bis zur Decke reichen und vollgestopft sind mit Schmuck, Büchern und allerlei altmodischen Sachen, die sie nicht einordnen kann. In der Mitte des Raumes steht ein riesiger, alter Globus, auf dem mit bräunlichen Farben sorgfältig und mit größter Mühe die Kontinente gezeichnet worden sind. Er wird von einem prunkvoll verzierten Gestell aus Gold und Kupfer, das im spärlichen Licht des Zimmers leuchtet, gehalten.

Sie atmet tief ein und inhaliert förmlich den Duft des kleinen Antiquitätenladens. Sie mag den Geruch nach frischgekochtem Kaffee, alten Büchern und vermeintliches, verstaubtes Gerümpel, das nur noch echte Sammler interessiert.

»Lucy?«, fragt plötzlich eine Stimme hinter einem Berg aus Büchern, der durch die Tür zum Hinterzimmer hereinkommt. Der Bücherstapel schwankt gefährlich, als Argus versucht an ihm vorbeizuschauen.

Sie lächelt. Sie mag den grauhaarigen, blauäugigen Besitzer des kleinen Ladens. Sie kennt ihn, seit sie ein kleines Mädchen war. Früher hat sie mit ihrem Bruder immer hier Bücher gekauft, die er ihr vorgelesen hat. Heute ist das anders. Jetzt liest er seiner Tochter vor und nicht mehr Lucy. Niemand liest ihr mehr vor und all ihre Bücher liegen zusammengestaucht in ihrem Schrank, wo sie vor sich hin stauben.

»Ja, ich bin's.« Sie geht zu ihm und hilft ihm die Bücher vorsichtig auf die Ladentheke abzuladen, die links an der Wand aus alten Brettern zusammengezimmert und so ziemlich alt ist.

»Hallo, Lucy.« Argus reicht ihr mit wippenden Schultern und knochendürren Armen die Hand – das tut er immer, schon damals und darauf besteht er auch. »Wie geht es dir? Du siehst gar nicht gut aus. Soll ich dir einen Tee kochen?« Er tastet besorgt nach ihrer Stirn. »Heiß bist du jedenfalls nicht. Was ist passiert, wenn es nicht Viren sind, die dich plagen?«

Sie ringt mit sich. Sie kennt Argus seit … schon immer. Sie kann ihm vertrauen immer und jederzeit. Sie kann kommen und gehen, wann sie will und solange bleiben bis sie nicht mehr kann.

*Aber das hier geht zu weit*, sagt sie sich. *Nein, das kann ich ihm nicht sagen.*

Sie schüttelt schwach den Kopf. »Nichts, ist passiert. Mein Bruder braucht nur etwas Geld.« Sie fummelt an dem Verschluss der

Goldarmbanduhr an ihrem Handgelenk. Ihr Herz klopft. Das Armband ist ein Erbstück ihrer Großeltern. Ihre Eltern würden sie umbringen, würden sie erfahren, dass Lucy es für ihren Bruder verkauft. Sie würden sich schämen und sie erst einmal ignorieren bis sie dann zum tödlichen Schlag ausholen würden. Aber es ist ihr egal. »Es ist für Tristan«, meint sie an Argus gewandt. »Er braucht es. Das Geld, meine ich. Was kriege ich für die Uhr?« Sie überreicht sie ihm mit zittrigen Fingern.

Argus legt die Stirn in Falten und sieht sie ernst an. »Ich hoffe doch, dein Bruder steckt nicht in irgendwelchen Schwierigkeiten.«

Das erwischt sie eiskalt. Sie zuckt zusammen und verliert für einen winzigen Moment die Fassung – und er bemerkt es.

»Was für Schwierigkeiten?«, fragt Argus und leitet Lucy auf einen Stuhl, der hinter der Theke steht. Sanft drückt er sie nieder.

Sie schüttelt nur stumm den Kopf. Nein, sie kann es ihm einfach nicht sagen. Es ist zu privat. »Keine Schwierigkeiten, aus denen er nicht herauskommt. Bekomme ich jetzt das

Geld für die Uhr?« Sie steht auf und sieht ihn ernst an.

Sie weiß, dass es falsch ist, dass sie das Erbe ihrer Großeltern verkauft. Aber das ist ihr egal. Sie will nur Tristan helfen. Sie hat Angst und sie bekommt eine Gänsehaut, wenn sie nur daran denkt, dass er sterben könnte. Ihre ganze, kleine, langweilige Welt würde mit einem Mal zerplatzen, wie ein Luftballon. Nichts wäre mehr wie vorher. Wahrscheinlich würde sie es nicht lange so aushalten.

Lucy beobachtet Argus nachdenklich, wie er die Armbanduhr inspiziert und mit einer Lupe betrachtet.

*Sie könnte Tristan das Leben retten*, denkt sie bitter. *Unsere gehassten Großeltern retten ihm das Leben. Welch' Ironie.*

»Hör zu, Lucy.« Argus stützt sich mit einer Hand auf der Ladentheke ab und mustert sie mit zusammengekniffenen Augen. Seine Stirn ist faltig vom Alter. Seine Lippen sind blass und ausgetrocknet, als hätte er schon lange nichts mehr getrunken. Sein graues Haar scheint im schwachen Licht weiß zu glänzen.

Er lächelt nicht und das ist das erste Mal in ihrem Leben, dass Lucy es wahrnimmt. Sie hat ihn noch nie anders gesehen, aber dieses Mal scheint es ihm zu ernst. Die ganze Situation und die Sorge um ihren Bruder nehmen sie sehr wohl mit.

*Er hat keine Ahnung*, ruft Lucy sich ins Gedächtnis. *Und das soll auch so bleiben.*

»Ich werde dir das Geld geben, auch wenn ich bezweifle, dass deine Eltern damit einverstanden wären.« Er hält ihr ein dickes Bündel Scheine hin. »Das ist mehr als die Uhr wert ist. Aber dein Bruder und du, ihr liegt mir sehr am Herzen. Ich will nicht, dass Tristan Ärger bekommt.« Als Lucy nach dem Geld greift, zieht er es noch einmal zurück. »Versprich mir, dass du auf deinen Bruder aufpasst und er nichts Dummes mehr anstellt. Versprich es mir.« Er sieht sie durchdringend und ernst an.

*Noch dümmer geht es gar nicht mehr*, denkt sie, aber sagen tut sie: »Ich verspreche es.«

»Gut. Und wenn irgendetwas vorfällt, dass dir Sorgen macht oder Angst und über das du reden willst, dann kannst du jederzeit zu mir kommen. Ich werde da sein.« Mit grauen Augen beäugt er sie. Seine Hände zittern, aber er presst sie zu Fäusten zusammen und ignoriert sie.

»Ich weiß, Argus. Ich werde ihm das Geld sofort bringen. Er wird dir sehr dankbar sein.« Dann fügt sie noch hinzu: »Danke, Argus.«, nimmt das Geld und verlässt ohne ein weiteres Wort den Laden.

Der alte Ladenbesitzer sieht ihr kopfschüttelnd nach. Sein Gefühl sagt ihm, dass etwas Schreckliches passieren wird. Lucy wird weinen – unerbittlich. Er schließt für einen Moment die Augen. Aber sie wird es schaffen. Sie ist sehr stark.

Der Wind scheint etwas nachgelassen zu haben. Nur noch vereinzelt fallen Schneeflocken. Der Schneesturm ist über der Stadt hinweggezogen. Auf der Straße liegt ein weißer, zuckerwatteartiger Teppich, in dem noch nicht einmal Fußspuren hineingestanzt worden sind.

Lucy schlingt die Arme um den Oberkörper, zieht die Jacke fester um die Schultern und schlurft die Straße entlang. Es ist noch weit bis zu Tristans Wohnung, aber da will sie erst morgen hin. Es ist einfach zu kalt. Ihr Atem bildet schon weiße Wölkchen in der Luft. Sie will nur einen Tee trinken gehen. Von dem Geld, das sie ihrer eigenen Mutter geklaut hat, aber ein schlechtes Gewissen ist weit und breit nicht in Sicht. Dafür hat sich ihre Mutter zu viele Sachen erlaubt, die Lucy gehörig gegen den Strich gehen. Zum Beispiel die Sache mit ihrem Bruder, mit Tristan. Welche liebende Mutter wirft ihren eigenen Sohn aus dem Haus, weil er mit zweiundzwanzig Vater geworden ist und seine Freundin ihn kurz darauf verlässt? Er braucht unbedingt Hilfe, keine kalte Schulter.

Lucy kann und will es nicht verstehen. Aber sie weiß, dass sie so etwas nie tun würde. Sie würde niemanden, den sie liebt ignorieren und aus ihrem Leben verbannen. Niemals. Sie wird ihre Kinder immer lieben. Nicht so wie ihre Eltern geschweige denn ihre Großeltern es tun.

Plötzlich bleibt sie stehen und starrt nach vorne. Der Junge vor ihr blutet stark aus dem Hals und sieht sie mit leeren Augen an. Eine zittrige Hand hat er nach ihr ausgestreckt. Die nassen Haare sehen aus wie kleine, dünne Eiszapfen, die bei jeder Bewegung zu klirren scheinen. Er trägt nur ein zerrissenes, völlig mit Blut beflecktes T-Shirt. Seine Haut glänzt tief blau im Licht der Straßenlaterne.

Für einen Moment ist Lucy völlig bewegungsunfähig. So einen Anblick hatte sie in ihrem ganzen Leben noch nicht. Sie zieht erschrocken die Luft ein, hält sie für einen Moment an, dann stürzt sie zu ihm.

# Kapitel IV

## *Lucy*

Sie will ihm unbedingt helfen, aber sie hat keine Ahnung wie. Sie bleibt ratlos stehen und starrt nur in seine grünen, flehenden Augen.

Das Blut an seinem Hals ist überall. An seinem Kinn, an seinen Fingern, überall auf seiner Kleidung. »Hilf…«, haucht er, dann sackt er auf die Knie und bleibt mit hängendem Kopf sitzen.

»Ich … ich«, stottert Lucy. Ihr Herz klopft so laut, dass sie ihre eigenen Gedanken nicht mehr verfolgen kann. In ihrem Kopf hämmert es unentwegt, als würde ein Trommelkonzert stattfinden. Sie streckt die Hand aus und berührt sanft seine Schulter. Erst da merkt sie, wie sehr sie überhaupt zittert. Sie hat ihre Hände kaum noch unter Kontrolle. Sie krallt sich in seinem T-Shirt fest, um nicht hinzufallen. Langsam wird ihr schwarz vor Augen.

Der Junge hebt ruckartig den Kopf und sieht ihr direkt ins Gesicht. »Alles in Ordnung?«, flüstert er. »Du bist ganz bleich.« Er löst vorsichtig ihre Hand und richtet sich auf. »Es ist alles gut. Komm.« Er legt ihr einen Arm um die Taille und führt sie zu einem Café, das nur wenige Meter entfernt steht.

»Was?«, fragt Lucy atemlos und starrt seinen blutigen Hals an. »Ich …« Sie kann es nicht begreifen. Es ist so, als würde direkt vor ihr ein Ufo landen und der Alien würde sie hämisch anlächeln und ihr eine Schwarzer-Peter-Karte überreichen und dabei sagen: »Damit kommst du nicht ins Kino. Außer am Schwarzer-Peter-Karten-Tag.« Das wäre genauso unverständlich.

»Setz dich.« Er zieht einen Stuhl hervor und sieht ihr tief in die Augen, aber sie erwidert den Blick nicht.

Sie ist verwirrt und ihr ist schwindelig. Helle und dunkle Lichtpunkte, die wie Lametta schimmern, hüpfen vor ihren Augen. Aber sie kann nicht anders, als seinen blutüberströmten Hals anzustarren und zu denken:

*Er blutet. Überall Blut. Er blutet.*

»Mir geht es gut«, sagt er dann und drückt sie mit den Händen auf ihren Schultern auf das weiche Sitzpolster. »Ich bin nicht wirklich verletzt.« Er zieht aus seiner Hosentasche ein Taschentuch und wischt sich langsam das Blut von der Haut. »Ich bin Schauspieler.« Mehr fällt ihm nicht ein.

Lucy ist so blass, dass es ihm eine Gänsehaut über den Rücken jagt. Er macht sich ernsthaft Sorgen. Aber er ist genauso sprachlos wie sie. Seine Lippen gehorchen ihm nicht mehr. Deshalb legt er das Taschentuch auf den Tisch und zeigt stumm auf seinen Hals, in der Hoffnung, dass sie es versteht.

Nur ganz langsam dringen seine Worte zu ihr durch.

*Ich bin Schauspieler. … Schauspieler.*

Dann macht es klick. Wütend schlägt sie nach ihm. Ihre Wut ist ungezügelt. »Wie kannst du nur! Das ist das allerletzte! Du Arsch!« Ihre

Gesichtsfarbe wechselt noch in derselben Sekunde von schneeweiß zu purpurrot.

Er fängt ihre Faust ab und hält sie fest. »Beruhige dich«, murmelt er und fängt auch ihren Blick ein. Sein Herz schlägt wieder normal. Der Schock ist überwunden – bei beiden. Langsam, als er sicher ist, dass es ihr besser geht, lässt er ihre Hände los.

Lucy ist zu erschöpft, als dass sie was hätte sagen können. Noch immer hämmert das Trommelkonzert in ihrem Kopf – aber diesmal vor Wut. Sie muss so viel durchmachen im Moment. Erst die Nachricht von Tristan und das Gespräch mit Argus – und jetzt das! Schwach liegen ihre Hände in ihrem Schoß. Ihr Gesicht hat wieder seine normale Farbe angenommen. Sie ist weder purpurrot, noch schneeweiß. Nur etwas blau vor Kälte.

»Alles wieder gut?«, fragt er mit samtiger Stimme.

Lucy lauscht in sich hinein. Da ist kein Gefühl, das ihr mitteilt, wie sie sich fühlt. Das einzige Bild in ihrem Kopf ist das Bild eines jungen Mannes in einem schwarzen Mantel und mit durchdringendem Blick. Kraftvoller und leuchtender als die Augen des Jungens vor ihr. Das Bild löst ein warmes Gefühl in ihrer Brust aus, das sie beschützt und das sie nie vergessen will, nur das Bild will sie durch ein intensiveres Bild ersetzen. Und wieder ist da eine Stimme in ihrem Kopf, die ihr sagt: »Er wird wiederkommen. Du wirst ihn wiedersehen. Es dauert nicht mehr lange. Warte nur ab. Dann siehst du ihn wieder. Es wird nicht mehr lange dauern.«

»Und?« Er reißt sie zurück in die Gegenwart. Seine durchdringende, samte Stimme, die wie die Symphonie des Lebens in ihren Ohren klingt.

»Ja, alles bestens«, murmelt sie, aber es ist alles andere als wahr.

Das merkt der Junge, der ihr nun einmal sanft die Haare zurück über die Schulter streicht und dann aus ihrem Sichtfeld verschwindet.

Er holt sich von der Bedienung zwei Kaffee und reicht Lucy einen.

Sie nimmt ihn und hält ihn in den kalten Fingern. Die Wärme breitet sich schmerzhaft bis zu ihren Handgelenken aus. Aber sie registriert es nicht einmal wirklich. Sie spürt nur einen pulsierenden, gleichmäßigen Schmerz, der immer stärker wird. »Wie kannst du nur?«, haucht sie kraftlos und wirft ihm einen wütenden Blick zu. Die klare, warme Luft im Café taut ihre kalte Haut auf und färbt ihre Wangen rot.

Er würde sich gerne entschuldigen und sagen, dass er das nicht wollte, aber das wäre gelogen. Genau diese Reaktion wollten er und sein Manager. Keine andere. Nur diese. »Lass es mich erklären.« Zögernd nimmt er ihr gegenüber Platz. Seinen Manager draußen am Fenster beachtet er nicht im Geringsten. Er ist auch nicht wichtig. Ganz und gar nicht.

Lucy sieht hoch. Ihr Blick ist klar und funkelt im hellen Licht. Sie legt den Kopf schief und stellt rasch den Kaffee auf dem Tisch ab bevor er ihr noch die Haut verbrennt. Ihr ist etwas klargeworden. Etwas, womit sie nicht gerechnet hätte. Sie will ihre Zeit nicht hier verschwenden. Nicht mit diesem Jungen. Sie will nur noch ein billiges Pinselset aus dem Gemischtwarenladen kaufen, damit ihre Mutter nicht denkt, sie hat sie angelogen – und dann will sie einen Umschlag für Tristan fertig machen, den sie ihm noch heute bringen wird. Nicht erst morgen, wie sie es eigentlich vorgehabt hat. Sie hat begriffen, wie wichtig das Geld ist. Der Anblick des Jungen draußen – überströmt mit Blut, zitternd, hilflos, am Sterben, das hat ihr etwas klargemacht.

Dieser Junge hätte Tristan sein können. Und das ist dann echt. Diese Männer sind zu alldem fähig, wenn sie ihm schon die Finger gebrochen haben. Wer weiß, was sie als Nächstes tun. Vielleicht ist dann niemand da, der ihm dann noch helfen könnte. Nicht einmal seine kleine Tochter.

»Weißt du«, meint Lucy und steht auf. Ihre Hände zittern nicht mehr, sie stemmt sie wütend auf die Tischkante. »Es ist mir eigentlich egal, was du zu sagen hast. Es ist mir auch egal, wer du bist oder wieso du so etwas Gemeines tust. Es ist einfach abscheulich. Weißt du was?« Sie lehnt sich weiter nach vorne und sieht ihm direkt in die grünen

Augen, die sie anstarren, als wäre sie eine Irre, aber das ist ihr jetzt auch egal. »Mein Bruder steckt in Schwierigkeiten und wenn er nicht schnellstens Hilfe bekommt, dann endet er wie *du*. Nur, dass er nicht so ein totales Arschloch ist wie du.« Sie holt tief Luft. Langsam strömt die Luft wieder aus ihren Lungen. »Und noch eines: Ich hasse Kaffee.« Dann dreht sie sich abrupt um und verlässt den Laden. Die Tür knallt sie hinter sich zu.

Die eisige Luft, die noch kälter scheint, als vor einigen Minuten, lässt ihre Anspannung verdampfen, wie Eis in heißem Wasser. Sie atmet flach und konzentriert. Die Hände schiebt sie in die Jackentaschen und stapft die Straße entlang. Sie spürt den Blick des Jungen, der ihr sprachlos nachsieht, aber sie tut ihm nicht den Gefallen und dreht sich noch einmal um. Sie starrt stur geradeaus und muss daran denken, dass sie sich noch nie so schlecht einem Fremden gegenüber verhalten hat. Sie hat von Anfang an gelernt, dass man höflich und anständig ist, wenn man Fremden gegenüber steht. Schließlich haben ihre Eltern und Großeltern oft reichen Besuch gehabt. Aber dieser Junge hat es nicht anders verdient.

Sie ballt die Hände zu Fäusten und öffnet sie wieder. Ballt sie zu Fäusten. Öffnet sie wieder. Langsam geht es ihr besser. Sie muss nur nicht daran denken, was vorhin passiert ist. Dann ist ihre Wut bald weg.

Schneeflocken fallen ihr sanft wie Federn in die Haare. Sie sieht in den dunklen Nachthimmel hinauf. Tausende von winzigen Lichtpunkten leuchten dort oben – so friedlich und unschuldig, als wäre nie etwas gewesen, als könnten sie nichts für Lucys schlechte Laune.

Aber für eine Sekunde sieht sie das anders. »Ihr könnt wohl was dafür«, murmelt sie noch immer leicht wütend. »Die Sterne haben immer und überall an alldem Schuld.« Sie bückt sich und formt mit bloßen Händen mit dem pudrigen Schnee vor ihren Füßen einen zarten Schneeball. Kurz hält sie ihn noch fest umklammert. Der Schnee schmilzt augenblicklich an ihrer warmen Haut und tropft zu Boden. Lucy atmet tief ein, dann schleudert sie ihn den Himmel entgegen und ruft aufgebracht: »Da habt ihr, was ihr verdient.«

# *4. Dezember*

# Kapitel V

## *George*

Durch die große Fensterfront, die vom Boden bis zur Decke reicht und die ganze Wand entlang reicht und dessen Scheiben aus bunten Glas zusammengesetzt sind, scheint helles, in allen Farben glitzerndes Licht. Die weißgestrichenen Wände schimmern bunt und lassen den Raum noch größer wirken, als er sowieso schon ist. Es befinden sich kaum Möbel in dem saalähnlichen Zimmer. Nur ein aus Mahagoniholz geschnitzter, extra angefertigter Schreibtisch, hinter dem auf einem dazu passenden mit schwarzen Samt bezogenen Sessel ein vierzehnjähriger Junge im schwarzen Smoking und mit einem weißen Seidenschal sitzt und mit funkelnden, eisblauen Augen auf seinen Gast starrt, der zitternd in einem ähnlichen Sessel vor dem Schreibtisch hockt und kaum wagt zu atmen.

Der Junge lächelt, während er mit den Fingerknöcheln knackt und sich vorlehnt. »Und? Redest du mit mir?« Durch das gleißende, schillernde Sonnenlicht, das ihn von hinten leuchten lässt, bekommt seine Erscheinung etwas Bedrohliches, etwas Mächtiges.

Stumm schüttelt sein Gegenüber den Kopf. Schweißperlen stehen ihm auf der Stirn. »Wie ich sagte«, beginnt er dann leise, »ich weiß nichts. Ich bin da zufällig reingerutscht. Ich wollte das nicht. Glauben Sie mir doch, …«

»Edmund!«, schallt eine Stimme durch den Raum. Die große, vertäfelte Mahagonitür mit den Goldgriffen kracht scheppernd gegen die Wand. Lord Isaac Henson, ein hochgewachsener, junger Mann mit breiten Schultern und kaltem Blick, stürzt herein und geht zielstrebig auf seinen kleinen Bruder zu. »Steh auf, verdammt! Beweg dich! Niemand. Hat. Dir. Erlaubt. Auf. Meinem. Platz. Zu. Sitzen.« Er knurrt ihn an, packt ihn an dem feinen Stoff an den Schultern und schleudert ihn zu Boden.

George, der die ganze Zeit schweigend im Schatten an der Wand gelehnt hat, löst sich langsam und tritt einen Schritt vor.

Ihm klopft das Herz bis zum Hals. Es gefällt ihm nicht, sich gegen Lord Isaac aufzulehnen, aber Lord Isaac kann so wütend werden, dass seine Gegenwart gefährlich wird und er jeden Menschen in seiner Nähe brutal misshandelt – selbst seinen kleinen Bruder. »Hör auf, Ise«, meint er scharf und greift nach seinem Arm.

Für einen Moment sieht Isaac ihn fassungslos an. Sein Blick schwankt zwischen Verwirrung und Wut. Nur eine Sekunde, in der er nicht weiß, wie er darauf reagieren soll, dann schlägt er George mit der flachen, freien Hand mitten ins Gesicht. »Nie. Wieder.«

George lässt abrupt seinen Arm los und wirft Edmund einen auffordernden Blick zu, zu verschwinden. Das Blut tropft langsam aus seiner Nase, hinab auf sein weißes Hemd. Auch wenn Edmund selbst Schuld hat, dass Isaac wütend auf ihn ist, tut er George etwas Leid. Sein eigener Bruder, Zach, war nie so. Er hat ihn beschützt. Immer. Er hat ihn nie geschlagen oder anderweitig verletzt. Und dann hat er Isaac kennengelernt und sich verändert. Auch wenn er nicht so wirkt, George spürt es. Nachdem er hier raus ist, wird er ihn abfangen und mit ihm reden – auch wenn Zach es wahrscheinlich gar nicht will.

Isaac reibt sich prüde das Handgelenk. Er ist sauer. Auf Edmund, auf George, auf alle anderen. Nur nicht auf sich selbst. Er tritt nach seinem Bruder, verfehlt ihn nur knapp und spuckt ihn gegen die Brust. »Verschwinde, Ed. Wir sprechen uns später.« Seine Stimme ist kalt wie Eis und hart wie Stahl.

Edmund rappelt sich auf, sieht kurz zwischen den beiden hin und her und richtet seinen Hemdkragen auf. »Klar, wieso nicht«, murmelt er und verlässt dann erhobenen Hauptes das Zimmer, als wäre nichts gewesen. Als hätte sein großer Bruder nicht gerade nach ihm getreten, ihn angespuckt und mit seinem Blick getötet. Als wäre das alles vergessen, nie passiert, bloß Illusion.

Der Gast im Stuhl zittert nur noch mehr. Seine Hände krallen sich panisch in den

Sessellehnen fest. Isaacs Auftritt scheint ihn stark zu beunruhigen.

George wirft Isaac einen fragenden Blick zu.

Er zuckt nur mit den Schultern. »Wisch dir das Blut weg – oder lass es einfach. Jedenfalls machst du jetzt das, wofür du da bist.«

Die Worte schneiden wie Diamant durch Glas. George nickt und stellt sich dem Gast genau gegenüber. Er wagt es nicht ihm jetzt noch zu widersprechen. »Wie heißt du?«, fragt George sein Gegenüber mit ruhiger Stimme und sieht ihm dabei tief in die Augen.

Er schweigt. Aber die Schweißperlen auf seiner Stirn werden mehr. Auch die Ränder um Achseln und Hals.

George sieht tiefer hinein in die dunklen Augen des jungen Südländers. So tief, dass er die Seele sieht oder besser gesagt das Schloss. Es ist einfach zu öffnen. Fast zu einfach. George braucht nicht einmal überlegen. Er wählt aus, legt den Schlüssel ins Schloss und öffnet es langsam und sanft, als würde er ein Baby hochnehmen. Nur ein winziges Stückchen steht es offen, aber weit genug um in die erste Ebene vorzudringen. In die Ebene, in der die wichtigsten Fakten vorhanden sind. Name, Alter, Aussehen, Name der Eltern, Arbeit, Familienangehörige, Schulabschluss, Abstammung – alles, was man überall nachschlagen kann, wenn man die richtigen Verbindungen hat. »In Ordnung, Kenan«, meint er dann, ruhiger als vorher.

Der Gast zuckt zusammen, kann aber nicht die Augen von George lassen. Wie eine Art Hypnose fesselt sein Blick ihn. Noch spürt er den Schmerz nicht. Aber bald. Sehr bald.

»Also, Kenan, ich möchte mich schon mal entschuldigen für alles, was gleich passieren wird. Für jeden noch so winzigen Schmerz, den du gleich spüren wirst. Keine Sorge. Es ist alles meine Schuld. Darüber bin ich mir durchaus im Klaren.«

Aber ist er das wirklich? Ist er sich wirklich im Klaren darüber, dass er diese Menschen schwer verletzt und sogar tötet hat? Dass er ihnen etwas sehr Wichtiges nimmt, etwas Lebensnotwendiges? Dass er Schuld an dem Tod von bisher fünfhundertachtundneunzig

Menschen ist? Und viele mehr hat er gequält. Tausende. Aber es ist ja alles für den Frieden, den Adam sich so sehr gewünscht hat.

Langsam legt George seine Hände auf Kenans und atmet stoisch tief ein und aus.

Warme, pulsierende Energie sickert in den Gast hinein und er hört schlagartig auf zu zittern. Als er spricht, ist seine Stimme noch etwas wacklig, aber durchaus bestimmt. »Warum machst du das?«, fragt er ihn unverwandt ansehend. »Du musst das nicht tun. Du musst niemanden quälen. Du kannst aufhören. Sofort. Er kann dich nicht zwingen. Du hast nichts, was er gegen dich verwenden könnte.«

»He - was soll das?!« Isaac stößt George unsanft beiseite. Wütend packt er Kenan an den Oberarmen und quetscht sie zusammen. Seine Worte sind pures Gift. »Was versuchst du da, du mieser Bastard? Willst du ihn etwa manipulieren?«

Kenan drückt sich tief in den Sitz. So fest, dass es im Rücken schmerzt. Aber er antwortet mit fester Stimme, denn Georges Energie hat ihm die Kraft verliehen, sich aufzubäumen und zu wehren gegen die Ungerechtigkeit. Natürlich hat er gemerkt, was mit George und Isaac los ist. Das Verhältnis. Es ist schließlich für jeden sichtbar. »Der einzige, der hier jemanden manipuliert, bist du. Und jetzt nimm deine dreckigen Pfoten von mir und lass mich gehen. Denn du wirst nichts mehr aus mir herausbekommen. Und er auch nicht.« Langsam deutet er mit dem Kopf auf George. »Es ist vorbei, Isaac. Lord Isaac Henson, meine ich natürlich. Entschuldigung. Dein Handlanger ist gebrochen. Er wird nie wieder einen Menschen verletzen. Außer vielleicht dich«

*Hör auf!*, denkt George. *Hör sofort auf damit, wenn dir dein Leben lieb ist!*

Aber er hört nicht auf. Er fährt unbeirrt fort. »Er kann das nämlich nicht. Es macht ihn kaputt. Bisher hat er neunundneunzig Prozent verdrängt, von dem, was er überhaupt getan hat. Aber es wird ihn einholen. Sehr bald schon.«

Isaac lässt ihn los. Drei Sekunden lang, in denen die Wut in ihm kocht und brodelt und er sich fragt, wer der Kerl vor ihm überhaupt ist. Dann schlägt er zu. Immer und immer wieder. Bis seine Hände schmerzen und Kenan das Blut in Strömen aus Mund und Nase fließt.

Bis George ihn packt, ihm die Arme auf den Rücken dreht und ihn festhält.

»Beruhige dich, Ise«, murmelt er in Isaacs Ohr und umklammert seine Handgelenke fester. »Beruhige dich.«

Isaac schnaubt und schäumt vor Wut. Er reißt an seinen Armen, aber George ist stärker. Schmerzen schießen in seine Schultern hinein. »Ich werde dich umbringen, George. Ich werde dich verdammt noch mal umbringen. Sobald du mich loslässt bist du tot. Und du auch, Bastard!« Er tritt nach Kenan und erwischt aber nur den Sessel. »Ich hasse euch. Alle beide. Ihr seid … Verräter.«

George nickt langsam. Ja, das ist er wohl. Aber es ist ihm egal. Was hat er schon zu verlieren – außer seinem Leben? »Da magst du Recht haben. Dennoch könnte ich dir jederzeit deine Arme brechen. Hast du schon mal daran gedacht?« Als Isaac nicht antwortet, hebt er die Stimme und brüllt quer durch den Raum: »Edmund, komm sofort her!«

Kenans Augen weiten sich vor Schreck. Er springt auf. Ein weiterer Schwall Blut schießt aus seiner Nase. Er wird blass und klammert sich an die Lehnen, wie ein Ertrinkender an den Rettungsring.

Edmund stürmt herein. So schnell er nur kann, schlittert er auf dem gewienerten Boden bis zum Schreibtisch vor der Fensterfront. »Isaac?«, fragt er dann verwirrt, als er die Situation erkennt.

George übernimmt hastig das Wort. »Edmund, schaff Kenan hier raus. Besorg ihm was, das die Blutung stoppt und lass ihn dann laufen.«

Isaac schnaubt nur noch wütender. Er windet sich im eisernen Griff hin und her. »Wehe, Edmund. Gnade dir Gott, wenn du auch noch etwas von dem tust, was dieser miese Verräter dir gerade gesagt hat. Du wirst jetzt Zach holen und dann auf dein Zimmer gehen. Wenn ich mich nicht täusche, hast du jetzt Lateinunterricht.«

George hebt bittend die Augenbrauen und formt mit den Lippen: »Nein. Hilf Kenan.« Dann sieht er aus dem Fenster. Hinein in das helle, gleißende, bunte Licht, das eine gewisse Ruhe in ihm auslöst. Es könnte alles so friedlich sein. Er könnte bei seinen Pflegeeltern sein, in seinem Zimmer und an das Mädchen von gestern denken. Er könnte sie vor sich sehen und ihr langsam über die Wange streicheln. Er könnte sie küssen, wenn er wollte. Er könnte ihr Seelenschloss öffnen und einen Blick hineinwagen. Aber all das kann er nicht.

Edmund reißt ihn unsanft wieder zurück in die Gegenwart. »Komm«, meint er und legt einen Arm von Kenan um seine Schultern, um ihn zu stützen. »Wir gehen.« Mit schlurfenden Schritten verlassen sie langsam das Saalzimmer.

»Komm zurück!«, brüllt Isaac. »Sofort! Ich bringe dich eigenhändig um! Du bist auch ein Verräter. Ihr seid alle Verräter! Allesamt! Ihr achtloses Gesindel!«

Als die Tür ins Schloss fällt, lässt George Isaac los und stößt ihn von sich. »Hör auf«, meint er dann, so ruhig und gelassen wie immer. »Du bist der einzige Verräter weit und breit. Du hast Adam verraten – und jeden anderen auch.« Er schiebt seine Hemdärmel bis zu den Ellenbogen hoch, fährt sich einmal kurz durch sein Haar und mustert den aufgebrachten Lord Isaac, der im Sessel hockt und ihn mit zusammengepressten Lippen anstarrt, mit erniedrigendem Blick. »Ich werde gehen.« Mehr braucht er nicht zu sagen.

*Das war's,* denkt er.

Vor Anstrengung und Genugtuung schlägt ihm sein Herz heftig gegen die Brust. Es ist fast schon schmerzhaft.

*Ich werde ihn nie wiedersehen.*

»George«, ruft Isaac ihm nach.

Ohne es zu wollen, bleibt George stehen und dreht sich um. Fast hat er die Tür erreicht. Fast ist er frei. Niemand wird ihn dann mehr aufhalten. Keine Wache. Kein Edmund. Kein Zach. Niemand. Nicht einmal Isaac.

Schweigend sieht er ihn an. Er will ihm nichts mehr sagen - nie wieder.

Isaac richtet sich stilvoll auf, streicht langsam und bedächtig seinen Anzug mit seinen schmalen Fingern glatt und hebt den Blick, um George direkt in die Augen zu sehen. Auf seinen Wangen haben sich rote hektische Flecken gebildet. Für einen Moment scheint er zu überlegen, was er noch mal sagen wollte. Dann meint er mit kräftiger, vor Wut zitternder Stimme: »Ich werde dich finden, George. Hörst du? Und dann werde ich dich töten.«

George hält den Blick eine Sekunde, dann dreht er sich um und geht. Für Isaacs leere Drohung hat er keinen Fünkchen Achtung mehr übrig. Er hat sich schon viel zu lange, alles gefallen gelassen.

# Kapitel VI

## *Lucy*

Lucy liegt noch im Bett. Die Decke bis zum Haarschopf hochgezogen. Langsam atmet sie durch den dicken Stoff hindurch. Müde hat sie die Lider geschlossen. Es ist schon elf Uhr, aber sie will und kann noch nicht aufstehen. Die halbe Nacht hat sie bei Tristan verbracht. Sie hat ihm das Geld gegeben und ihm von der merkwürdigen Begegnung mit diesem Schauspieler erzählt und auch von ihrer plötzlichen Einsicht. Dann war sie gegangen, hatte sich stundenlang im Bett gewälzt und kein Auge zubekommen. Ihre Mutter saß die ganze Zeit über im eignen Schlafzimmer und hat auf die Tastatur eingehackt, sodass sie jedes Klacken der Buchstaben gehört hat. Irgendwann war sie dann mit dem Gedanken: »Wann hört sie endlich auf?« eingeschlafen.

Sie ist erst vor einigen Minuten aufgewacht. Das tackende Geräusch noch immer in den Ohren, wie ein endloses Echo.

Sie seufzt, strampelt die Decke hoch und lässt sie wieder auf sich fallen. Es tut gut nur da zu liegen und zu versuchen die ganzen Sorgen zu vergessen. Tristan war so froh, als er das Geld bekommen hat. Er hat ein Wenig gelächelt, sie umarmt und geflüstert: »Weißt du, jetzt glaube ich, dass Annie und ich noch etwas bleiben können.« Dann wurden seine Augen wieder dunkel. »Aber lange wird das nicht reichen.«

*Da hat er Recht. Es wird nicht lange reichen. Zweitausend sind nicht viel – besonders nicht, wenn man so hohe Schulden hat, wie Tristan.*

Sie kneift sich leicht in den Arm.

*Hör auf! Hör auf damit, dir Sorgen zu machen. Heute ist Samstag. Heute ist ein schöner Tag. Heute ist nicht einmal Schule. Es ist doch alles gut. Alles ist gut.*

Aber es klingt eher wie eine schlechte Lüge in ihren Ohren. Nichts ist gut. Tristan geht es so mies wie noch nie in seinem Leben. Annie ist so unwissend, wie ein kleines Kind eben sein kann, das man aus alldem herausgehalten hat. Und sie bekommt hämmernde Kopfschmerzen und Herzklopfen, wenn sie nur an gestern Abend zurück denkt. An den hübschen Schauspieler, der sie beinahe zu Tode erschreckt und dann sich liebevoll um sie gekümmert hat.

*Wenn ich doch nur nicht so doof wäre. Wenn ich doch wenigstens seinen Namen wüsste. Oder seine Handynummer. Oder sonst irgendetwas, womit ich ihn erreichen könnte. Aber ich bin ja so blöd, dass ich alles versaue.*

Sie kneift fester in die zarte, milchige Haut, lässt dann ihren Arm los und strampelt endgültig die Decke von sich.

Sie sehnt sich nach einem Frühstück. Nach irgendetwas zum Beißen. Sie hat so schrecklichen Hunger. Schnell zieht sie sich eine Jeans und einen dicken Pullover an. Mit einem lauten, theatralischen Seufzen schließt sie ihre Zimmertür hinter sich und schleicht mit schweren Schritten die Treppe nach unten.

»Hast du deinen Englischaufsatz schon fertig?«, fragt ihre Mutter ungerührt, als Lucy die Küche betritt, und stochert in ihrem frischen Obstsalat herum. »Dein Englischlehrer hat angerufen und gesagt, wenn du eine eins schaffst, hältst du dein A auch.« Sie sieht ihrer Tochter in die Augen. »Das ist gut«, fügt sie mit monotoner Stimme hinzu.

»Weiß ich.« Lucy gießt sich Tee aus einer mit Diamanten besetzter Teekanne ein und setzt sich mit an den Tisch. Der Englischaufsatz ist ihr im Moment so egal, wie die Tatsache, dass bald Weihnachten ist. Tristan geht über alles. Wenn er sich schlecht fühlt, geht es ihr auch hundeelend. Das ist schon immer so gewesen. »Du«, meint sie dann und sucht den Blick ihrer Mutter. »Kannst du mir etwas Geld leihen. Ich brauch das.«

»Wofür?« Sie zieht fragend eine Augenbraue hoch und mustert sie mit Adleraugen. Ihr entgeht nichts.

Aber Lucy hat gelernt zu lügen. Sie ist gut. Ihre Mutter merkt es nicht einmal, als sie ihr die Lüge direkt auf den Teller spuckt. »Ich dachte, ich kaufe dieses Jahr mal ein Geschenk für Tante Agnes und Onkel Albert. Ich habe sie solange schon nicht mehr gesehen. Ich wollte in den Ferien mal zu ihnen.«

Besser lügen können, hätte selbst sie nicht. Nicht einmal mit der Wimper hat sie gezuckt, als ihre Mutter mit skeptischer Stimme gefragt hat, ob sie schon davon wüssten. »Nein, natürlich nicht. Es soll eine Überraschung werden. Außerdem haben sie doch jetzt eine Tochter, nicht wahr? Sie werden sich bestimmt freuen, wenn ich komme und ihnen etwas unter die Arme greife«, erklärt sie mit Unschuldsmiene und trinkt einen Schluck von dem dampfen Tee.

»Mach das nur. Sag deinem Vater Bescheid. Er soll dir fünf geben. Mit Flug, erste Klasse. Hin und zurück. Also gib nicht alles für das Geschenk aus.« Ihre Mutter schiebt sich den letzten Rest Obstsalat in den Mund, tupft sich dann fein säuberlich mit einer Serviette die Lippen ab und deutet mit einer umfassenden Geste über den Tisch. »Räum das bitte weg, Lucy. Margreth kommt erst morgen wieder.

Und ich muss noch bis Mittwoch mein Buch fertig bekommen.«

Lucy nickt. Ihre Haushälterin ist schon zwei Wochen krank und bis jetzt musste sie immer alles machen – nein, fast alles – was Margreth sonst gemacht hat. »Kein Problem.« Sie schaufelt sich die Schale voll mit dem Salat und beißt in eine Scheibe Ananas.

Fünf würde ihr Vater ihr geben. Fünftausend natürlich.

*Ob das reicht?*

Tristan hat ihr nicht gesagt, wie viel er braucht. Er hat sie nur lange angesehen und gesagt: »Viel, Lucy. Ich brauche sehr viel.«

Als ihre Mutter die hochmoderne Edelstahlküche verlässt und sich wieder an die Arbeit macht, schlingt Lucy hastig ihr Frühstück runter. Sie will unbedingt noch zur Bank, um ihr Konto zu plündern. Tristan würde alles Geld bekommen, was er braucht und noch den Rest, wenn was übrig bleibt.

*Einer muss ihm schließlich helfen*, denkt sie und räumt schnell den Tisch leer. Obstsalat in den Kühlschrank, zweites Fach. Teller in die Geschirrspülmaschine. Krümel in den Mülleimer. Den Rest Tee gießt sie in eine kleine, bordeauxrote Thermoskanne und packt sie in ihre Handtasche. Draußen ist es immerhin minus vier Grad kalt. Während sie in ihre dicken, mit Fell gefütterten Boots schlüpft und sich die Daunenwinterjacke anzieht, klopft es an der Tür. Sehr leise dringt das Klopfen bis zur Küche vor. Wie durch Watte hört sie es.

*Wer kann das wohl sein? Tristan? Niemals – er würde sich nie hierher trauen. Dafür haben unsere Eltern sich zu streng und ignorant verhalten. Aber wer dann? Bestimmt wieder so ein reicher Schnösel, der meine Mutter zum Essen ausführen will, um über ihre Bücher zu reden.*

All diese Sätze schweben ihr durch den Kopf, als sie zur Tür geht. Den Arm noch nicht einmal richtig im Ärmel drinnen. Die Mütze ist halb vom Kopf gerutscht. Ihr roter Schal baumelt um ihre Schultern wie ein drohender Faden voll Unheil. Er hebt sich stark von ihrer schwarzen Jacke und der dunklen Jeans ab. Nur ihre Mütze ist ebenfalls rot. Ein Sonderangebot, aber nur zusammen. »Warte!«, ruft sie durch die dicke Eichentür hindurch, greift mit der freien Hand nach dem Türgriff, öffnet sie und macht einen Schritt zurück, wobei sie auf den offenen Schnürsenkel tritt und beinahe umgefallen wäre, hätte der charmante Junge vor der Tür nicht ihren Arm blitzschnell gegriffen und sie festgehalten.

»Alles klar?«, fragt er. Um seine Lippen spielt ein amüsiertes Lächeln. Blonde, gekringelte Haarsträhnen sehen unter seiner grünen Mütze hervor.

Sie braucht einen Moment, um Luft zu holen, während sie ihn anstarrt. »Du?«, fragt sie atemlos. Ihr Herz klopft schneller. All die Emotionen der letzten Begegnung sprudeln in ihr hoch, wie die Kohlensäure in einer geschüttelten Limoflasche. Wut. Angst. Hass. Verwirrung. Aber ein neues Gefühl schleicht langsam an die Oberfläche und macht sich dort breit. Freude.

*Er ist hier. Wie ist das möglich? Er weiß doch nicht einmal, wer ich überhaupt bin. Nur das ich verrückt bin, so wie ich mich gestern verhalten habe. … Ich könnte mich ohrfeigen.*

»Ja, ich.« Er sieht auf seine Hand hinab und lässt ihren Arm los. »Ich wollte nur sehen, wie es dir geht.«

Sie schiebt die Mütze zurecht und schafft es endlich in den Ärmel ihrer Jacke. Die Verblüffung steht ihr ins Gesicht geschrieben. Sie schafft es sich zusammenzureißen, aber sie kann ihn nicht anlügen. Irgendetwas in ihr verhindert, dass sie diesen hübschen Schauspieler mit den grünen, leuchtenden Augen und den blonden Locken, die unter der Mütze hervorlugen, anlügt. Sie beobachtet, wie sein Lächeln verblasst und er einen Schritt zur Seite macht, damit sie nach draußen treten kann, aber sie bleibt stehen, wo sie ist. »Geht so«, murmelt sie. Dann stutzt sie. »Aber woher kennst du meine Adresse?«

Er lächelt verlegen. »Ach, ich habe eben Kontakte.«

Im gleichen Moment schreit ihre Mutter von drinnen: »Mach die verdammte Tür zu oder ich komme persönlich! Es zieht!«

Lucy wendet den Kopf und zieht die Tür hinter sich zu. »'Tschuldigung. Meine Mutter ist sonst nicht so.«

*Sie ist sonst ganz anders. Ignorant. Nicht da. Hasserfüllt. Unausstehlich,* denkt sie und verschränkt die Arme vor der Brust.

»Ach« Er winkt ab. »Meine Mutter ist auch so, wenn ich sie mal sehe.« Er zieht die Stirn kraus. Eine Sekunde mustert er sie nachdenklich. Dann lächelt er wieder. Seine Mundwinkel ziehen nach oben.

Lucy fragt sich für einen Moment, wie es wäre sie zu küssen. Eine leichte Röte steigt ihr in die Wangen. Dieser Junge übt eine unwiderstehliche Anziehung auf sie aus.

*Aber das ist normal. Er ist Schauspieler. Alle liegen ihm wahrscheinlich zu Füßen.*

Sie schiebt den Gedanken beiseite, als ihr die Handtasche einfällt, die sie auf dem Küchentisch liegengelassen hat. »Warte kurz«, sagt sie schnell, bevor er etwas sagen kann. Sie öffnet die Tür und schließt sie hinter sich. Tief atmet sie ein. Warme Zimmerluft füllt ihre Lungen. Sie spürt den Schweiß, der sich in ihrem Nacken bildet. Dieser Junge macht sie ziemlich nervös.

*Das ist neu. Das ist sonst nicht so. Was ist los mit mir? Reiß dich zusammen, Lucy Madelaine Tyler!*, schallt sie sich ernst. *Kein Junge der Welt ist es wert so zu schwitzen.*

Sie greift langsam nach der Handtasche und schiebt sie bis zur Schulter hoch. Sie sieht zur Tür hin, hinter der der hübsche, junge Schauspieler steht und wartet. Sie lächelt bei dem Gedanken, dass er wartet. Dass er auf sie wartet. Sonst wartet niemand auf sie. Niemand außer Tristan, aber er ist nicht da. Schon lange nicht mehr.

»Was ist denn, Lucy?«, fragt ihre Mutter und kommt schlurfend in die Küche. »Wolltest du nicht weg? Geschenke kaufen? Dein Vater ist bestimmt gleich da. Wenn du noch wartest, dann gibt er dir das Geld.« Sie füllt ein Glas mit Wasser und schlurft zurück in ihr Zimmer ohne auch nur abzuwarten, was Lucy überhaupt zu sagen hat.

Sie sieht ihr nach und geht zur Tür. Sie wartet bis sich ihr Herz beruhigt hat, aber das passiert nicht. Es schlägt so wild wie die Herzen der Indianer, die vor den Cowboys auf der Flucht sind. Ihre Hand wischt sie an der Hose ab und geht dann nach draußen.

Ein Strahlen breitet sich auf seinem Gesicht aus. Er stößt sich von der Wand neben der Haustür ab und lächelt sie an. »Handtasche?«

Sie zuckt mit den Schultern. Sie versucht ungezwungen und natürlich zu klingen, aber sie ist selbst verwundert, wie normal und ruhig ihre Stimme rüberkommt. »Die muss ich mitnehmen. Es ist kalt. Und da ist Tee drinnen. Ich muss zur Bank.«

Er stellt sich direkt vor ihr hin, legt ihr die Unterarme auf die Schultern und beugt sich weit zur ihr vor. Sein Atem streicht sanft über ihre Wangen. »Ich wollte natürlich nicht nur fragen, wie es dir geht« Als wäre das das Natürlichste und Offensichtlichste der Welt. Er zuckt nervös mit den Schultern.

Nur ganz leicht, aber sie merkt es sofort. Auch sein Atem kommt nur noch stoßweise.

Sie schenkt ihm ein Lächeln. »Sicher. Wieso solltest du nur deswegen kommen?«

»Ich wollte« Er verhaspelt sich und auch ihm wird heiß. Eine leichte Röte steigt ihm bis zum Hals. »Darf ich mitkommen?«

»Wohin?«, fragt sie verwirrt und sieht ihm tief in die Augen.

*So grün. So leidenschaftlich. So unendlich tief. Wie das Meer.*

Er lächelt. »Zur Bank. Da willst du doch hin. Kann ich mitkommen?« Er zieht langsam seine Arme zurück und lässt nur noch seine Hände auf ihren Schultern ruhen. »Du bist echt sexy, wusstest du das?«

Sie spürt die Hitze in ihren Wangen pochen. »Gleichfalls.« Sie schiebt seine Hände weg. Die Situation ist ihr durchaus bewusst. Aber das drohende Unheil schwebt wie ein Gewitter über ihren Köpfen. Sie muss das Geld holen. Jeden Moment könnte das Leben von Tristan und seiner Tochter ausgelöscht werden. Ihre Augen hören auf zu leuchten. Sie werden kalt und ängstlich.

»Alles in Ordnung?«, fragt er zärtlich und sieht sie mit Sorgenfalten auf der Stirn an. »Was ist los?«

Sie öffnet den Mund, aber sie kann nichts sagen. Wenn sie es nicht einmal Argus, ihrem besten und längsten alten Freund erzählen kann, dann kann sie das auch keinem Schauspieler erzählen, der sie beinahe einen Herzinfarkt gekostet hat. »Nichts. Wir müssen gleich los.«

Er greift ihre Hand und streichelt ihren Handrücken. »Erzählst du es mir, wenn wir nachher einen Kaffee trinken gehen.« Er lächelt. »Komm schon. Ich lade dich auf einen Tee ein. Ich weiß doch, dass du keinen Kaffee trinkst.«

All die gute Laune ist aus ihr herausgewichen, wie Luft aus einem Luftballon. »Vielleicht. Gehen wir zur Bank. Aber wir müssen noch kurz warten. Mein Vater muss mir noch etwas Geld geben. Zehn Minuten vielleicht noch.« Sie lehnt sich mit dem Rücken gegen die Wand und seufzt.

*Was soll das hier bloß werden? Ich und dieser charmante Schauspieler, wir stehen hier und warten auf meinen Vater, dass er mir Geld gibt für meinen missratenen Bruder, der auf mich angewiesen ist. Warum? ... Egal. … Nett von ihm.*

Das alles ist ein Bisschen zu viel für Lucy. Sie schiebt die Hände in die Hosentaschen und schließt für einen Moment die Augen. Sie atmet die kalte Dezemberluft ein. Sie schmerzt in ihrem Hals. Sie zieht den Schal fester um den Hals und schiebt die Mütze weiter nach unten. Sie weiß gar nicht mehr, wie sie das alles noch mit ihrem Gewissen vereinbaren soll. Sie versucht sich einzureden, dass sie nur das Beste für ihren Bruder, für Tristan will. Aber so langsam schleicht sich ein anderer Verdacht bei ihr ein.

*Ich will meine Eltern ausbeuten. Ich will sie bluten lassen.*

Das macht ihr Angst. Sie dachte immer, dass sie ihre Eltern liebt und dass sie nur sauer auf sie ist, weil sie ihren Bruder verstoßen haben. Dass sie ihn so schlecht behandelt haben. Dass sie ihn leiden haben lassen.

*Sie sollen bezahlen für alles, was sie ihn angetan haben. Sie sollen genauso leiden wie Tristan jetzt leidet. Kein Geld. Den Tod immer im Nacken. Ständige Angst um seine kleine, winzige Familie. Es könnte sie jederzeit treffen. Sie könnten ihn jederzeit wieder die Finger brechen und ihn verprügeln.*

»He – du.« Langsam streckt der Schauspieler eine Hand nach ihrer Wange aus und streichelt sie sanft. Er hat sehr deutlich gemerkt, wie das Blut immer mehr aus ihrem Gesicht gewichen ist. Er macht sich Sorgen um sie. Auch wenn er sie nicht kennt. Aber so ist er nun mal. »Weißt du, was mir eingefallen ist?« Er beugt sich weiter vor. »Ich weiß nicht einmal deinen Namen.«

Sie versucht ihn anzulächeln. Ein schräges Lächeln aufzusetzen, damit er sich nicht zu viele Sorgen um sie macht, denn das ist das Letzte, was sie gebrauchen kann. Jemand, der sich Sorgen um sie macht. »Ich weiß deinen Namen ja auch nicht. Also sind wir quitt.«

»Das will ich aber nicht.« Er macht einen Schritt zurück und streckt ihr seine Hand hin. »Ich bin Vincent Maximilian Adler. Vincent Adler. Für dich Vincent. Ein sehr erfolgreicher Schauspieler, falls du es noch nicht bemerkt haben solltest.«

Sie schüttelt den Kopf. »Tut mir leid. Vincent. Ich…« Ihre Stimme verliert sich im Nichts. Sie hat vergessen, was sie sagen wollte.

Sie sieht die Straße entlang. In der Ferne kommt ein silberner Porsche angeschlichen. Sie weiß schon jetzt, dass ihr Vater das Handy am Ohr hat und wieder mit heftiger Inbrunst auf seine Geschäftspartner oder seinen Assistent einredet. »Da kommt mein Vater. Ich hol nur schnell das Geld von ihm. Du wartest hier draußen.« Sie öffnet wieder die Tür und will gerade ins Haus schlüpfen, als er sie am Arm zurückhält. Sie wendet den Kopf wieder nach hinten.

»Warte doch mal«, meint er sanft und sieht sie an. »Du bist dran. Sag mir deinen Namen.« Langsam schlägt er die Lider auf und nieder und schaut sie mit flehendem Blick an.

*Als würde ihn das wirklich interessieren. Als würde er sich wirklich für mich und meine Angelegenheiten interessieren.*

Sie legt ihre Hand auf seine. Er strahlt eine energetische Wärme aus, die sie durchströmt und sie einhüllt. Sie schießt bis zu ihren Ohren hoch und zu den Zehenspitzen nach unten. Es ist, als würde Vincent eine Wärmedecke über sie legen und sie fest an seine Brust drücken.

Sie will seine Hand am liebsten nie wieder loslassen. »Lucy Madelaine Tyler. Lucy Tyler. Für dich Lucy«, stellt sie sich auf die gleiche Art und Weise vor wie er.

Er lächelt ein Wenig breiter und dreht seine Hand herum, damit er ihre Finger miteinander verschränken kann. »Lucy«, säuselt er verträumt. »Warum brauchst du das Geld?«

Das macht alles kaputt. Sie zuckt zusammen und zieht gegen ihren eigenen Willen ihre Hand zurück und haut ihm die Tür vor der Nase zu. Vor Wut zittern ihre Hände und sie ballt sie zu Fäusten.

*Scheiße!*

Sie schlägt gegen die Tür. Tränen stehen ihr in den Augen. Sie sieht verwirrt hoch.

*Was ist los mit mir?*

Der plötzlich auftretende Wutanfall verraucht, als jemand gegen ihren Rücken drückt und sie zur Seite springt. Sie versteht sich ja selbst nicht. Wieso reagiert sie so? Wieso macht sie das alles so fertig? Sonst lässt sie nichts an sich ran – und jetzt steckt ihr Bruder in der Klemme und sie beginnt wie ein kleines Kind zu heulen.

*Das muss aufhören! Das kann doch so nicht weitergehen. Ich muss ihm einfach helfen und alles andere verdrängen. Das ist einfach. Im Verdrängen bin ich gut.*

»Lucy!«, ruft Vincent und drückt die Tür vorsichtig auf und kommt herein. Seine Wangen sind gerötet. Natürlich merkt er sofort, wie schlecht es ihr geht. Er hat ihr Hämmern gehört, ihre stummen Schluchzer, ihre Wut. Er hat ein überausfeinfühliges Gespür für Gefühle anderer Leute. Und selbstverständlich auch für seine eigenen. »Alles klar?«, fragt er sanft, greift ihre Hände und zieht sie an sich. Die Arme legt er vorsichtig um sie herum und drückt sie an seine Brust.

Sie hält die Luft an. Sie spürt, wie sein Herz gegen seine Brust schlägt und bis zu ihrem Herzen hervordringt. Sie verschränkt ihre angespannten Finger hinter seinem Rücken. »Nichts ist gut«, murmelt sie ernst und beißt sich auf die Lippen. So fest, dass es wehtut. Dass sie all ihren Frust spürt. »Das ist einfach nicht fair!«, schluchzt sie.

Er schiebt ihr vorsichtig die Haare aus dem Gesicht und sieht sie mit festen, grünen Augen an. »Willst du darüber reden?« Er beugt sich tief zu ihr runter, obwohl er nur ein kleines Stückchen größer ist als sie.

Sie hebt den Blick, drückt ihre Hände gegen seine Hüften und nickt. Sie will nichts sehnlicher als das. Als mit jemanden endlich über alles reden zu können. Aber bis jetzt war niemand da. Und ihre Eltern sind die letzten, der sie davon erzählen würde und die sich für ihre Probleme interessieren.

»Lucy«, meint ihr Vater plötzlich, der in der Küchentür aufgetaucht ist und mit dem Handy in der Hand dasteht und sie ansieht. »Wer ist das?«

Sie wirbelt herum und greift bestimmt nach Vincents Arm. »Hey, Dad. Ich möchte Geld von dir haben. Weißt du, ich möchte in den Ferien zu Tante Agnes und Onkel Albert fahren.« Sie sieht ihn mit großen Augen an. »Krieg ich fünf?«

»Hast du schon mit deiner Mutter darüber gesprochen?« Er zieht aus seiner Jackentasche ein Portmonee und steckt sich das Handy zwischen Ohr und Kinn. Am anderen Ende redet noch immer sein Gesprächspartner.

Lucy hört ihn und hat ein wenig Mitleid mit ihm.

Armer Mann. Er muss stundenlang für einen Mann schuften, der seinen eigenen Sohn verstoßen hat und dessen Erwartungen nie erfüllt werden können. Niemals. Nicht einmal wenn man sein Leben für ihn opfert, wenn er es verlangen würde. Er würde nur mit den Schultern zucken und sagen, dass man es auf viel stilvollere Art auch hinbekommen würde oder »Erwarte bloß keinen Dank von mir.«

Vincent steht sprachlos neben ihr und hält ihre Hand umklammert. Er weiß schon gar nicht mehr, was er sagen soll. Nur eine Frage schwirrt in seinem Kopf herum. Warum sagt ihr Vater nichts weiter zu ihm? Jeder andere Vater wäre doch fast verrückt geworden. Oder etwa nicht? Sein Vater auf jeden Fall, wenn seine kleine Schwester mit einem Freund in inniger Umarmung in seinem Haus mitten am Tag steht und er ihn noch nie gesehen hat.

Zumal seine Schwester aber auch erst sechs ist und niemals einen Freund haben wird. Das ist rein körperlich gar nicht möglich. Aber dennoch ist es ihm ein Rätsel. Ist Lucys Vater denn gar kein gewöhnlicher Familienvater mit einem großen Interesse und einem noch größeren Beschützerinstinkt seiner Tochter – seiner Prinzessin – seinem Herzblut – seiner Lebenserfüllung – seinem Sinn des Lebens gegenüber? Er wirft Lucy einen fragenden Blick zu.

»Ja, hab ich schon. Es war schließlich ihr Vorschlag mit den fünftausend.« Sie wirft ihm ein strahlendes, aufgesetztes Lächeln zu und hält ihm die Hand hin. »Also, gibst du es mir?«

Er holt einen Bündel Scheine heraus und drückt sie ihr zwischen die Finger. Sie kann sich nicht einmal bedanken, denn er redet schon wieder in sein Handy hinein, macht eine abfallende Handbewegung und stolziert mit schnellen, klackernden Schritten, die seine Lackschuhe verursachen, aus der Küche hinaus. Er hat nicht mal mit den Wimpern gezuckt und weiter nachgefragt.

*Ich könnte ihn genauso über den Tisch ziehen, wie ich es schon mit seiner besseren Hälfte getan habe.*

Lucy steckt das Geld in einen Umschlag, den sie mit zarten Fingern aus ihrer Handtasche zieht und öffnet. »Lass uns gehen.« Sie verschränkt wieder ihre Finger mit seinen, als würden sie das schon seit Jahren machen. Als wären sie nicht nur zwei Fremde, die sich zufällig vor einem Tag getroffen haben und sich zum zweiten Mal erst sehen. »Wir haben noch eine Menge vor bevor wir endlich Teetrinken gehen können.« Sie zieht ihn hinter sich her, bevor er noch etwas sagen kann.

Er starrt ihren dunklen Haarschopf an und fragt sich, was in diesem kleinen, hübschen Köpfchen so vor sich geht. »Wir gehen doch nur zur Bank. Was hast du denn noch vor?«

»Zu meinem Bruder.« Sie spürt, wie die Tränen wieder in ihr hochsteigen und wie sie fester seine Hand umschlingt.

»Wollen wir nicht erst reden.« Er bleibt abrupt stehen und hält sie fest.

Sie dreht sich zu ihm um.

*Ich würde nichts lieber als das. Aber mein Bruder geht vor. Er braucht dringender Hilfe als ich. Er soll wenigstens noch bis Weihnachten durchhalten. Annie soll außerdem Geschenke bekommen. Das muss ich ihm sagen. Er muss ihr welche kaufen – sonst mache ich das. Sie ist doch noch so jung. Noch ein kleines Kind. Kleine Kinder haben Weihnachtsgeschenke verdient.*

Vincent lässt seinen Blick auf ihr ruhen und versucht zu durchschauen, was in ihr vorgeht. Aber er weiß es nicht. Er kann es nicht einmal erahnen. Er merkt nur, wie schlecht es ihr geht. Wie dringend sie reden muss, wenn die Sorgen sie nicht zerfressen sollen. »Wollen wir nicht erst Tee trinken gehen?« Langsam streicht er mit seinen freien, kalten Fingern ihre Hand entlang und kriecht unter den Saum ihres Jackenärmels.

Eine Gänsehaut jagt ihren Rücken hinab und sie friert innerlich unter seiner Berührung zusammen. »Ich weiß nicht.« Ihr Kopf ist leer. Eine gähnende, unendlich tiefe Leere, die ihr alle Sinne raubt, außer dem Gefühlssinn. Sie spürt jede seiner samtigen Bewegungen, die die

Gänsehaut aufrechterhalten und ihr weitere Schauer über die Kopfhaut kriechen lassen.

Vincent streicht vorsichtig die Haare nach hinten, legt ihr die Hände in den Nacken und haucht ihr seinen warmen, nach kaffeeriechenden Atem ins Gesicht. »Ich mache dir einen Vorschlag. Wir gehen jetzt erst zur Bank, die liegt nämlich vor dem Café, wo wir gestern schon waren.« Er zieht die Brauen hoch. »Wenn du da noch hinwillst.«

Sie nickt zögerlich. Sie kann ihm ja schlecht widerstehen. Seine Augen sind so leidenschaftlich. Er ist so elektrisierend. Seine Art. Seine Berührung. Sein Verhalten. Alles an ihm.

»Und danach reden wir. Zu deinem Bruder können wir auch noch morgen. Oder heute Abend.« Er löst sich von ihr. Ganz langsam. Als hätte er Angst diese zerbrechliche Porzellanpuppe zu beschädigen oder ihr einen Arm auszubrechen. Aber diese Angst ist so unbegründet, wie er Angst haben müsste sie zu verlieren.

*Das wird nicht passieren. Er wird mich nicht verlieren.* Ich *will niemanden mehr verlieren.*

Sie taumelt zurück. Ihr ist plötzlich so schwindelig, als würde sie Karussell fahren. Runde um Runde. Schneller und immer schneller. Anstatt des Tageslichts kommt eine drohende Schwärze vor ihren Augen zum Vorschein. Sie spürt wie Vincent sie auffängt. Zwei starke, warme Arme. Sie hört seine Stimme nahe ihres Ohres. Sie spürt sein rasendes Herz. Seine Panik. Seine Angst. Aber darum kann sie sich nicht kümmern. Sie kämpft gegen den starken Sog der Ohnmacht an, der sie zu übermannen droht. Sie hat keine Ahnung, was mit ihr geschieht. Nicht die geringste. In letzter Zeit wurde ihr immer wieder schwindelig, aber nie so schlimm. Sie öffnet den Mund, um zu schreien, aber es kommt kein Ton heraus. Sie bekommt es mit der Angst zu tun. Sie fühlt sich vollkommen hilflos und ausgeliefert. Wie ein wildes Tier in einer Jägerfalle, das um sein Leben an seinem eingeklemmten Bein zerrt. Sie hat die Augen vor Schreck weit aufgerissen, sieht aber nur schwarz. Helles und dunkles Schwarz, das zu pulsieren scheint. Sie weint. Heiße Tränen strömen über ihre Wangen. Sie spürt sie. Sie spürt die Arme um ihren Köper. Sie spürt warmen Atem auf ihrem Gesicht. Sie spürt wie sie den Boden unter den Füßen verliert. Als würde sie in ein tiefes, schwarzes Loch stürzen. Für einen Moment hört sie etwas, dass Vincent versucht zu sagen, aber nur ein ersticktes Wort herausbekommt: »Hilfe!« Aber in ihren Ohren klingt das sehr leise und sehr weit weg. Als würde er es flüstern. Auch die folgenden Worte, die er ihr nun wirklich ins Ohr flüstert, werden immer leiser und verstummen irgendwann ganz. In dem Moment, als Lucy den Kampf gegen das schwarze Ungetüm verliert und sie ihre Augen schließt und in eine tiefe Bewusstlosigkeit sinkt.

# Kapitel VII

## *George*

Es ist bereits früher Abend, als George über der kleinen Spüle in seiner Ein-Zimmer-Wohnung steht und das Hemd mit einer drahtigen Bürste und Kernseife versucht von den Blutflecken zu befreien, die seine Nase am Morgen verursacht hat. Sein nackter Oberkörper glänzt in der untergehenden Sonne in einem goldenen Ton. Auf seiner Stirn steht ein dünner Schweißfilm. Es ist anstrengend das Blut zu entfernen, aber billiger als es in der Waschmaschine zu waschen. Außerdem ist es sein einziges Hemd – er hat also wohl keine Chance. Neben ihm auf dem kleinen, alten Herd liegt der Umschlag, den Zach ihm gestern gegeben hat. Ein paar lose Scheine gucken heraus. Er hat sie kaum angerührt. Er ist gestern gleich ins Bett gegangen, hat nur den Umschlag auf den Herd geschmissen.

*So ein Mist! So ein verdammter Mist!*

Seine Hände verkrampfen sich und er fährt fester über den feinen Stoff des Hemdes. Die Wut in ihm packt ihn mit eiserner Faust. Er kann nicht glauben, dass er Isaac am Leben gelassen hat.

*Wieso nur?*

Er hätte ihn umbringen sollen – das weiß er. Jetzt ist Isaac eine tickende Zeitbombe, die ihm jederzeit ein Loch in die Brust reißen kann.

*Außer ich gehe zu ihm zurück.*

Er seufzt. Aber das kommt nicht in Frage. Niemals. Er will niemanden mehr quälen. Kenan war der letzte. Es wird niemals zu der sechshundert kommen. Das will er einfach nicht. Und sollte er dieses wunderschöne Mädchen mit dem kompliziertesten Schloss, das er je gesehen hat zufällig einmal wiedertreffen, dann wird er sich umdrehen und verschwinden. Er weiß nämlich auch, dass er nicht lange ihrem Schloss widerstehen kann. Es ist so einzigartig und interessant, dass er auf Dauer gar nicht anders kann.

Er wischt sich mit dem nassen Arm über die Stirn und blinzelt in das Sonnenlicht, das durch das hochglänzende Küchenfenster scheint. Es ist so golden wie der Ehering am Finger seines Pflegevaters. Der Himmel brennt in einem kräftigen Orangeton, der wie aufgemalt wirkt.

»Aber er ist nicht hier«, sagt George bestimmt und knallt die Bürste neben die Spüle auf das Blech, auf das man die gesäuberten Sachen zum Abtrocknen hinstellt. »Er wird auch nicht herkommen. Nicht heute und nicht morgen – und sonst überhaupt nie. Er hat mich verlassen so wie meine richtigen Eltern mich verlassen haben.«

Plötzlich waren sie weg. Seine Pflegemutter und sein Pflegevater. Über Nacht haben sie sorgfältig geplanter Hast das Haus verlassen und all ihre Sachen mitgenommen. Das war vor zwei Monaten. Sie haben ihn alleine in dieser winzigen Wohnung am Stadtrand gelassen. Nur mit der Nachbarin, die einmal in der Woche kommt und alles sauber macht. Sie müssen sie bezahlt haben, wie er vermutet, denn freiwillig würde sie das ja wohl kaum tun. Er war so wütend und so verzweifelt in den ersten zwei Tagen. Er hat das alles einfach nicht verstanden.

»Nicht einmal einen Brief haben sie geschrieben«, knurrt er und reißt das Hemd an den Ärmeln hoch, um es zu betrachten. Das Blut ist weg. Aber seine Wut nicht. Sie brodelt noch immer in ihm. Schon wieder wurde er verlassen und beim zweiten Mal schmerzt es sogar noch mehr als beim ersten Mal. Er hatte eine Familie. Er hatte Eltern. Seit sieben Jahren hat er bei ihnen gelebt. Bei den Campbells. Er war einer von ihnen. Ein Campbell. Aber jetzt anscheinend nicht mehr. Er dachte, dass das nie passieren wird. Dass nicht noch einmal seine Eltern ihn verstoßen. Dass sie ihn nicht noch einmal zurücklassen. Vergessen. Als wäre er gar nicht da. Sie haben sich doch immer um ihn gekümmert. Sieben Jahre lang. Sie haben ihn geliebt. Sie haben mit ihm gespielt. Sie haben ihm bei den Hausaufgaben geholfen. Bei Problemen. Bei der Verarbeitung seiner Vergangenheit. Und jetzt reißt diese Narbe wieder auf. Als hätten sie sie mit einem Messer wieder aufgeschnitten. Er versucht damit klarzukommen. Es zu vergessen. Sich einzureden, dass er keine Eltern hat. Dass niemand ihn verlassen hat. Aber er kann das nicht. Es tut alles zu weh, um darüber zu reden oder daran zu denken.

*Zach hat keine Ahnung – aber die hat er ja nie. Er weiß nie Bescheid. Er ist abhängig von Isaac. Isaac ist seine Familie.*

Er hängt das Hemd im Wohnzimmer auf der Wäscheleine auf, die quer durch den Raum gespannt ist und wirft noch einige Holzscheite auf das Feuer im kleinen Ofen, der in einer Ecke steht. Alles scheint ihm so einsam und verlassen. Auf dem Tisch in der Küche stehen keine frischen Blumen, die seine Pflegemutter immer von der Arbeit im Blumenladen mitgebracht hat. Es steht überhaupt nichts auf dem Tisch, außer einer benutzten Tasse. Es weht auch kein Duft nach Geranien oder Lilien durch die Wohnung. Es riecht nur nach verbrannten Holz. Nach Asche. Nach stickiger, schweißiger Luft. Er hat seit Wochen die Fenster nicht mehr geöffnet. Die Schlüssel hat er in einer kleinen Box in seinem Nachtisch versteckt, damit auch seine Nachbarin sie nicht öffnen kann. Im Schlafzimmer seiner

Pflegeeltern liegen noch immer die benutzten Bettdecken und die Kissen auf dem Bett, aber alles andere ist verschwunden. Der Schrank steht leer und einsam an der Wand gegenüber dem Bett. Der Spiegel neben dem Fenster wirft nur noch Georges Spiegelbild zurück, der nun an der Türzarge gelehnt dasteht und mit verletztem Blick aus dem Fenster sieht. Er sieht den Wald in der Ferne. Die Straße, die sich bis zum Horizont dahinschlängelt, wie eine lange Schlange. Die Sonne scheint durch das winzige, geputzte Fenster als wäre nie etwas gewesen. Als wären seine Eltern nur Einkaufen oder Arbeiten. Das ganze Haus sieht danach aus. Es ist geputzt und ordentlich, aber all ihre Sachen sind weg. Im Badezimmer steht nur noch in einem Glas eine Zahnbürste. Über dem Hacken neben dem kleinen Waschbecken mit dem verrosteten Wasserhahn hängt nur noch ein weißes Handtuch. In der Küchen ist noch alles da. Alle Töpfe. Alles an Geschirr. Jedes Küchenhandtuch. Aber der Herd ist seit zwei Monaten nicht mehr eingeschaltet geworden. Der Kühlschrank ist bis auf Plastikboxen mit nichts außer einer Tüte Milch gefüllt. Seine

Nachbarin bringt ihm jeden Mittag eine Box mit Mittagessen, das er nur noch in der Mikrowelle aufwärmen braucht. Wenn er nicht da ist, stellt sie ihm die Box in den Kühlschrank. Und sobald die Milchtüte leer ist, bringt sie ihm eine neue vom Einkaufen mit. Im Wohnzimmer steht einsam und verlassen das alte, etwas verschmutzte Sofa, bei dem aus manchen Stellen schon die Sprungfedern herausschauen. Aber so war das schon immer. Seine Pflegeeltern haben nicht sehr viel Geld verdient. Es reichte gerade für das Nötigste. Und das, was übrig blieb am Ende des Monats, haben sie in eine Metalldose mit Bananenaufdruck getan. Für ihn. Für George. Für seine Zukunft. Für das College, auf das er gehen sollte. Er war gut in der Schule. Er hätte etwas werden können. Aber seit seine Eltern nun weg sind, geht er nicht mehr hin. Die Anrufe seiner Lehrerin ignoriert er. Auch die Briefe schmeißt er nur in die Toilette und spült sie herunter. Wenn die Polizei oder andere wichtige Leute vor der Tür stehen, verkriecht er sich in seinem Zimmer, das nicht einmal ein richtiges Fenster, nur einen kleinen, rechteckigen, armbreiten Schlitz unterhalb der Decke hat – und seiner Nachbarin erzählt er, dass er zur Schule hingeht, aber er treibt sich in der Stadt, im Wald ober bis jetzt bei Isaac rum, wo er sich etwas Geld verdient.

*Aber damit ist jetzt Schluss. Ich gehe nie wieder dorthin zurück. Er hat nichts mehr, womit er mir drohen kann. Nicht einmal mein Leben, kann er mir mehr nehmen. Denn das ist bedeutungslos. Und auch wenn er es mir nimmt, es wäre mir egal. Es wäre jedem egal. Selbst Zach.*

George betritt das einzige, lebhafte Zimmer in der ganzen, winzigen Wohnung. Sein Zimmer. Sein eigenes. Es ist nicht mehr als eine Besenkammer. An einer Wand steht ein zusammengezimmertes Bett mit schäbiger Matratze und ausgeblichener, weißer Bettwäsche. Daneben ein Nachtschrank, dem schon zwei Schubladen fehlen und in der letzten sich nur seine letzten Habseligkeiten, zwei Fotos, eines seiner richtigen Eltern und eines auf dem er, Zach und Adam am See nur in Unterhosen im Sand spielen, als sie noch im Heim waren, ein Glücksgeldstück, ein Armband, das Adam ihm geschenkt hat und die Holzbox mit den Schlüsseln und die Bananendose befinden. Manchmal steckt seine Nachbarin dort etwas Geld rein – das hat er längst gemerkt. Aber er benutzt es nicht. Er benutzt kein Geld außer dem von Isaac, denn an diesem Geld kleben Blut und Schmerz und manchmal auch der Tod, den er unbedingt loswerden will. In seinem Kleiderschrank, ein Regal, in dem früher Einmachgläser standen, vor dem jetzt aber ein alter Gardinenvorhang hängt, befinden sich nur zwei Jeans, einen Anzug, den Isaac ihm gegeben hat, drei T-Shirts (ein schwarzes, ein leuchtendblaues und ein graues), zwei Pullover (hellblau und weiß), fünf Paar Socken (allesamt schwarz), fünf Unterhosen (zwei weiß, zwei schwarz, eine dunkelblau) und ein Unterhemd (weiß). Das ist alles was er besitzt.

Er setzt sich auf das Bett, das unter seinem Gewicht gefährlich zu ächzen anfängt. Nur schwach fällt durch die kleine Öffnung Licht herein. Auf dem Nachtisch steht eine kleine Lampe, die er umstößt, als er sich vorbeugt und aus der Schublade das Bild von ihm und seinen „Brüdern" hervorholt.

*Da waren wir – eine Familie. Wir waren Brüder,* denkt er traurig und berührt Adams nackte Brust mit seiner Fingerspitze. Er erinnert sich noch sehr genau an den Tag damals. Es war einer der letzten Tage mit Adam. George war schon zehn. Adam und Zach waren neun. Es war im Sommer. Die Heimleiterin, die besonders für deren Flurtrakt zuständig war, hat sie am Morgen ganz früh geweckt und sie aus dem Bett geschmissen. Sie haben sich Brote geschmiert und mit den anderen Kindern sind sie an den See gefahren, der zwei Stunden Busfahrt entfernt lag. Adam hat die ganze Zeit unruhig auf seinem Sitz hin und her gerutscht und gefragt, wann sie endlich da sind, bis der Mann der Heimleiterin ihm eine runtergehauen hat.

*Aber das hat ihm nichts ausgemacht. So etwas hat Adam nie etwas ausgemacht. Er hat immer nur gesagt: »So sind die Menschen. Sie kann man nicht ändern. Man kann nur alles besser machen.«*

Bei dem Gedanken an seinen kleinen Bruder zieht sich George Brust schmerzlich zusammen. Das Bild in seinen Händen beginnt zu zittern. Aber Erinnerungen lassen sich nicht so einfach vertreiben - das weiß George nur allzu gut.

Als sie endlich am Strand waren, haben sie die Brote gegessen, sich die Kleider ausgezogen und sind ins Wasser gestürzt. Der Mann der Heimleiterin hat ihnen hinterher gebrüllt, aber sie haben ihn gar nicht beachtet. Sie sind getaucht und geschwommen bis sie nicht mehr konnten. Dann haben sie sich in den Sand gesetzt und geschworen, dass sie für immer Brüder sein wollen - »Egal was passiert«, hatte Adam gesagt und die Arme um Zach und George gelegt, damit die Heimleiterin ein Foto von ihnen schießen konnte. »Und unser höchstes Ziel ist der Frieden.« Er hatte sie mit großen, blauen Augen angesehen und gelächelt. »Das ist unser Ziel. Und weil wir Brüder sind, müssen wir zusammenhalten und alles dafür tun.«

George und Zach hatten genickt und zurückgelächelt.

*Er wollte immer nur Frieden.*

George hebt den tränenverschleierten Blick und starrt an die Wand, die schon an einigen

Stellen bröckelt und deren Tapete schon zum größten Teil abgeblättert ist.

*Den hat er ja auch schließlich bekommen.*

Gegen Abend hin ging es Adam immer schlechter. Er hat gespuckt und vor Schmerzen geschrien. Die Heimleiterin ist mit ihm um Mitternacht zu einem Krankenhaus gefahren, als es gar nicht mehr ging und Adam so rot und heiß wie ein Bratapfel war. Ihr Mann hat dauernd nach ihm geschlagen, weil er das ganze Heim wachgehalten hat, aber erwischt hat er ihn nur ein paar Mal.

George und Zach lagen die ganze Nacht in ihren Betten wach und konnten nicht einmal die Augen zu machen. Zach hat die meiste Zeit gewimmert und gesagt, dass Adam sterben wird. George hat die Decke angestarrt und ist innerlich zerbrochen. Er hat sich nicht vorstellen können, dass Adam sterben wird.

*Er war nie krank. Er war immer der Gesündeste und derjenige, der am meisten gegessen hat. Es ging ihm immer gut.*

George lässt den Kopf hängen. Er konnte es nie verstehen, wieso es Adam von jetzt auf gleich so schlecht ging. Warum er gespuckt und vor Schmerzen geschrien hat. Warum er sich an die Kehle gefasst und sich fast die Augen aus dem Kopf gekratzt hat. Nie hat ihm jemand das erklärt.

Am nächsten Tag kam die Heimleiterin schließlich wieder - ohne Adam. Sie hat gesagt, George und Zach sollen seine Sachen zusammenpacken und ihr ins Büro bringen und nie wieder über ihn reden.

Adam war ohne Zweifel tot. Und sie haben nie in Anwesenheit der Heimleiterin über ihn geredet und wenn sie es doch zufällig mitgehört hat, dann hat sie ihnen die Ohren lang gezogen. »Über Adam wird nicht geredet. Nicht jetzt. Nicht morgen. Nie wieder. Habt ihr das verstanden?«, hatte sie dann gefragt und erst losgelassen, als sie nickten und um Gnade winselten.

Zwei Wochen später, als Adams Tod noch so frisch war, wie eine noch blutige Wunde, kamen zwei Personen, ein Mann und eine Frau, sie wollten George adoptieren. »Nur George, nicht seinen verrückten Bruder«, haben sie einmal gesagt, als George neben der Heimleiterin stand und seine neuen Eltern angestarrt hat.

*Zach war wirklich verrückt. Ständig er hat sich geprügelt und wurde verprügelt. Er hat immer geschrien und geweint und nachts hat er sich nass gemacht. – Er konnte Adams Tod nie verarbeiten. Niemand war da, der ihm helfen konnte. Und ich – ich habe ihm im Stich gelassen und bin zu meinen neuen Eltern geflohen, weil ich es nicht mehr ansehen konnte. Ich hätte bei ihm bleiben sollen. Dann wäre er jetzt anders. Dann wäre er Isaac nicht unterlegen. Er wäre mein richtiger Bruder. Nicht nur eine Person, die mein Bruder ist und die ständig an Adam erinnert. Es ist meine Schuld. Alles ist meine Schuld. Ich habe Zach zerstört. Sein Leben. Mein Leben. Ich hätte nie gehen dürfen. Er brauchte mich und ich bin gegangen. Was bin ich für ein Mensch?*

George atmet hörbar hastig ein und aus. Seine Lungen brennen. Er röchelt, als wäre er einen Fünfkilometerlauf gerannt. Er versucht mit stark zitternden Finger das Bild zurück in die Schublade zu schieben, dann tritt er sie mit einem gekonnten Fußtritt zu.

»George?«, hört er eine Stimme von der Haustür.

*Susan,* denkt er panisch. Seine Nachbarin. *Was will sie hier? Sie hat mir doch schon Essen gebracht. Sie darf mich so nicht sehen.*

Er schießt wie von der Tarantel gestochen hoch. Das Blut schießt ihm in die Füße. Er sinkt zurück, macht sich lang und streckt sich auf seinem Bett aus. Er schließt die Augen und versucht sich zu beruhigen.

*Einatmen.*

»George, bist du das?«

*Ausatmen.*

»George, antworte mir gefälligst!«

*Einatmen.*

Langsam beruhigt sich sein Herzschlag. Er verschränkt die Arme vor dem Gesicht und atmet den strengen Geruch nach Angst und Schweiß ein.

*Ausatmen.*

Die Tür geht auf und seine Nachbarin kommt herein. Sie trägt noch immer ihren

Putzkittel. Sie kommt gerade von der Arbeit und wollte nur nach George sehen, denn sie hat etwas für ihn. »George, antworte gefälligst, wenn ich mit dir rede«, meint sie streng und gibt ihm einen Klaps auf die Brust. »Und wie du riechst. Du gehst sofort duschen. Das kann man ja nicht mit ansehen.« Sie geht zur Tür, bleibt stehen und betrachtet ihn nachdenklich. Seinen nackten Oberkörper, seine nackten Füße. Er trägt nur eine Jeans. Sie spürt die Begierde, die Lust in sich aufkochen, aber sie unterdrückt sie sofort. Das darf sie nicht. Das wäre falsch. George ist siebzehn. Und sie – sie ist vierunddreißig und hat vier kleine Kinder und einen Mann zuhause.

»Mir geht es nicht gut«, murmelt George unter seinen Armen und bleibt stur liegen. Er hat keine Lust sich zu bewegen und zu duschen. Das Wasser im Boiler ist kalt. Es wird auch nie warm werden.

*Das wurde es noch nie.*

Sie mussten immer kalt duschen. Auch im Winter. Es war und ist noch immer eine Qual. Er will gar nicht daran denken, wie sein

Pflegevater ihn manchmal unter die Dusche zerrte und mit dem eiskalten Wasser abspritze, wenn er nicht freiwillig gehen wollte.

»Was hast du?« Susan setzt sich zu ihm auf die Bettkante und legt ihm eine Hand auf das Knie.

»Ist doch egal. Mir geht's einfach nicht gut. Und duschen will ich auch nicht.« Er blinzelt sie mit müden, trüben Augen an. »Geh weg, Susan. Ich will dich jetzt nicht sehen.«

Seine Stimme klingt schwach und krank, aber es sticht genauso sehr wie wenn er ein Messer in ihre Brust rammen würde. Aber so leicht lässt sie sich nicht beirren. Sie steht auf, greift seinen Arm und zieht sich mit hoch. »Los jetzt, George. Keine Ausrede. Wenn du nicht drüber reden willst, dann kann es auch nicht so schlimm sein. Ich muss gleich wieder rüber. Mein Mann dreht durch, wenn er alleine mit den Bälgern ist. Ich wollte noch mit dir reden.«

George erhebt sich. »Das Wasser ist kalt.«

Sie seufzt, schiebt ihn vor sich her bis ins Bad und reicht ihm ein Handtuch. »Ich weiß. Aber hier drinnen ist es warm. Und jetzt beeil dich.« Sie geht und schließt die Tür hinter sich zu.

Nur langsam streift er sich die Hosen von den Beinen. Er dreht das Wasser auf. Zieht auch die Unterhose aus. Mit einem Schritt steht er unter der verrosteten Dusche und zuckt vor Schmerz zusammen, als das Wasser auf ihn herabprasselt. Es ist so kalt und schmerzt auf seiner Haut.

*Wie tausend Eisnadeln, die sich in mich hineinbohren.*

Aber wenn er ehrlich ist, ist dieser Schmerz eine willkommene Abwechslung zu dem psychischen Schmerz unter dem er seit zwei Monaten leidet.

Er hört, wie Susan in der Küche steht und ruft: »Beeil dich, George.«

Er reagiert nicht. Es ist ihm egal. Er braucht sich nicht beeilen. Es gibt keinen Grund. Niemand ist da für den er sich beeilen müsste. Es gibt nur eine Handvoll Personen für die er jeder Zeit alles stehen und liegen lassen würde.

Als erstes für Adam, aber es ist sehr unwahrscheinlich, dass er noch einmal auftaucht.

Dann für seine Eltern. Seine Pflegeeltern. Aber nur damit er sie zur Rede stellen kann, natürlich.

Für das geheimnisvolle Mädchen mit dem geheimnisvollen Seelenschloss. Aber das ist ebenfalls sehr unwahrscheinlich.

Und für seine richtige Mutter. Er hat sie seit über zehn Jahren nicht mehr gesehen, aber wenn sie kommt, dann will er nichts sehnlicher als das - und sie beschimpfen mit allen Schimpfwörtern, die ihm einfallen.

*Aber alles ist unwahrscheinlich. Alle sind weg. Die einzige Person, die mir bleibt, ist das Seelenschlossmädchen. Aber dazu müsste ich sie erst einmal wiederfinden. Ich weiß, wo ihr Bruder wohnt, aber mehr auch nicht. Ich könnte warten bis sie wieder zu ihm geht und sie dann abfangen. Ich könnte …*

Mit einem Ruck wird die Tür aufgerissen. »George!«, ruft Susan aufgebracht.

Er stellt hastig das Wasser aus und hält sich das Handtuch vor den nackten Körper. Bis zum Haaransatz ist er knallrot angelaufen. Aber das scheint Susan nicht zu stören. Sie verschränkt die Arme und sieht ihn ernst an. »Ich habe gesagt, du sollst dich beeilen.« Fettige Haarsträhnen hängen ihr ins Gesicht.

*Sie ist ziemlich überfordert. Mit den Kindern. Mit mir. Und ich mach es noch unnötig schlimmer. Sie kümmert sich um mich und ich bin ihr eine Last. Ich habe nur noch sie.*

Er zieht den Kopf ein und murmelt eine Entschuldigung. Mit trüben Augen sieht er sie an. Die Gänsehaut auf seinem Körper ist Zentimeter dick. Als hätte er in Eis gebadet. »Tut mir leid, Susan. Echt. Ich weiß gar nicht zu schätzen, was du für mich tust.«

So wie er dasteht, mit dem eingezogenen Kopf, den traurig nach vorne hängenden Schultern, der Gänsehaut, dem Handtuch in den zitternden Fingern, der bläulichen Haut, den violett gefärbten Lippen und den nassen Haarspitzen, tut George ihr augenblicklich leid. »Schon in Ordnung. Ich habe nur etwas Stress. Ich gehe kurz nach nebenan und du machst dich in Ruhe fertig.« Sie widersteht dem starken Bedürfnis ihn an sich zu ziehen und ihn zu küssen. Sie weiß, sie würde sich im Nachhinein nur schämen. Sie wüsste gar nicht, wie sie das widergutmachen könnte.

Er nickt nur und zieht das Handtuch bis zu den Schultern hoch. Die warme Luft aus dem Rest der Wohnung kriecht langsam über die alten, gekachelten Fliesen zu ihm, aber er friert noch immer unheimlich.

»Gut. Und mach dir was zum Essen warm. Steht im Kühlschrank.« Sie lächelt ein kurzes, warmes Lächeln und geht. Die Tür lässt sie offen. »Nur damit ihm warm wird«, murmelt sie und bleibt in der Wohnungstür stehen, um noch einen Blick auf ihn zu werfen. Sie kann nicht widerstehen, sich ihn vorzustellen, wie er ihr über die Arme bis zu den Fingerspitzen streicht, sich vorbeugt und sie küsst. Wie er langsam ihren Kittel löst und zu Boden fallen lässt. Dann reißt die Stimme ihres Mannes sie zurück in die Gegenwart. Selbst wenn noch ein Flur und eine Wand dazwischen sind, hört sie, wie er die Kinder anschreit. Sie will zu ihnen eilen, aber der Brief rutscht aus ihrer

Kitteltasche und sie hält inne. Wer ist ihr wichtiger? Sie windet sich innerlich. George oder ihre Kinder? Ihr Mann – will sie wirklich wieder zu ihm? Oder will sie lieber zu George? Was will sie eigentlich wirklich?

Sie bückt sich, hebt mit ihren schmalen, knochigen Fingern den Briefumschlag wieder auf und macht einen Schritt wieder weiter in den Flur. Näher zum Badezimmer. Näher zu George.

George reibt sich mit dem Handtuch trocken. Aber es wärmt ihn nicht im Geringsten. Die Fliesen unter seinen Füßen schmerzen so kalt sind sie. Dann bindet er sich das Handtuch um die Hüfte und sammelt seine Jeans und seine Unterhose auf.

*Susan wird sie schon waschen.*

Er tritt auf den Flur und bleibt wie angewurzelt stehen. Irgendetwas in seiner Brust zieht sich so heftig zusammen, dass es ihm den Atem raubt. Er fährt sich durchs Haar. »Susan?«, fragt er zögernd.

*Sie hat mich beobachtet. Die ganze Zeit.*

Sie macht einen Schritt auf ihn zu. »George, ich habe etwas für dich.« Sie hält ihm den Umschlag hin.

Er zieht scharf die Luft ein. Seine Knie werden weich. »Von wem ist der?« Die Hand hat er noch immer im Haar. Sie ist wie festgefroren. Er kann sich nicht bewegen. Er hat Angst vor diesem Brief. Er betet innerlich, dass er nicht von Zach oder noch schlimmer von Isaac persönlich ist.

»Keine Angst.« Sie streckt eine Hand nach ihm aus und berührt vorsichtig seine nackte Brust. »Er ist nicht von dem, der dir sonst immer Briefe schreibt und der dir das Geld gibt.«

Er runzelt die Stirn. »Woher weißt du das?«

Sie lächelt zögernd und tritt einen Schritt näher an ihn heran. »Glaub ja nicht, dass ich so dumm bin, dass ich das nicht merke. Du benutzt nicht das Geld, was ich dir gebe. Und manchmal vergisst du den Umschlag auf der Spüle oder sonst wo in der Küche. So wie heute. Es ist mir egal, warum du das Geld bekommst oder wie du es dir verdienst oder wer dir die Briefe schreibt. Ich möchte nur, dass du weißt, dass ich nicht will, dass dir etwas passiert.« Sie legt ihm eine Hand an die Wange und seufzt. »Pass auf dich auf, George. Wenn etwas Schlimmes passiert, dann kannst du jederzeit zu mir kommen. Aber nur, wenn mein Mann nicht da ist. Er würde durchdrehen, wenn du plötzlich bei uns in der Wohnung stehst. Er würde dich kurz und klein schlagen. Er ist ziemlich eifersüchtig, wenn es um so etwas geht. Er weiß nicht einmal, dass ich mit dir hier alleine bin. Das darf er auch nie erfahren.« Ihre Augen schimmern in einem bläulichen Saphirton.

*Sie ist sexy*, denkt er plötzlich. Aber den Gedanken schiebt er schnell von sich, als wäre er ein heißes Stück Kohle, das sie ihm in den Kopf gesetzt hat. »Von wem, Susan?«, fragt er noch einmal, diesmal aber sanfter als vorher und legt seine Hand um ihre.

Sie zögert eine Sekunde bis sie antwortet. Auf ihrer Stirn glänzt ein Schweißfilm. Sie drückt seine Hand und reicht ihm den Brief. Für einen Moment sieht sie ihm tief in die

Augen, dann antwortet sie ihm endlich: »Von deinen Eltern, George.«

# Kapitel VIII

## *Lucy*

Mit großen, wachen Augen mustert Vincent die zierliche Person gegenüber von sich. Sie ist dünn und leichenblass. Ihre Haare hängen ihr schlaff über die Schultern. Sie hat die Augen geschlossen und trägt nur noch einen dicken Pullover und eine dunkle Jeans. Sie sitzt auf dem Stuhl im Wartezimmer des Arztes, zu dem Vincent sie kurzerhand mitgeschleppt hat.

Sie hat sich gewehrt, aber letztendlich hat sie nachgeben müssen. Sie konnte seiner flehenden, seidigen Stimme nicht widerstehen. Sie hat sich an seine Brust gedrückt, ihr Gesicht in seiner Armbeuge vergraben. Er hat sie den ganzen Weg getragen. Zehn Minuten lang bis sie bei *Kevin Keatons Arztpraxis* angekommen sind. Er roch nach Kaffee und Gewürzen. Nach einem Gefühl von absoluter Geborgenheit. In seinen Armen fühlte sie sich vollkommen sicher. Kein Gefühl kam mehr an sie heran, das sie nicht wollte. Es war, als würde er sie durch Wolken tragen. Alles um sie herum war verschleiert, wie dicker samtiger Nebel. Er hat sie weitergetragen. Und sie hat seinen Geruch genossen. Den Kaffee, auch wenn sie Kaffee nicht ausstehen kann. Den Duft mag sie. Die Gewürze, die exotisch und unübersehbar nach Reichtum riechen. Sie sind einzigartig. So etwas hat sie noch nie gerochen. Aber mit Gewürzen kennt sie sich auch nicht sonderlich gut aus. Sie spürt noch immer die warme Umarmung seiner. Und wenn sie tief einatmen würde, dann würde sie noch immer seinen Geruch in ihren Haaren riechen können. Sie will nichts lieber als mit ihm zu verschwinden, sich an ihn zu schmiegen und ihn an sich zu spüren.

*Kaum zu glauben, dass er Schauspieler ist. Er ist so anders als das, was man sonst von den Schauspielern liest.*

Sie öffnet vorsichtig die Augen und blinzelt ihn an. Er hat die Hände auf die Knie gestützt.

»Geht's dir besser?«, fragt er und blinzelt zurück. Um seine Lippen spielt ein Lächeln. Er kann es sich nicht verkneifen. Diese Situation ist zu komisch. Er und so eine empfindliche, zierliche Person, zusammen im Wartezimmer des Arztes.

Sie nickt langsam. Das Schwindelgefühl kommt zurück. Sie presst die Finger gegen die Schläfen und beißt sich auf die Unterlippe. »Können wir nicht einfach gehen?«, fragt sie murmelnd und weicht gekonnt seinem Blick aus. Sie kennt seine Antwort bereits. Er wird nicht nachgeben. Sie sieht die Sorge in seinen grünen Augen. Sie steht so deutlich in seinem Gesicht geschrieben, dass man sie unmöglich übersehen kann.

Vincent hat den Stuhl direkt ihr gegenüber gestellt und nimmt ihr vorsichtig die Hände von den Schläfen und hält sie fest. »Wir werden nicht gehen. Das ist nicht normal und muss untersucht werden. Außer du stehst unter besonders starken psychischen Druck. Stehst du?«

*Er ist liebevoll. Er ist das genaue Gegenteil von meinen Eltern – oder Tristan jetzt. Früher war er so anders. Bevor er diese Probleme bekommen hat.*

*Diese Männer in sein Leben getreten sind und seine Freundin ihn mir nichts dir nichts verlassen hat.*

Sie sieht auf ihre Finger hinab. »Vielleicht.« Sie mag nicht drüber reden. Noch nicht. Ihre Stimmung schwankt ständig zwischen der Option: „Ich erzähle ihm, was mit mir los ist, was habe ich zu verlieren“ und der Option: „Ich kann ihm wohl kaum vertrauen, ich kenne ihn doch überhaupt nicht, wer weiß, wem er von meinen Problemen erzählt“. Ihre Gefühle sind im Keller und im nächsten Moment wieder auf dem höchsten Berg. In ihrem Bauch zieht sich alles zusammen, wenn sie versucht sich das Gespräch mit Vincent über ihre Probleme vorzustellen. Sie würde sich fühlen, wie eine Patienten und Vincent ist der Therapeut. Sie kann das nicht. Sie konnte noch nie wirklich über ihre Gefühle reden. Sie ist sich meistens ja selbst nicht im Klaren darüber, was sie fühlt und was in ihr drinnen vorgeht.

Er küsst ihre Fingerspitzen, senkt die Lider und hebt dann wieder den Blick, um sie mit einem leidenschaftlichen Lächeln zu fesseln. »Wenn wir hier wieder raus sind, dann gehen wir Tee trinken und du erzählst mir alles.«, sagt er flüsternd. Er spürt, wie angespannt und fertig Lucy ist. Und er weiß, dass sie nicht sprechen wird, wenn er sie nicht weiter dazu ermutigt. Wenn er sie jetzt linksliegen lassen würde, einfach gehen und verschwinden, dann würde sie zerbrechen. Immer weiter und weiter bis sie so zerstört ist wie eine Porzellanpuppe, über die man mit einem Schwerlaster donnert. Außerdem würde es sein Gewissen nicht zulassen, dass er jetzt abhaut. Er macht sich Sorgen um sie und hat das Bedürfnis sich um sie zu kümmern. Sie ist seine Freundin, jedenfalls wünscht er sich, dass sie es ist. Er lächelt und legt ihr vorsichtig die Hände wieder in den Schoß. »Du wirst doch mit mir reden, nicht wahr? Du willst diese Last von deinen Schultern stoßen und alles vergessen, was dich bedrückt. Du hast es verdient glücklich zu sein. Du machst dich selber fertig. Du verletzt dich selbst. Warum tust du das?«

»Ich will das doch gar nicht!«, haucht sie gekränkt. Sie spürt die heißen Tränen, wie sie ihr über die Wangen strömen. Sie vergräbt ihr Gesicht in seinen Händen. Sie kann nichts mehr dagegen tun. All die Gefühle brechen aus ihr hervor, wie ein Löwenzahn aus dem getrockneten Asphalt. »Du hast doch keine Ahnung wie es mir geht. Du kennst mich doch gar nicht«, schluchzt sie.

Er zieht sie auf seinen Schoß, in dem er ihre Ellenbogen umgreift und sie behutsam zu sich heranzieht. Sie legt die Arme um seine Brust und weint schluchzend in seinen Arm hinein.

In Sekundenschnelle weicht sein Pullover durch. Aber es stört ihn nicht. Er hält sie fest in seinem Arm und redet leise auf sie ein, während sie krampfhaft versucht aufzuhören.

Sie ist rot, auf ihren Wangen haben sich Flecken gebildet und ihre Augen sind ebenfalls gerötet – und es ist ihr nicht einmal peinlich. Sie hat das Gefühl, dass Vincent nur darauf gewartet hat, damit er sie trösten und ihm Arm halten kann. Er versteht sie – das merkt sie.

Sie fühlt sich geborgen und sicher. Als würde sie schon ihr Leben lang in seinen Armen liegen und darauf warten, dass sie aufhört zu weinen und endlich beginnt zu reden.

»Kleine, weinende Lucy«, murmelt er in ihr Haar hinein, hält sie fester und schiebt eine Haarsträhne von ihrem Ohr weg. »Willst du zum Arzt?«, fragt er leise und wartet eine Sekunde bis sie ihn ansieht. »Er hat jetzt Zeit für dich.« Als er registriert, wie sie aussieht, zuckt er kaum merklich zusammen, hält sie an den Schultern auf Abstand und winkt den Arzt heran, der in der Tür zum Wartezimmer schweigend steht. »Was hat sie?«, fragt Vincent und steht auf. Sofort greift er ihre Hand und hält sie fest umschlungen. Mit besorgten Blick starrt er auf das Blut aus ihrer Nase.

Der Arzt, ein kleiner Mann mit braunen, wuscheligen Haaren, Kevin Keaton stürzt zu ihr und stützt sie. »Komm, Lucy. Ich werde dich untersuchen.«

Verständnislos wechselt sie einen Blick mit Vincent, aus dessen Gesicht die ganze Farbe gewichen ist. »Was ist los?«, fragt sie, zunehmend panischer. Ihr wird immer schwindeliger, je vorsichtiger und langsamer Kevin Keaton sie aus dem Wartezimmer führt, hinein in sein Behandlungszimmer. Sie hört ihn, während in ihrem Kopf wieder das Karussell angefangen hat sich zu drehen.

»Ruf den Krankenwagen«, hört sie. »Ruf sofort den Krankenwagen!« Dann stürzt sie unsanft zu Boden. Mit den Knien schlägt sie auf die kalten Fließen auf. Die Hände greifen ins Leere. Sie schreit vor Panik. Dann ist alles dunkel um sie herum.

Als sie erwacht, schmerzt ihr Arm unvorstellbar. Sie hat keine Ahnung warum. Sie hat von gar nichts mehr eine Ahnung. Irgendjemand drückt ihre Hand mit warmen, weichen Fingern. Alles um sie herum ist dunkel. Ihre Augenlider brennen.  Sie hat keine Kraft mehr sie zu öffnen. Sie hat auch nicht die Kraft ihre Finger zu bewegen. Sie spürt wie ihre Lider zucken und sie den Mund öffnet um zu schreien. Der Griff um ihre Finger wird stärker. Eine Stimme brüllt irgendetwas. Ein kaltes, nasses Etwas wird ihr auf die Stirn gelegt.

*Hilfe! Hilfe! Was geht hier vor sich? Vincent? Hilfe, Vincent!*

Dann wird alles wieder dunkel um sie herum.

# Kapitel IX

## *George*

»Von meinen Eltern?« Mit offenen Mund starrt er Susan an. Ein kalter Schauer läuft ihm über den Rücken.

*Das kann nicht wahr sein. Warum sollen sie mir überhaupt noch schreiben. Will ich den Brief überhaupt lesen?*

Er ist hin- und hergerissen. Er hat eine unvorstellbar große Wut auf seine Pflegeeltern, stärker als seine Wut auf seine richtigen Eltern. Aber gleichzeitig will er unbedingt wissen, warum sie ihn zurück gelassen haben.

*Sie müssen es geplant haben. Sie müssen es vor mir geheim gehalten haben. Haben sie denn gar keine Gefühle? War alles nur gespielt? Lieben sie mich überhaupt?*

»Mach ihn auf, George.« Susan sieht ihn mit sorgenvollem Blick an. »Keine Angst.« Die Stimme ihres Mannes von der Wohnung nebenan wird lauter. »Ich sollte lieber rübergehen. Er bringt mich sonst noch um.« Sie sieht ihm noch einmal tief in die Augen. Ihr Blick wird leidenschaftlicher und lustvoller. Verlangender. Sie kann kaum widerstehen. Eine Hand liegt ihm bereits im Nacken. Dann reißt sie sich los, dreht sich um und geht. Die Tür schließt sie leise hinter sich zu.

George steht da und starrt auf den Brief. Das elfenbeinfarbene Papier wiegt schwer in seinen Fingern. Mit wenigen, zittrigen Schritten setzt er sich auf den einzigen Stuhl in der Küche. An den Tisch. Aus der Metallkanne gießt er sich frischen Kaffee in den Becher ein. Susan muss sie ihm gekocht haben, als er duschen war. Er zögert, trinkt zwei Schlucke und atmet tief ein. Der beißende Kaffeeduft ist so stark, dass er in seinen Augen brennt.

*Wie viel Pulver hat sie darein gemacht?*, fragt er sich und trinkt mit einem großen Schluck den Rest leer. Das Adrenalin schießt durch seine Adern. Fast hat er den Mut zusammen, den Brief zu öffnen. Er gießt sich noch eine Tasse Kaffee ein und trinkt sie in einem Zug aus. Die Nervosität tritt sofort ein. Seine Hände zittern wie Espenlaub. Er tippt ungeduldig mit dem Fuß auf dem Boden. Das gleichmäßige Patschen seines nackten Fußes macht ihn nur noch nervöser. Er greift den Brief, betrachtet für eine Sekunde den Umschlag auf den jemand

***Für George Campbell***

, geschrieben hat und reißt ihn ohne weiteres Zögern auf.

*Jetzt gibt es kein Zurück mehr. Jetzt muss ich ihn lesen. Aber eigentlich will ich das ja auch.*

Er  holt ein saubergefaltetes Blatt heraus und faltet es auseinander. Die ordentliche, zusammengedrückte Schrift seiner Pflegemutter fällt ihm sofort auf. Eine Seite füllt das ganze Blatt aus. Vor- und Rückseite. Klein und eng geschrieben.

George wendet seinen Blick ab, um ihn nicht zu lesen. Aber lange hält er das nicht aus. Er muss einfach wissen, was jetzt los ist. Er versteht es nämlich nicht und das macht ihn komplett fertig.

*Was will meine Mutter mir sagen? Wie will sie das jemals wiedergutmachen?*

Dann beginnt er langsam zu lesen. Wort für Wort. Und die Botschaft macht ihm unmissverständlich klar, wie gefährlich die ganze Situation für ihn ist.

*Aber vielleicht habe ich es missverstanden,* versucht er sich herauszureden. Aber er glaubt sich selbst nicht. Er trommelt mit den Fingern der einen Hand weiter auf der Tischplatte herum. Dann liest er den Brief noch einmal. Es schmerzt auch beim zweiten Mal, aber er kann nicht anders. Er muss ihn einfach noch Mal lesen.

*Geliebter George,*

*du wirst uns wahrscheinlich hassen für das, was wir dir angetan haben. Was bleibt dir auch anderes übrig? Wir wollen, dass du eines weißt. Es tut uns leid. Wirklich. Es tut uns weh, dass wir dich verlassen haben. Wir können das gar nicht mehr gutmachen. Wir wissen um deine Vergangenheit und um das, was deine Eltern dir angetan haben. Wir haben Susan gebeten auf dich aufzupassen, damit es dir nicht ganz so mies geht. Wir wissen, dass wir eine langvernarbte Wunde wieder aufgerissen haben. Aber wir haben unsere Gründe. Wir können dir noch nicht sagen warum. Du musst uns einfach glauben, dass wir keine andere Wahl hatten. Wir wollen dich vor etwas beschützen, dass nicht nur uns im Nacken sitzt. Dein Vater und ich, wir machen uns schreckliche Vorwürfe, dass wir dich alleine gelassen haben. Du wirst bald wieder von uns hören. Aber es ist zu gefährlich. Pass auf dich auf. Wir lieben dich.*

*Schau immer auf die Schatten, die dich verfolgen. Es könnte dein Tod sein. Versteck dein Geld und alles, was dir wichtig ist, aber nicht zuhause. Pass auf das Feuer auf, das du irgendwann riechen wirst. Es könnte unser Haus zerstören. Auch Schüsse werden fallen. Duck dich weg und leg die Arme um deinen Oberkörper.*

*Irgendwann werden wir zurückkommen und dich holen. Sei also wachsam. Wir wollen dich lebend holen und nicht dein Grab besuchen. Wenn irgendetwas ist, kannst du zu Susan gehen. Du kannst ihr vertrauen. Sie weiß um unsere Situation. Aber sie wird dir aus Sicherheitsgründen nichts erzählen, egal wie sehr du es auch versuchst. Sei bitte nett zu ihr und beleidige sie nicht. Sie weiß ebenfalls um die Wunde und sie wird alles tun, damit sie wieder vernarben kann, aber wir wissen, dass es dir schwerfallen wird. Du musst durchhalten und kämpfen. Und lass die Finger von Isaac und Zach. Wir wissen von ihnen, du kannst es uns nicht verheimlichen. Aber du sollst es wissen: Sie sind schlecht für dich. So gefährlich wie die Gefahr, die von uns zu dir ausgeht. Bring sie aber nicht dazu, dich zu hassen, denn das verstärkt die Gefahr um ein Tausendfaches. Lass das nicht zu.*

*Wir lieben dich wirklich und wir hoffen,*
*dass du uns irgendwann verzeihen kannst.*

*Rose und Jack Campbell*

# Kapitel X

## *Lucy*

Weinend und mit geröteten Augen schlingt sie die Arme um Vincent. Ihr Herz schlägt so laut, dass es in ihren Ohren schmerzt und sie Angst bekommt, es könnte explodieren, als wäre es eine tickende Zeitbombe. Sie zittert leicht, aber nicht mehr so schlimm wie noch vor zwanzig Minuten. Die Beine hat sie angewinkelt, auch wenn der Reisverschluss unbequem gegen ihren Bauch drückt. Ihre Schultern beben unter ihren Schluchzern. Ihre Gedanken kreisen um das Gespräch mit dem Arzt. Es will ihr einfach nicht in den Kopf. Wie kann das sein? Wieso ausgerechnet sie? Warum jetzt, wo ihr Leben doch sowieso schon schlimm genug ist?

»Das kann nicht wahr sein«, murmelt sie weinend und spürt, wie Vincent langsam ihren Rücken streichelt. Seine Hand ist warm und sanft, aber sie weiß genau, dass es ihm auch nicht ganz wohl ist bei dem Gedanken an das vergangene Gespräch.

Sie kneift die Augen fest zusammen, krallt die Hände an seiner Brust ineinander und geht es noch einmal durch. Das ganze Gespräch, das sie mit dem Arzt geführt hat, der sie seit ihrer frühsten Kindheit betreut. Sie hat auf der weißen Behandlungsliege gesessen und ihn mit verquollenen Augen angesehen. Nervös hatte er sich am Ohrläppchen gezupft und sie angesehen, dann setzte er sich auf seinen Schreibtisch, wobei seine Füße noch immer auf dem Boden standen. Sie konnte die Anspannung in seinen Augen sehen. Seine Nervosität. Sein Zögern. Sie hat gewartet. Sie saß da und hat einfach nur gewartet. Vincent stand an der Wand gelehnt da. Er war genauso weiß wie sie. Aber hat nicht ein Wort gesagt. Nicht als sie sich das Blut mit einem nassen Tuch wegwischte und sie einen Eisbeutel in den Nacken gelegt hat, damit die Blutung gestoppt wird. Auch nicht als Kevin Keaton sie schließlich auf die Liege verfrachtet hat, sich vergewisserte, dass es für sie in Ordnung ist, dass Vincent bei ihnen im Raum bleibt und er schweigend von einem zum anderen starrte, bis er endlich anfing.

*Willst du nicht lieber deine Eltern anrufen?*

*Nein.*

*Soll ich sie informieren?*

*Nein. Ich bin fast achtzehn. Ich brauche meine Eltern nicht mehr. Ich bin alt genug und kann alleine auf mich aufpassen. Niemand wird ihnen Bescheid sagen.*

*Sicher?*

*Ja. Ganz sicher.*

*In Ordnung, Lucy. Dann werde ich es dir jetzt sagen. Glaub mir, es fällt mir sehr schwer. Ich wünschte, es würde jemand anderes übernehmen. Aber das kann ich nicht verlangen. Ich bin der Arzt – auch wenn ich in solchen Augenblicken wünschte, ich wäre es nicht. Aber was habe ich für eine Wahl? … Was hast du für eine Wahl?*

*Wieso?*

*Ich … es ist kompliziert. Weißt du, ob jemand in deiner Familie schwer krank war und daran gestorben ist?*

*Ich werde sterben?!*

*Nein. Nein, keine Angst. Du wirst nicht sterben. … Hoffe ich zumindest.*

*Nein. Keine Ahnung.*

*Gut. Denn du … du bist nicht schwer krank. In gewisser Weise schon, aber nicht so krank. Nicht körperlich. Eher … ich meine, irgendetwas stimmt mit deinem geistigen Wohlbefinden nicht. Es ist nicht normal.*

*Ich bin verrückt?*

*Das habe ich nicht gesagt. Aber die Psyche ist ein komplexes Wesen, wenn ich es dir so erklären darf. Es ist wie ein Lebewesen. Es lebt von deinen Gefühlen, deinen Erfahrungen und deinen Erinnerungen und deinen Vorstellungen. Es nährt sich von ihnen. Es speichert jedes noch so winzige unbedeutende Detail in deinem gesamten Leben. Es vergisst nie etwas. Vielleicht ist es auch mehr wie ein Buch. Du könntest alles nachschlagen, wenn du die richtigen Schlüssel hast.*

*Schlüssel?*

*Erinnerungsschlüssel. Etwas wie Auslöser. Wie Knöpfe, die man drückt und dann empfindet man dieses Gefühl und erinnert sich an jene Situation.*

*Aber bei dir wurden in letzter Zeit zu viele Schlüssel gleichzeitig herumgedreht. Zu viele Seiten wurden aufgeschlagen. Zu viele Erinnerungen, Gefühle oder sonstiges wurden in dir wach. Du bist einer starken psychischen Belastung ausgesetzt. Du musst es mir nicht erzählen. Ich will es dir nur erklären. Deine Psyche könnte man auch mit einer Festplatte vergleichen. Und deine Festplatte ist momentan einfach … überhitzt. Dein Körper versucht die Dinge zu verarbeiten, die deine Psyche gerade nicht schafft. Deshalb wird dir schwindelig und deine Nase beginnt zu bluten. Es könnte sich auch anders ausdrücken. Mit starker Übelkeit und Erbrechen oder Panikattacken und ständigen Angstzuständen.*

*Angstzustände? … Ich verstehe das nicht. Wieso? Ich meine, ich habe gerade Probleme, aber die hat doch jeder Mensch.*

*Aber nicht jeder Mensch hat das gleiche Buch. Manche Schutzumschläge sind dünner als andere. Manche Kapitel sind dicker als andere. Und manche Bücher haben nur unbeschriebene oder verwischte Seiten, auf denen man dann entweder nichts liest oder nur undeutliche Wörter erkennen kann. Du hast beides. Und so wie ich das sehe, hast du eine Menge … Scheiße … in deinem Leben einfach so verdrängt. Ich kenne deine Eltern, Lucy. Sie sind mir nicht gerade sympathisch, muss ich zugeben. Und deine Großeltern auch nicht. Sie waren mir von Anfang an ziemlich … unsympathisch, sage ich jetzt mal, um nicht ganz unhöflich zu klingen. Ich habe schon geahnt, als du noch ein sehr kleines Mädchen warst und die ersten Male hier warst, dass das irgendwann nicht mehr hinkommt. Als du noch ein Kind warst, da müssen Sachen passiert sein, die dein kleines Köpfchen noch nicht verarbeiten konnte. Ich weiß nicht, was es sein könnte. Ehrlich nicht. Aber diese Sachen wurden verdrängt. Diese Seiten sind leer. Ziemlich viele Seiten sind leer. Und dann … gibt es noch die verwischten Seiten.*

*Sind das auch verdrängte Erinnerungen?*

*Ja. Aber dadurch, dass diese Knöpfe oder Schlüssel oder was auch immer verwendet wurden, taucht die Schrift wieder auf. Bilder in deinem Kopf, in deinen Träumen, die du noch nicht zuordnen kannst. Du siehst sie doch. Die Bilder, die Erinnerungen.*

*Ich weiß nicht. … Ich glaube schon.*

*Sie wollen verarbeitet werden, jetzt wo sie schon einmal da sind. Du bist älter geworden. Du bist wahrscheinlich in der Lage, dich stärker zu erinnern.*

*Aber woran?*

*Das weißt nur du. Nur du kannst jetzt alles verarbeiten. Es ist sicherlich nicht leicht. Aber es wird Zeit. Dein Körper rebelliert. Deine Psyche kann die ganzen Informationen kaum noch aufnehmen. Und wenn die Türen erst einmal geöffnet sind, dann hast du zwei Möglichkeiten. Eine leichter als die andere, aber nicht unbedingt besser und gesünder schon gar nicht.*

*Zwei Möglichkeiten.*

*Ja. Du kannst alles mit Mühe und Not wieder verdrängen. Du kannst dich unter deiner Bettdecke verkriechen und alles um dich herum abschalten. Du kannst es wieder vergessen. Was man schon einmal geschafft hat, kann man auch ein zweites Mal schaffen. Das ist die leichtere Möglichkeit. Aber diese Schlüssel können jederzeit mit jeder kleinsten Handlung wieder herumgedreht werden und wieder werden diese ganzen Erinnerungen ausgelöst und du wirst mit der Vergangenheit konfrontiert werden. Es ist wie eine tickende Bombe. Sie könnte jederzeit hochgehen. Man kann sie ausschalten, aber irgendjemand wird sie wieder einschalten. Und irgendwann ist es zu spät. Die Bombe explodiert. Alles fliegt dir um die Ohren. Dein ganzes Leben. Es wird auf dich einstürzen und du kannst dich nicht mehr wehren. Du wirst daran zerbrechen.*

*Oh, Gott. … Ich …*

*…*

*Und die zweite Möglichkeit: Du stellst dich deinen Problemen. Du versucht sie zu verdeutlichen, die Schrift wieder herzustellen. Du lernst sie zu verarbeiten. Damit die Bombe nie explodieren wird. Und je deutlicher die Schrift wird, je mehr wirst du herausfinden. Du wirst tiefer in deine Vergangenheit eintauchen. Du findest heraus, welche Auslöser, welche Situationen die Schlüssel sind. Schlüsselsituationen sozusagen. Schlüsselmomente. Egal wie du es nennst. Egal wie ich es nenne. Das spielt auch überhaupt keine Rolle. Aber irgendwann wird es dir besser gehen. Ich nehme an, dir geht es in letzter Zeit schlechter. Dir ist öfter schwindelig, richtig? Du hast manchmal Herzrasen und dir ist stark übel.*

*Ja.*

*Ja. Irgendetwas läuft gerade in deinem Leben ab, was die Vergangenheit ans Licht holt. Ich kenne deine Familie nicht gut genug um mir ein Urteil zu bilden. Aber früher, da hat man sich von einem schrecklichen Familiengeheimnis erzählt. Irgendetwas ist vor Jahren passiert über das niemand reden will. Etwas, das lieber für immer verschlossen bleiben sollte. Aber du warst dabei oder du weißt davon. Auch wenn du noch sehr klein warst damals. Du hast mit Sicherheit eine Menge mitbekommen. Und jetzt gerade wollen diese Erinnerungen an die Oberfläche. Sie wollen akzeptiert, verarbeitet und nicht wieder ertränkt werden. Es ist als würde man mit einer Taschenlampe die Buchstaben anleuchten. Nicht einen Eimer Wasser drüber kippen. Es liegt bei dir, Lucy. Nur du kannst entscheiden.*

*Ich … weiß nicht. Ich weiß gar nichts mehr. Mir geht es überhaupt nicht gut. Ich will nur noch schlafen.*

*Das kannst du auch gleich. Dein Freund wird dich gleich mitnehmen. Aber vorher müssen wir noch kurz reden. Du musst sorgfältig überlegen, welche Möglichkeit du auswählst. Du könntest deine Familie zerstören, du könntest sie aber auch heilen. Die Vergangenheit vergessen ist nicht immer der beste Ausweg. Wenn du dich aber noch nicht bereit fühlst. Wenn etwas dich blockierst. Lass es,*

*Lucy. Du kannst deinen Körper, deine Psyche … dein Buch nicht zwingen, dich in ihm lesen zu lassen. Es muss bereit sein. Nur dann kannst du anfangen. Aber ich denke langsam wird es Zeit. Dir wird es nicht besser gehen, wenn du überhaupt keine Entscheidung triffst. Denn du kannst nie keine Entscheidung treffen. Selbst wenn du entscheidest, dass du dich nicht entscheiden willst, dann ist das eine Entscheidung. Also sei vorsichtig. Aber ich rate dir, ich gebe dir einen Rat, mehr kann ich nicht tun. Dazu bin ich nicht in der Lage.*

*Was für einen Rat?*

*Du musst dich jemanden anvertrauen. Dein Freund macht sich bestimmt schon Sorgen um dich. Rede mit ihm. Mit deinem Bruder. Mit deinen Eltern. Mit deinen Freundinnen. Mit irgendjemanden. Von mir aus, schreib Tagebuch, schreib alles auf. Tue jedenfalls etwas, dass dich ein Wenig von deiner Last befreit.*

*Danke, Kevin.*

*Denk nur an meine Worte. Ich will nicht, dass du dir dein Leben kaputt machen lässt.*

*…*

*Du darfst jetzt gehen.*

*Auf Wiedersehen.*

*Ich hoffe es doch. Es würde mich freuen, wenn ich mal wieder von dir höre.*

Vincent, der bis da geschwiegen hatte, hatte den Arm um Lucy gelegt, als wäre sie tatsächlich *seine* Freundin. Langsam hatte er den Blick von ihrem blassen, verweinten Gesicht genommen und Kevin Keaton angesehen und gesagt: »Danke.« Mehr nicht. Aber seine Stimme war ganz leise und schwach, als hätte er große Mühe zu sprechen. Dann sind sie gegangen. Er hielt sie fest umklammert.

Und jetzt sitzen sie bei ihm zuhause. In seinem Zimmer. Auf seinem Bett. In dem großen Haus, in der Nähe von ihr. Es hat viele Zimmer, aber nur zwei mehr als das Haus, in dem sie wohnt. Fast alles ist identisch. Die Türen. Die Aufteilung der Zimmer. Die Fensterrahmen. Die Stille. Dieses vertraute Gefühl von Einsamkeit. »Große Häuser machen einen einsam«, hat Tristan einmal zu Lucy gesagt und seitdem kann sie wenigstens mit ein paar Worten beschreiben, wie sie sich zuhause fühlt. Aber es gibt einen ganz großen Unterschied. Die Möbel und die Wände sind alle in weiblichen Tönen gehalten. Von Zartrosa bis hin zu Dunkelviolett findet sich alles wieder. Auch weiß und schwarze Ornamente oder Bilder von schickangezogenen Puppen in Kinderwagen oder in Puppenstühlen und mit Teetassen in der Hand. Alles ist so kindlich und mädchenhaft, dass Lucy sich wie in einem riesigen Puppenhaus fühlt, wenn sie nur an das restliche Haus außerhalb Vincents sicherem Zimmer denkt. Es ist ziemlich groß. Viel größer als ihr eigenes. Das breite Bett mit der dünnen Wolldecke steht unter der Fensterfront, die auf Brusthöhe einmal die Wand entlang reicht. Bis kurz unter die Decke. Er hat den Rollladen heruntergelassen. Seine große, eindrucksvolle Lampe an der Decke spendet im ganzen Zimmer helles Licht. Eine komplette Wand ist mit einem Kleiderschrank ausgestattet, in dem sich nur schicke, elegante und neue Kleidung befindet. Darauf kann Lucy wetten. Der Boden besteht aus Parkett, trotzdem hat Vincent seine Schuhe ausgezogen und läuft nur mit seinen schwarzgestreiften Socken herum. Die Wände sind in einem hellen Grauton gestrichen. An der gegenüberliegenden Wand des Kleiderschrankes, die in einem metallischen Blau gestrichen ist, steht ein Schreibtisch, der so lang wie das Zimmer breit ist und auf dem sich allerlei sauberaufgereihte Materialien befinden. Ordner. Bücher. Stapel mit Blätter. Behälter mit Stifte. Ein Atlas. Noch mehr Ordner und noch mehr Bücher. Schwarze Mappen mit weißen Aufschriften, die sie allerdings nicht lesen kann, weil der Schleier der Tränen noch immer vor ihren Augen hängt. Ein neuer Hightech-Computer mit silberner, hochglänzender Tastatur. Und vor dem ganzen eindrucksvollen, gigantischen, aus hellem Holz gefertigten Schreibtisch steht ein schwarzer Lederstuhl mit Rollen zum hin- und herfahren.

Lucy versucht all diese Eindrücke zu verarbeiten. Sein Zimmer ist so groß. Fast wie ein Ballsaal. Und sie sitzt auf seinem Bett. Auf Vincent Adlers Bett. Trotzdem kommt sie nicht drum herum, nicht an das Gespräch mit dem Arzt zu denken. Es ist als würde eine Stimme ihr immer und wieder die einzelnen, jeden einzelnen Satz des Gesprächs ins Ohr flüstern. Und die Botschaft sickert langsam aber unaufhaltsam zu ihr durch. Jetzt erst begreift sie die Schwere und die Tragweite dieser Unterhaltung, obwohl sie meistens nur schwach und mit zittriger Stimme gesprochen hat.

*Ich bin verrückt. Ich habe einen Knall.*

*Mein Buch ist leer. Meine Festplatte ist überladen.*

*Vincent ist da. Bei mir. Er ist mein Freund – ist er nicht. Doch, ist er. Kevin denkt das.*

*Ich brauche einen Therapeuten. Ich bin krank. Meine Psyche kann nicht mehr. – ich kann nicht mehr.*

*Meine Familie hat ein Geheimnis.*

*Die Seiten sind leer. Die Buchstaben sind verschwommen.*

*Ich muss hinter das Geheimnis kommen.*

*Ich erinnere mich an nichts.*

*Mir. Ist. Schwindelig.*

Die letzten Gedanken kamen nur mühsam heraus. Alles andere ist ein Gemisch aus Erinnerungen und Tatsachen. Sie sinkt weiter in sich zusammen. Ihr Kopf rauscht vom vielen Denken.

Sie fährt eine Runde auf ihrem imaginären Karussell. Und noch eine zweite. Aber es ist nicht mehr so schnell wie noch am Morgen.

*Machen … meine … Eltern … sich … Sorgen … um … mich ... wenn … ich … nicht … nach … Hause … komme … ?*

Sie sieht seinen dünnen Pullover vor ihren Augen. Auch er scheint sich zu drehen. Dann beantwortet sie ihre Frage selbst.

*… Nein …*

Sie will ihn nicht damit beschäftigen. Nicht mit solchen belanglosen Fragen. Es kann ihm doch völlig egal sein, ob ihre Eltern sich Sorgen um sie machen, wenn sie nicht nach Hause kommt. Es ist ihm wahrscheinlich auch egal. Sie kann einfach nicht glauben, dass sich jemand für sie interessiert. Es fällt ihr schwer.

*Aber ich … bin da. Mit ihm. … Mit Vincent. Und das bilde ich mir nicht ein.*

Vincent hat die Arme noch immer um Lucy gelegt und drückt sie auch noch immer an seine Brust. Es ist abends. Zwanzig Uhr. Der Tag ging schnell vorbei. Den Morgen über lag sie im Krankenhaus. Dann waren sie noch einmal bei Kevin Keaton, denn im Krankenhaus haben sie nichts feststellen können und Kevin Keaton wollte sie noch einmal ganz in Ruhe untersuchen. Bis um siebzehn Uhr hat das alles gedauert. Dann sind sie zu ihm. Er hat ihr einen Tee gekocht, aber sie hat ihn nicht angerührt. Sie saß nur still auf dem Stuhl im Esszimmer und hat ihn über die Tischplatte hinweg angesehen. Als sein Vater kam, hat Vincent sich mit ihr in seinem Zimmer zurückgezogen. Aber vorher hat er noch kurz mit ihm geredet. »Sie ist meine Freundin. Ihr geht es nicht gut. Lasst uns bitte alleine«, hatte er zu ihm gesagt, und auch zu seiner kleinen Schwester, die sein Vater auf dem Arm hatte.

»Mir geht es auch nicht gut«, hatte sie gemeint und die Arme fester um den Hals ihres Vaters geschlungen.

Vincent hatte geseufzt. Es tat ihm weh so etwas zu hören. Aber er kann ihr auch nicht helfen. Er kann ihr nur eine schöne Zeit bereiten. »Ich weiß. Aber ihr wird es besser gehen. Dir nicht.« Dann war er wieder zu ihr ins Zimmer gegangen.

»Geht es dir besser?«, fragt er langsam und seine Hand hält mitten in der streichelnden Bewegung auf ihrem Rücken inne. Er klingt aufrichtig. Ehrlich besorgt.

Lucy hört seinen regelmäßigen Herzschlag.

*Er klingt so traurig,* denkt sie. Aber gleichzeitig spürt sie, dass das nicht so ist. Er ist immer noch lebendig und kraftvoll. So lebendig wie sie – aber nicht so kraftvoll.

Sie holt tief Luft. Es fällt ihr leichter zu reden, aber noch immer muss sie sich ziemlich überwinden. Sie hat das noch nie gemacht. Sie hat noch nie über Gefühle geredet. Nur Höflichkeitsfloskeln. Mehr nicht. »Ich denke schon.« Sie sieht in seine Augen. Sie spürt, wie die Anspannung von ihr weicht.

*Vincent ist so anziehend, dass es fast magisch ist. Ich würde nie zu einem Jungen einfach so gehen. Und ganz bestimmt nicht zu einem vermeintlich berühmten Schauspieler.*

Sie streicht sich mit langsamen Bewegungen die Haarsträhnen aus dem Gesicht und löst sich aus seiner Umarmung.

»Sicher?« Er nimmt ihre Hände in seine und streichelt ihren Handrücken. Die andere Hand hält er nur fest.

»Ich bin eine Irre«, murmelt sie nach einer Weile. Denn so ist es – sie ist eine Irre. Eine irre Verrückte, die weder mit sich noch mit ihrem Leben klarkommt. Sie tut sich selbst schon ein Wenig leid.

Er betrachtet sie nachdenklich. So als müsste er über ihre Antwort nachdenken. Sie sitzt zwischen seinen Beinen. Sein eines Bein ist angewinkelt. Seine Jeans spannt sich straff über seinen muskelösen Oberschenkel. Sein anderes Bein liegt gerade nach vorne gestreckt auf der

Matratze mit dem weißen Spannbettlaken. Seine Wolldecke, die einzige mit der er das ganze Jahr über schläft, liegt feinsäuberlich am Ende zusammengefaltet. Wie sollte es auch anders sein? Er muss sein Bett schließlich machen.

Seine grünen Augen scheinen im hellen Licht zu leuchten. Sie sieht sie an.

Er ist nachdenklich. Auf seiner Stirn hat sich eine feine, kaum merkliche Falte gebildet. Seine Lippen sind leicht aufeinandergepresst. Seine Hände drücken ihre ein Wenig fester, aber nicht zu sehr. Es ist nicht unangenehm. Es fühlt sich beschützend an. Als würde Vincent sie beschützen. »Du bist nicht verrückt«, sagt er schließlich. Seine Stimme ist bestimmt und leise. Wie Samt über das man vorsichtig mit der Hand streicht. Er wechselt einen Blick mit der Fensterfront und dem Rollladen hinter ihr. Als würde er sich mit ihr unterhalten, aber das tut er nicht. Er wägt nur gewissenhaft seine nächsten Worte ab. Er möchte sie nicht weiter verletzen. Er möchte sie aufmuntern. Er möchte sie lächeln sehen – denn das ist in der Zeit, in der sie sich nun schon kennen, kaum vorgekommen. Fast nie. Das hat er beschlossen. Aber er muss vorsichtig mit dem sein, was er sagt. Das weiß er. Lucy geht es nicht gut und noch schlimmer möchte er das alles nicht machen. Er mag sie schließlich. »Weißt du, Lucy«, flüstert er schließlich, nach einer Weile des stillen Schweigens. »Ich bin für dich da. Mit mir kannst du reden. Ich möchte dich lächeln sehen. Aber dazu müsstest du die Seiten in deinem Buch aufschlagen und sie mich lesen lassen.«

Sie schweigt, legt die Arme langsam um seinen Hals, verschränkt ihre Finger in seinem Nacken und beugt sich näher zu ihm heran.

Sein Gesicht ist so nah, dass sich beinahe ihre Nasenspitze berühren. Sie spürt seinen warmen, regelmäßigen Atem auf ihren Wangen – so lebendig und kraftvoll. Er spürt ihren Atem auf seiner Haut – langsam, schwach, wie in Seidenhandschuh verkleidete Hände, die über seine Wangen und Lippen streichen.

Er ist ganz fasziniert von ihrem durchdringenden Blick. Er kann einfach nicht glauben, dass Lucy solche Probleme zu haben scheint. Ihre Augen strahlen wie Edelsteine. Auch wenn unter ihnen sich schwarze Schatten gebildet haben – es könnte auch Makeup sein, was es aber mit Sicherheit nicht ist. Sie ist etwas dünn, aber manche Mädchen sind eben so dünn. Das weiß er.

»Ich möchte schlafen, Vincent«, murmelt sie an seinem Hals, an den sie sich nun drückt. Die Arme noch immer um ihn herum.

*Ich will vergessen. Nicht reden. Ich will schlafen. Ich will mir keine Sorgen mehr machen müssen. Ich will gar nichts mehr.*

*Aber es ist eine Entscheidung.*

*Keine Entscheidung, ist eine Entscheidung.*

*Die Buchstaben sind noch immer verschwommen.*

*Ich habe Angst vorm Schlafen.*

*Ich will nicht träumen. Träume sind böse. Wie kleine Messerstiche, die Nacht für Nacht tiefer in meine Haut bohren. Sie zerren an mir wie Schlingen.*

*Vincent wird mich beschützen. Jetzt ist er da. Jetzt kann er mich beschützen. Ich brauche keine Angst mehr haben.*

»Ich brauche keine Angst mehr haben – du bist da«, murmelt sie und küsst ihn sanft auf die Wange.

»Nein, das brauchst du nicht« Mehr sagt er nicht dazu. Er betrachtet ihr müdes, schwaches, bleiches Gesicht. Er braucht keine Erklärungen für diese Aussage. Er kann sich denken, dass es mit ihren Problemen, mit ihren Erinnerungen, mit alldem zu tun hat, was der Arzt ihr heute erzählt hat. Sein feinfühliges Herz sagt ihm außerdem, dass es ihr unheimlich wichtig ist, dass er da ist. Dass er sie im Arm hält und – und beschützt, so wie sie es will. »Schlaf jetzt.« Seine Stimme ist kaum mehr als ein Flüstern. Er löst mit vorsichtigen Fingern langsam ihre Hände aus seinem Nacken. Wie ein aufgeschrecktes Tier sieht sie ihn an. Sie ist verängstigt. Aber nur eine kurze Sekunde.

Dann rollt sie sich auf der Matratze zusammen und beobachtet ihn. Ihre Gedanken kreisen.

Das Karussell kommt nicht zum Stillstand. Nicht mehr. Nicht heute Nacht. Aber es ist sehr viel langsamer im Gegensatz zu heute Morgen.

*Es dreht sich. Dreht sich. Weiter. Und weiter.*

Die Fahrt macht sie schläfrig, aber sie zwingt sich die Augen offen zu halten. Sie möchte Vincent weiter beobachten. Er gibt ihr ein Gefühl von Sicherheit, das tief in ihr drinnen sie mit Wärme und Geborgenheit ausfüllt.

*Er könnte mein Bruder sein. Ihn möchte ich als Bruder. Ihn würden meine Eltern akzeptieren. Er würde nie ein Kind in die Welt setzen, bevor er sich nicht sicher ist. Er ist Schauspieler. Er ist hübsch. Er ist perfekt.*

Ihr Blick ruht auf ihn. Ihre Lider sind fast geschlossen. Es fehlt nur noch ein winziges Bisschen. Aber sie kämpft gegen die bleierne Müdigkeit an.

Vincent bewegt sich nur langsam. Mit geschickten, müden Bewegungen zieht er die

Decke vom Ende des Bettes heran und breitet sie gleichzeitig über sie aus.

*Sie riecht nach ihm*, denkt sie noch, bevor er das Licht löscht und sich zu ihr legt. Der weiche Stoff seines Pullovers, sein Arm, schiebt sich unter ihrem Oberkörper hindurch, drückt sie an seine Brust.

*Nach Kaffee. Nach Gewürzen. Nach Geld. Nach Liebe.*

Sie blinzelt ihm ins Gesicht. Sie möchte ihm unbedingt etwas sagen. Irgendetwas um ihre Gefühle auszudrücken, aber ihr fällt nichts ein. Die ganzen Wörter sind wie ausradiert aus ihrem Kopf.

*Nur unbeschriebene Seiten.*

Sie öffnet leicht die Lippen. Noch hat sie Hoffnung, dass ihr etwas einfällt. Irgendetwas muss ihr doch einfallen. So … sprachlos ist sie sonst doch auch nicht. »Ich«, ist alles was sie herausbringt.

Mehr muss Lucy auch gar nicht sagen. Vincent lächelt sie an und nickt langsam.

Einige blonde Haarsträhnen fallen ihm ins Gesicht. Er schiebt sie mit einer, mit der freien Hand zurück und legt die Hand dann zurück auf ihren Oberarm. »Du musst nichts sagen. Ich weiß es.«

*Danke.*

Sie schließt die Augen. Sie hat keine Wahl mehr. Keine Kraft. Die Müdigkeit hat sie eingeholt. Der Moment ist so schön. Für eine Sekunde kann sie endlich mal vergessen. Jetzt gibt es für eine Sekunde nur sie und Vincent. Nur Lucy und Vincent. Nur eine Tyler und einen Adler. Mehr braucht es nicht. Für sie ist es perfekt.

Sie atmet ein paar Mal tief ein und aus.

*Kaffee. Gewürze.*

*Unbeschriebene Seiten. Verschwommene Wörter.*

*Ich brauche keine Angst zu haben.*

*Er ist da.*

*Vincent.*

*Für immer.*

Mehr kann sie nicht denken. An mehr erinnert sie sich nicht. Nur daran, dass Vincent ihr einen Kuss auf die Stirn gehaucht hat. Ganz sanft. Mit seinen zarten Lippen. Wie Seide. Wie Samt. Wie der kostbarste Stoff der Welt. Sie kann es nicht beschreiben. Aber in jenem Moment wurde Liebe in sie hineingehaucht. Vincent hat sie ihr gegeben. Nur ein Bisschen. Es wird nicht lange halten. Aber jetzt reicht es. Sie hat das Kribbeln unter ihrer Kopfhaut gespürt. Die Liebe. Dann ist sie eingeschlafen. Fest an seine Brust gekuschelt. Seine Arme um sie herum. Beschützt. Behütet. Geliebt. Verstanden. Und ganz leise flüstert irgendwo ganz hinten in ihrem Kopf eine Stimme, vielleicht sogar in ihrem Herzen, dass es nun vorbei ist. Dass sie nicht mehr alleine auf der Welt ist. Dass es jemanden gibt, der sie liebt. Und den sie liebt. Auch wenn es nur ein zartes Gefühlspflänzchen ist, das sich erst einmal an die Oberfläche kämpfen muss um bemerkt zu werden. Es ist da. Es wird weiter wachsen. Es wird bemerkt werden. Irgendwann.

Irgendwann wird sie es bemerken und pflegen. Umsorgen wie ihr eigenes Kind.

»Es ist vorbei«, wiederholt die Stimme am Ende noch einmal. »Du bist nicht allein.«

Aber da hat sich die Stimme zum ersten Mal getäuscht.

# Kapitel XI

## *George*

Nachdem George den Brief auswendig konnte, hatte er sich in sein Zimmer zurückgezogen und sich mit dem Schloss dieses Mädchens beschäftiget. Und das tut er immer noch. Seit Stunden schon. Es ist dunkel draußen geworden. Ein grauer Streifen Licht fällt durch den Spalt in der Wand. Es taucht das Zimmer in einen silbrigen Ton. Aber selbst das kann es nicht besser machen. Man kann es überhaupt nicht besser machen. Deshalb lenkt er sich ab. Er hat die Finger an die Schläfen gepresst, als hätte er starke Kopfschmerzen, aber es hilft ihm nur sich zu konzentrieren. Er starrt in sich hinein. Auf das Schloss mit den verschlungenen, außergewöhnlichen Windungen. Er erkennt ein Ornament. Es sieht aus wie ein Herz. Aber als er es näher betrachtet, stellt er fest, dass es gebrochen ist. Ganz leicht stehen die beiden Seiten in der

Mitte auseinander. Es ist ein gerader, glatter Schnitt.

*Als hätte es jemand mit Absicht zerbrochen.*

Er fährt mit den Augen um das Herz umzu. Irgendetwas sagt ihm, dass da noch mehr ist. Etwas, das ihm helfen wird herauszufinden, wer dieses Mädchen ist. Warum ihr Schloss so einzigartig ist. Warum er so etwas noch nie gesehen hat. Er folgt den Windungen. Sie sind aus Gold, Silber, Kupfer und Purpur. Sie verlaufen nicht gleichmäßig. Sie verschlingen sich, umschlängeln einander, bilden Spiralen. Ihr Seelenschloss ist auch nicht kreisrund, wie es normalerweise üblich ist. Es ist ein Oval. Um dessen Rand ist ein silberner Reif gelegt. Als würde es alles einschließen. Er entdeckt noch etwas. Ein Wort. Es ist so versteckt, dass es ihm beinahe nicht aufgefallen ist. Es ist langzogen, quer über das ganze Schloss. Die Buchstaben sind kleine Purpurfäden, die mit Silber umschlungen sind. Es besteht eine Gleichmäßigkeit. Eine sich wiederholende Windungszahl um die Buchstaben umzu. Nur deshalb ist es ihm überhaupt aufgefallen. Und diese Regelmäßigkeit ist kaum natürlichen Ursprungs.

»Entweder hat sie immer und immer wieder die gleiche Situation mit dem gleichen Ablauf und dem gleichen Schlüsselwort erlebt oder es wurde bewusst eingesetzt. Sie wurde bewusst gezwungen etwas zu vergessen«, murmelt er vor sich hin.

Seine Augen folgen den Buchstaben und versuchen es zu entschlüsseln. Buchstabe für Buchstabe befreit er von den Purpurfäden. Er hebt es hervor, drängt den Rest des Schlosses in den Hintergrund und kneift die Augen ein bisschen mehr zusammen, um es lesen zu können.

## *Familie*

Er zuckt schreckhaft zusammen, als es an der Tür klopft.

»So nah. So verdammt nah.« Er rappelt sich auf, zieht sich ein T-Shirt über den Kopf und schiebt seine Entdeckung in eine

Gedankenschublade. Seine Hand ist schon auf der Türklinke, als er das Schluchzen von der anderen Seite hört. Sein Herz stockt für einen Moment. Irgendetwas stimmt nicht.

*Wer sollte das sein?*

Er fährt sich kurz mit der Hand über den Oberschenkel. Seine Hand ist schweißnass. Er hat so viel nachgedacht. Die letzten Stunden reglos auf seinem Bett gegessen. Er spürt den Hunger, der sich langsam bemerkbar macht.

»George«, haucht eine ganz leise, ängstliche Stimme vom anderen Ende. »Mach bitte die Tür auf.«

Er wartet nur noch eine Sekunde. Dann öffnet er sie. Seine Augen werden vor Überraschung ganz groß. Seine Mundwinkel ziehen ein Wenig nach oben, aber sofort tritt ein besorgter Ausdruck in sein Gesicht. »Was ist passiert, Susan?«

Sie stolpert herein. Den Putzkittel hat sie abgelegt. Ihr ausgeleierter Strickpullover ist blassrosa und an einigen Stellen aufgerissen. Sie hat geweint. Ihre Wange ist blutrot gefärbt und zugeschwollen. Sie murmelt etwas. Dann schlingt sie die Arme um George und beginnt unaufhörlich zu weinen.

Er kommt sich so hilflos vor. So verzweifelt. So nichtsnutzig. Er hat keine Ahnung, wie er sich verhalten soll. Noch nie stand ihm eine weinende Frau gegenüber.

»Es ist vorbei, George«, schluchzt sie und lässt ihn los. »Alles ist vorbei.«

»Was ist vorbei?«, fragt er vorsichtig und tätschelt ihren Arm.

»Mein Mann hat herausbekommen, dass ich mit dir alleine hier bin. Er hat mich angeschrien. Er hat mich geschlagen. Er hat die Kinder geschlagen. … Sie haben doch gar nichts getan!«

George legt ihr einen Arm um die Schultern und führt sie zum alten, kaputten Sofa. »Setzt dich, Susan«, murmelt er. Die Hilflosigkeit steht ihm ins Gesicht geschrieben. Mit Gefühlen hatte er nie viel zu tun. Sie sind ihm schon immer ein Rätsel. Er weiß, sie sind da. Auch in ihm. Aber er kann sie nicht begreifen, nicht fassen. Und wenn es um die Gefühle anderer geht, ist er aufgeschmissen. Sie versteht er nämlich noch viel weniger.

Susan schlägt die Hände vors Gesicht und schluchzt unaufhörlich. Ihre Schultern beben unter ihrem Ausbruch. Sie sinkt in das alte, verblichene, hellblaue Polster nieder und wischt sich mit dem Pulloverärmel immer wieder über die Augen. Bis sind ganz rot sind. Vom Weinen. Und vom Wischen. »Es ging so schnell. Er war so wütend«, murmelt sie voller Kummer. Er quillt aus ihr heraus, wie Sahne aus einem Windbeutel, wenn man ihn zusammenpresst.

George setzt sich zögernd vor ihr auf den alten, kniehohen Wohnzimmertisch, auf dem sein Pflegevater sonst immer seine Füße legt, wenn er sich entspannen und lesen will, und sieht sie mit besorgten Augen an.

*Sie ist so hübsch. Viel zu hübsch, um zu weinen. … Und sich von ihrem Mann schlagen zu lassen. Sie hat das nicht verdient.*

Er starrt sie an, als wäre sie ein Geist. Ein kleiner, trauriger Geist. Einer, der nicht aufhören kann zu weinen. »Wo ist er jetzt?«, fragt er leise und legt ihr eine Hand auf das Knie.

Ruckartig hebt sie den Kopf und lässt die Hände in ihren Schoß fallen. »Er ist in die Blaue-Bar gegangen. Die am Ende der Straße. Er wird nicht vor morgen früh wieder kommen. Meine Kinder schlafen seit einer halben Stunde. Sie sind doch noch so klein.« Die Tränen strömen noch immer über ihre geröteten Wangen, aber sie schluchzt nicht mehr so heftig. Sie wirkt ruhiger. Entspannter. Seit sie ihn mit starrem Blick ansieht. »Ich weiß nicht, was ich tun soll, George.« Ihre Stimme ist kaum mehr als ein Flüstern. Sie greift seine Hand und drückt seine Finger so fest zusammen, dass es schmerzt und sie rot anlaufen.

George zögert mit seiner Antwort. Er starrt auf seine roten Finger. Auf ihre Finger. Auf ihren Arm. Auf ihre Brüste. Auf ihren Hals. Und schließlich sieht er ihr direkt ins Gesicht. Es ist noch immer schön, findet er.

»Hilf mir, George. Ich will meinen Mann nicht verlieren. Ich liebe ihn. Aber ich habe mir geschworen, dass wenn er unsere Kinder schlägt, ich ihn auf der Stelle verlassen werde. So einen Vater will ich für meine Kinder nicht. Sie haben nur das Beste verdient. Aber ich weiß nicht weiter. Ich weiß nicht, was das Beste für sie ist. Ich bin eine schlechte Mutter.« Sie beginnt wieder zu schluchzen und seine Hand weiter zu quetschen.

Er spürt, er muss antworten. Er muss sie aufbauen. Ihr sagen, was sie hören will. Dass sie eine gute Mutter ist, weil sie nur das Beste will. Dass sie ihren Mann verlassen soll. Dass sie, so eine starke und selbstbewusste und wunderschöne Frau wie sie, auch alleine im Leben stehen kann und keinen Mann an ihrer Seite braucht. Aber innerlich windet er sich. Er will sich nicht mit Susan rumschlagen, die um ihre Familie klagt. Er ist regelrecht wütend auf sie. Und die Wut wächst mit jeder Sekunde. Mit jeder Sekunde, die sie weiterredet. Weiter klagt. Jede Sekunde, in der weitere Tränen aus ihren kleinen Augen strömen. In der sie seine Finger so fest drückt, dass der Schmerz bis in seine Schulter schießt. In der sie hilflos und verzweifelt auf dem alten Sofa seines

Pflegevaters sitzt und sich bei ihm ausheult. Abrupt reißt er seine Hand zurück. Er kann sich nicht mehr bändigen. Er hat seine Wut nicht mehr im Griff. Sie entgleitet ihm. Er schreit los, auch wenn er das nicht will. Er wehrt sich dagegen. Aber sie ist stärker. Die ganze Wut legt er in seine Worte. Die Wut auf seine Eltern. Auf seine Pflegeeltern. Auf Isaac. Auf Zach. Auf die Heimleiterin und ihrem Mann. Auf dieses bescheuerte Schloss, das er nicht knacken kann. Und auf die Gefahr, die ihn bedroht und Jack und Rose solch höllische Angst macht, dass sie ihn alleine zurück lassen. Er packt sie an den Armen und brüllt ihr mitten ins Gesicht: »Halt dein schändliches Maul, Susan! Sei froh, dass du überhaupt eine Familie hast! Du weißt es gar nicht zu schätzen. Du bist so verdammt bescheuert! Du tust mir leid! Deine Kinder tun mir leid! Pfeif auf die Tatsache, dass dein ach-so-toller Mann deine Kinder schlägt. Das ist doch völlig egal. Soll er sie doch schlagen. Na, und? Sei doch froh, dass sie überhaupt einen Vater haben, der da ist. Einfach nur da ist und sich ansatzweise um sie kümmert. Und wenn du es noch immer nicht kapierst, dann kann ich dir nicht mehr helfen. Es schadet deinen Kindern doch nicht, wenn sie geschlagen werden. Es schadet niemanden. Mir auch nicht. Das einzige, was mir geschadet hat, ist, dass mich meine Eltern verlassen haben. Du siehst doch, was aus mir geworden ist! Willst du, dass deine Kinder so werden wie ich? Willst du das etwa? Denn dann ist das deine Schuld! Bleib bei deinem verdammten Mann! Bleib bei deinen verzogenen Gören! Bleib einfach bei ihnen. Damit sie nicht so werden wie ich. Das. Willst. Du. Nicht. Ich. Bin. Eine. Schande. Warum sonst verlassen mich alle? Nicht einmal du würdest jetzt noch bei mir bleiben. Niemand. Will. Das.« George bricht zusammen. Das ist zu viel. Mehr kann er nicht geben. Seine Wut ist verraucht. Er fühlt sich leer und schutzlos. Mit zittrigen Armen stützt er sich auf den Wohnzimmertisch und setzt sich auf ihn. Er kann nicht einmal mehr sagen, dass es ihm Leid tut. Dass er das eigentlich nicht sagen wollte. Dass er einfach nur wütend war. Aber sein Hals ist so trocken wie Asche. Er starrt zu Boden. Er registriert jedes einzelne Staubkorn auf dem Holz. Aber es ist ihm egal. Für einen Moment ist ihm alles egal. Selbst das Susan vom Sofa aufsteht, ihren Pullover rafft und ihm mitten ins Gesicht schlägt. Es tut ihm weh. Aber es ist ihm egal. Der ganze Schmerz ist ihm egal.

Er denkt einfach nur: *Das habe ich verdient. Nur das. Nichts anderes.*

Susan betrachtet seine rotwerdende Wange. Die Verzweiflung, die Verletzung, der Hass weicht aus ihrem Blick. Er wird ganz weich. Verständnisvoll. Sie versteht George. Und das überrascht sie selbst am meisten. »Es tut mir leid, George«, murmelt sie und berührt die Wange sanft mit ihren Fingern. »Ich weiß, wie schwer das alles für dich ist. Ich hätte nicht zu dir kommen sollen. Das war dumm von mir.«

»Ja, das war es wohl«, haucht er und wehrt sich nicht gegen ihre Finger in seinem Gesicht. Er genießt es sogar. Jemand, der sich um ihn kümmert. Ihn berührt. Eine Frau.

*Ich sollte mich auch entschuldigen.*

Aber George tut es nicht. Er kann sich für nichts entschuldigen, das er genauso meint. Und diesmal meinte er nichts ehrlicher als das.

Er fühlt sich ganz schwach und zittrig. Als hätte ihn alle Kraft verlassen. Als wäre die Wut, das einzige was in ihm lebt und ihn nährt.

»George.« Mehr sagt Susan nicht. Sie weiß, dass es genug ist. Dass er Ruhe braucht, um mit der ganzen Situation klarzukommen und dass es besser wäre zu gehen. Sie nimmt ihre Finger von seiner Wange und will gehen. Sie ist schon fast bei der Tür.

»Warte!« George springt vom Tisch auf. So heftig, dass der Tisch nach hinten rutscht und dunkle Abdrücke über den Boden reißt. Es kribbelt in seinen Fingern. Er spürt die Anspannung, die Lust Susan an sich zu ziehen und sie zu küssen, aber er bremst sich.

*Sie ist eine erwachsene Frau. Sie hat Kinder. Sie hat einen Mann, der mich umbringen würde. Sie kann mit mir nichts anfangen. Ich bin doch mindestens fünfzehn Jahre jünger. Ich interessiere sie bestimmt nicht einmal. Sie ist bloß nett zu mir. Ich will es nicht kaputtmachen.*

Er holt tief Luft, tritt einen Schritt auf sie zu. Noch befindet sich fast der komplette Raum zwischen ihnen. Aber er spürt die

Anziehungskraft. »Ich wollte nur etwas fragen.« Er macht noch einen Schritt.

*Ausatmen.*

Die Energie beginnt überall zu kribbeln.

Auch Susan spürt das. Sie verknotet angespannt die Finger miteinander.

*Einatmen.*

Er geht zu ihr bis er direkt vor ihr steht. Sie ist etwas kleiner als er. Er sieht ihr in die Augen. In ihr Schloss hinein. Aber er öffnet es nicht. Er kann es nicht öffnen. Dafür müsste er sich konzentrieren. Aber das kann er gerade nicht. Außerdem will er die sechshundert nicht schaffen. Es würde sein schlechtes Gewissen um hundert Prozent erhöhen. Unter sechshundert geht es, aber mit dieser Zahl zu leben. Sechshundert Menschen verletzt, einige – was macht er sich vor? – den größten Teil – alle umgebracht zu haben. Und noch mehr verletzt.

*Nicht. Sie. Ansehen! Nicht. Sie. Nicht. Sie. Guck wo anders hin!*

Er zwingt seinen Blick weg von ihr. Die Schlüssel hat er begonnen abzugleichen. Aber er schafft es bevor er den richtigen Schlüssel gefunden hat. Er ist stärker, als er dachte. Als er sich zugetraut hat. Sein Blickt rutscht ab. Auf ihren Brustkorb. In seinem Kopf passieren tausend Dinge gleichzeitig. Fast verwirrend, würde er das nicht jeden Tag machen. Das Schloss versucht er zu löschen. Stück für Stück entfernt er, legt es in eine Gedankenschublade und zündet sie an. Sie brennt nieder. Gleichzeitig lässt er den ganzen Tag Revue passieren. Er liest wieder den Brief. Einmal. Zweimal. Er sieht sich, wie er am Küchentisch auf dem Stuhl sitzt. Nur in Jeans. Nackter Oberkörper. Zittrige, nervöse Finger. Auf den Fliesen patschender Fuß. Nasse Haare. Den Brief in den Händen. Zwei Sekunden beobachtet er sich dabei, dann holt er den Brief aus seiner dazugehörigen Schublade und liest ihn. Wort für Wort. Er versucht sich eine Frage zurecht zu legen.

*Woher hast du den Brief? Warum hast du ihn? Warum hast du ihn mir nicht schon früher gegeben? Haben meine Eltern ihn dir gegeben?*

*Was für eine Gefahr? Was weißt du über das ganze wirklich? Warum sagst du es mir nicht?*

*Werden meine Eltern wirklich wiederkommen? Wann kommen sie?*

*Wird die Gefahr mich töten? Kann ich sie besiegen? Kann ich mich schützen?*

*Hast du etwas damit zu tun? Kannst du dich beschützen? Wirst du mich beschützen?*

Es dauert nur eine Sekunde, dann hat er sich entschieden. Seine Stimme ist bestimmt und klar. Er muss der Versuchung widerstehen, sie nicht an den Schultern zu packen und festzuhalten, damit sie nicht abhaut. Aber seine Frage ist schneller, als seine Hände es wären, also schießt sie aus ihm heraus, bevor er irgendetwas noch tun kann: »Woher hast du den Brief, Susan? Von meinen Eltern?«

Die Frage kommt so plötzlich, dass Susan weiß im Gesicht wird, ihn mit aller Kraft wegstößt und geht. Die Tür knallt sie zu.

Er starrt die Tür an.

*Ihre Augen. Sie waren so … so verängstigt.*

George kann es sich nicht erklären. Er will Antworten. Er will mehr wissen. Alles wissen. Von ihr. Von Susan. Über seine Eltern. Über die Gefahr.

*Es geht mich doch schließlich auch etwas an. Sie kann nicht alles vor mir verheimlichen. Dann finde ich es eben selbst heraus.*

Er verschränkt die Arme. Plötzlich flammt ein Bild vor seinen Augen auf. Das Schloss. Ihr Schloss. Das Schloss des Mädchens. Es steht offen. Weit offen. Ohne dass er etwas getan hat. Es wurde aufgebrochen. Er sieht es ganz deutlich. Dann schwarz. Dann noch ein Bild. Eine Szene. Isaac und sein Bruder. Sie reden. Sie stehen in Isaacs Arbeitszimmer. Sie diskutieren. Sie benutzen die Arme und Hände beim Sprechen. Ihre Augen leuchten. Sie sind wütend. Hasserfüllt. Rachsüchtig. Sie lächeln kalt. Eisig. Herzlos. Auf dem Tisch vor ihnen liegt sein Bild. Georges Bild. Sie haben seinen Hals mit einem roten Stift durchgestrichen. Isaac greift es. Er hält es hoch. Ins Licht. Er schreit etwas. Nur dumpf dringt es an sein Ohr. Aber es ist erschreckend deutlich. Erschreckend verständlich. Eine Gänsehaut stellt sich ihm bei Isaacs Worten auf.

*George wird sterben.*

# Kapitel XII

## *George*

*Es war keine leere Drohung. Er meint es ernst. Er will meinen Tod. Er ist gefährlich. Seine Augen. Sein Lächeln. Sie bringen mir den Tod. Und Zach – mein Bruder – er wird ihm helfen. Er wird mich töten.*

George taumelt zurück. Von jetzt auf gleich wird ihm unheimlich schlecht. Er muss sich setzen. Auf den Stuhl. Seine Fingernägel krallen sich ins Holz. Sein Herz rast wie ein verdammter Schnellzug. Sein Blick wechselt zwischen Fenster, Tischplatte und Tür. Immer und immer wieder. Bis sein Kopf zu rauchen scheint. In Gedanken geht er alle Situationen noch einmal durch, in denen er Isaacs Hass auf sich gezogen hat. Er weiß, dass er bei Zach gar nicht erst anzufangen braucht. Zach tut das, was Isaac ihm sagt. Mehr nicht.

*Ich denke nicht, dass ich ihm noch irgendetwas bedeute.*

Er ballt die Finger zur Faust und gräbt die Fingernägel in die Haut.

Er geht jede Situation noch einmal durch.

Isaac und er zum ersten Mal zusammen in seinem Arbeitszimmer. Er seine Fingen auf Georges Brust. Eisiger Blick. Hauchende Worte. »Du schuldest mir Leben, George.«

*Er hatte schon immer einen großen Hass auf mich. Verständlich.*

George hat seine Mutter umgebracht. Isaacs Mutter. Er wusste es nicht. Er war erst zwölf. Er wusste nicht, dass es sie umbringt. Er hatte keine Ahnung. Er hat es getan. Er hat ihr Schloss aufgebrochen. Immer tiefer in sie hineingeschaut. Er hat sie umgebracht. Sie brach auf ihrem Stuhl zusammen. Sie saßen alleine in der Küche. Seine Pflegeeltern waren noch nicht da. Er hat sie vorher reingelassen. Eine Freundin von Jack und Rose. Sie ist tot umgekippt. Seine Eltern kamen. Seine Mutter – Rose – hat ihn angesehen, als wüsste sie Bescheid. Er hat geweint. Er konnte nicht mehr aufhören. Tagelang hat er sich verkrochen. Er hat verstanden, was er da getan hat. Er hatte Schuldgefühle. Jack und Rose wollten ihn aufmuntern. Sie haben mit ihm geredet. Ihn zum Lächeln gebracht. Ihn versucht von seinen Schuldgefühlen zu befreien. Sie haben es ihm erklärt.

»Du kannst nichts dafür, George. Du hast eine Gabe.« Seine Mutter hat ihm einige Haarsträhnen aus der Stirn gestrichen. »Es ist deine Gabe.«

»Menschen töten?«

»Nein, mein kleiner George.« Sie hat gelacht. Aber er hat gemerkt, dass sie Angst hatte. Dass sie furchtbare Angst hatte, dass er ihr auch etwas tut. »Nein.«

»Was dann?«

»Das verstehst du noch nicht.« Sie hatte an die Wand gestarrt, als gäbe es dort die Antwort auf seine Fragen. Aber die gab es dort nicht.

*Die gibt es nirgendwo.*

»Erkläre es mir.«

»Ich verstehe es doch auch nicht. Wir müssen abwarten. Wir können nichts anderes machen. Nur warten. Und sehen wie es weitergeht.« Sie hat ihm Tee gekocht und ihm Kekse gebracht. Aber sie hat nicht weiter geredet. Sie haben nie wieder darüber geredet.

Nur er und sein Vater.

Isaac hat ihn erst zwei Jahre später aufgespürt. Er hat ihn zu sich eingeladen. Und ihm dann gedroht.

»Ich verrate dich der Polizei. Du hilfst mir. Das bist du mir schuldig. Du bist mir schuldig. Dein Leben. Du hast meine Mutter umgebracht. Was wenn ich deine Mutter umbringe? Dann weißt du wie ich mich fühle. Seit zwei Jahren.«

Zach war schon vorher bei ihm.

George hat keine Ahnung wieso oder warum. Sie haben es ihm nie erzählt. Bis jetzt. Zach hat ihm Briefe von Isaac zukommen lassen, wenn er wieder eine angebliche Gefahr aushorchen sollte.

»Du sollst sie brechen«, hat Isaac immer gesagt. »Einen Menschen kann man nur mit seiner Angst, mit seinen schlimmsten Geheimnissen brechen. Wenn dir das gelingt, kannst du sie kontrollieren. Eliminieren.«

Er ist da nicht mehr rausgekommen. Er hat es öfter versucht. Er hatte öfter ein schlechtes Gewissen. Aber Isaac blieb hart.

»Denk an meine Mutter. Willst du, dass ich deine umbringe?«

»Komm schon, George. Sie war meine Mutter. Du weißt wie es sich anfühlt, wenn man sie verliert.«

»Der Weltfrieden kann dir doch nicht egal sein. Du hast doch auch Gefühle, nicht wahr?«

George schlägt auf den Tisch. Schweiß rinnt seine Schläfen hinab. Er ist so angespannt, dass es ihm in den Schultern und im Rücken schmerzt. Aber er muss sich erinnern. An alles, was Isaac mit ihm je besprochen hat. Nur dann findet er das Muster, die Regelmäßigkeiten, die Mordwaffe. Er kann dann Schlüsse ziehen. Wie, wann, wo er ihn umbringen lassen will. Es ist schwer. Er hat keine Zeit. Aber er muss es versuchen.

*Ich muss es versuchen.*

Eine weitere Schublade. Eine weitere Erinnerung.

»Weißt du überhaupt, was wir machen?«

Isaac und er. In Korbsesseln. Auf der Terrasse. Nachts. Überall, wo man nur hinsah Garten. Ein großes Haus – eine Villa – im Rücken. Sternenklarer Himmel. Duft nach Blumen. Überall. Einer der allerersten Treffen.

»Nein.«

»Wir – mein Vater und ich – wir schaffen Frieden. Wir und eine große Organisation, deren Name für dich für immer ein Geheimnis sein wird. Wir trauen dir nämlich nicht. Also, wenn du ihn herausfindest und irgendwann irgendwo versuchst etwas darüber zu erfahren, dann bringen wir dich um. Das hast du doch sicherlich verstanden. … Überall auf der Welt gibt es Gewalt. Wir holen sie uns. Wir reißen sie uns unter den Nagel. Die Anführer, die Auslöser, die Widersacher. Die ganz großen Leute. Wir holen sie her. Wir brechen sie. Du brichst sie. Damit es weniger Gewalt gibt. Damit der Frieden herrscht. Damit niemand mehr Angst haben braucht. Nur die, die Gewalt verbreiten, sollen sich vor Angst in die Hose machen. Sie sollen wissen, dass wir sie holen und vernichten. Wir sprengen ihre Lager. Wir erschießen ihre Leute. Wir bringen die Zivilisten in Sicherheit. Zum Schutz. Und du kannst Teil von uns sein. Du musst nur weiter machen.«

Frieden hat George immer gewollt. Er hasst Ungerechtigkeit. Er hat lange gezögert bevor er beschloss weiter zu machen. Er musste die Tatsache akzeptieren, dass Menschen sterben müssen, damit es Frieden bringt. Aber dann hatte Isaac ihn. Und dann gab es kein Zurück mehr.

Immer mehr und mehr Erinnerungen kommen hoch. Eine Gedankenschublade nach der anderen wird geöffnet. Szenen werden durchgespielt. Immer und immer wieder. Bis sie geklärt, analysiert und verstanden sind. Manchmal schmerzt es. Aber er muss da durch. Er hat keine Wahl. Er kämpft gegen die Müdigkeit an. Er presst die Hände vors Gesicht und versinkt tiefer in sein Reich. In seine Gedanken. Der große Schrank mit all den unzähligen Schubladen von seinem sechsten Lebensjahr bis zum jetzigen Zeitpunkt ist endlos lang. Aber er geht sie durch. Er öffnet diejenigen, auf denen ***Isaac*** steht. Er lässt diejenigen ungeöffnet auf denen Jahreszahlen von 1988 bis zum jetzigen Zeitpunkt sind, denn dort hat er alles gespeichert, jede Winzigkeit, und die Schublade, auf der ***Familie*** steht. Bei Familie braucht er nicht anfangen. Die Schublade ist klein. Leicht zu übersehen. Die kleinste Schublade. Unten links. Wenn es so etwas wie ein Unten gibt bei all den Schubladen. Tief, tief unten. Dort, wo kaum Licht ist, wenn man hinuntersieht. Er geht sie durch. Die ganzen Isaac-Schubladen. Nach Jahreszahlen geordnet. Alles ist geordnet. Nach Jahren und nach Alphabet. Er zieht eine auf.

***Isaac, Dezember 1998.***

Vor einem Jahr. Er durchkramt sie. Blatt für Blatt. Zeile für Zeile. Die Erinnerungen werden wach und lassen die Zeit wieder lebendig werden.

Sie haben sich gestritten. Er war Winter. Er hatte drei Tage vor dem Streit Geburtstag. Am siebzehnten Dezember. Es war kalt und windig. Er hat sich zuhause bei seinen Eltern aufgehalten. Dann kam ein Brief von Isaac. Er hat seinen Eltern erzählt, dass es eine Geburtstagkarte ist, aber er weiß, dass sie ihm das nicht geglaubt haben. Am zwanzigsten Dezember ist er zu Isaac.

»Töte ihn«, hatte Isaac verlangt und ihn finster angesehen.

Er hat sich gefragt, ob Isaac jemals lächeln konnte. »Nein, Isaac. Ich bin hier um zu sagen, dass ich nicht mehr mitmache. Ich bin sechszehn. Ich bin zu alt für deine Spielchen.«

»Keine Spielchen, George. Das ist das Leben. Entweder tötest du ihn oder wir dich. Er ist ein böser Mann. Hat tausende von Menschen getötet.«

»Ich bin ein böser Mann. Ich töte auch Menschen.«

»Aber für einen guten Zweck.« Ungeduldig wippte Isaac auf seinem Stuhl hin und her.

Sie saßen bei ihm im Arbeitszimmer. Es war früh am Morgen. George hatte noch nicht einmal gefrühstückt. Nur einen Kaffee getrunken, um wach zu werden. Isaac wollte ihn so früh sehen. Er war da. Er wollte alles regeln. Schnell wieder abhauen.

»Ich werde keinen mehr töten. Ich will nicht in die Hölle.«

»Es gibt keine Hölle.« Isaac packte seinen Arm und hielt ihn fest. Seine Fingernägel bohrten sich durch seinen Mantel hindurch in Georges Haut. Er spürte das Blut. Noch immer hat er feine, weiße Narben von dem Tag.

»Ich will trotzdem nicht dorthin.«

»Schade.« Isaac funkelte ihn an. »Ich will nicht, dass du gehst. Ziemlich blöde Situation, nicht wahr? Was machen wir denn jetzt? Am besten denkst du noch einmal nach.« Dann schlug er George nieder. Mit seinen zwanzig Jahren war er stärker und auch geschickter. Er hatte keine Chance.

Bis Heiligabend hielten sie ihn gefangen. Dann gab er nach. Er konnte gehen. Er wehrte sich, aber er sagte nie wieder, dass er aufhören wollte. Und wenn, dann fanden Isaac und sein Bruder immer neue Wege um ihn dazubehalten.

Auf dieses Gespräch folgten weitere. Auf die eine Drohung, folgten stets noch mehr Drohungen. Und sie alle hatten die gleiche Wirkung. George blieb.

Aber die Muster werden deutlicher. Die Handlungen. Die Abläufe. Er findet sich nur langsam zurecht. Es gibt so viele. Er hat erst einmal alle wichtigen Gespräche durchgesehen und analysiert. Aber er weiß, dass meistens die gleichen Dinge - die winzigen Details - ausschlaggebend sind. Das darf er nicht vergessen. Das könnte ihn Stunden kosten. Im schlimmsten Fall sein eigenes Leben.

*Mein Leben … ist doch egal.*

George schüttelt sich und fährt sich durch die schweißnassen Haare. Er hat gar nicht gemerkt, wie sehr er geschwitzt hat, aber jetzt merkt er es. Sein T-Shirt klebt ihm am Körper, als hätte er es in Leim getränkt und an ihn dran gepatscht. Ihm wird kalt.

Das Feuer im kleinen Ofen ist erloschen. Das Holz alle. Es ist spät. Oder früh. Wie auch immer er es betrachtet. Er sieht wie die Sonne bereits wieder aufgeht. Silbrige, hellblaue Streifen am Horizont. Wölkchenfäden, die aussehen wie feine goldene Seide.

Er kann nicht mehr. Es ist viel anstrengender, als er dachte. Viel anstrengender als alles, was er bereits getan hat.

*Stopp!*

Er muss Schluss machen. Er muss einige Stunden schlafen. Er braucht neue Kraft um weiter in Erinnerungen zu wühlen, die er am liebsten für immer vergessen will. Er muss alle Seelenschlösser noch einmal aufbrechen, um Isaacs Reaktionen zu betrachten. Jedes einzelne Wort muss er unters Messer legen. Und viel Zeit hat er auch nicht. Er muss sich beeilen, wenn er da noch lebend rauskommen will. Aber erst einmal muss er raus aus dieser Wohnung. Es ist doch klar, dass Isaac oder Zach - oder wer auch immer – ihn hier finden und töten wird.

*Es ist Isaac. Kein anderer wird es wagen. Isaac alleine wird kommen um sich zu rächen. Ich habe seine Mutter umgebracht. Er hasst mich.*

Er steht schwankend auf. Seine Beine sind ganz taub vom stundenlangen sitzen.

*Er hat mich schon immer gehasst. Das wird immer so sein. Egal, was ich tue. Egal, wie ich es gutmachen will. Er wird es mir nie verzeihen. Er hasst mich.*

Er zerrt sich das T-Shirt vom Leib. Es ist unangenehm, auch wenn es so kälter ist.

*Wahrscheinlich hat er meine Eltern umgebracht. Er sie hat sie verschleppen und töten lassen.*

Er schleppt sich zum Sofa.

*Aus Rache. Er will, dass ich leide. Nur noch leide. Mehr als andere.*

Er lässt sich fallen. Die Decke am Kopf zieht er zu sich und deckt sich bis zur Nase zu.

*Ja. Ich leide. Er hat es geschafft.*

Er schließt die Augen.

*Nur ein paar Stunden. Zwei, drei Stunden. Ich habe keine Zeit zum Schlafen. Ich muss mein Leben retten. Damit Jack und Rose mich nicht hassen, damit sie nicht trauern.*

Er hört noch wie sich etwas bewegt. Draußen. Vor seiner Tür. Etwas raschelt. Schritte. Dann ist er schon eingeschlafen.

# *5. Dezember*

# Kapitel XIII

## *Lucy*

Vincents Oberkörper ist warm. Sie spürt ihn. Die ganze Nacht, in der sie zwischen Wachen und Schlafen dagelegen hat. Er hat die Arme noch immer um sie geschlungen. Er schläft noch, als sie die Augen aufschlägt. Sie betrachtet nachdenklich sein Gesicht. Seine Lippen sind leicht geöffnet. Seine Wangen sind gerötet. Seine Locken stehen wirr von seinem Kopf ab. Dann erinnert sie sich wieder. An die Träume. An Vincents Gesichtsausdruck. Er hatte Angst, als sie schreiend aufgewacht ist. Aus Träumen, in denen sie verfolgt wurde. Nicht sie, nicht diese Lucy. Sie, als ein kleines Mädchen in einem weißen Nachtkleid. Sie lief dunkle Flure entlang. Sie hat geweint. Sie hat die Augen weit aufgerissen. Sie hat ihre tapsenden, stolpernden Schritte auf dem Holzboden durch die Flure hallen gehört. Auch die Schritte ihrer Verfolger. Große, schwere

Schritte. Sie hat die Schatten gesehen, die ihre Finger nach ihr ausstreckten. Sie hat geschrien. Sie weiß etwas, das hat sie gemerkt. Sie kann sich aber nicht erinnern. Sie ist gerannt. So schnell sie ihre kleinen Beine getragen haben. Sie ist um die Ecke gerutscht. Der Kerzenschein, der von den Kronleuchtern an der Wand ausgeht, flackerte im Windzug ihres Rennens. Sie ist über den Boden geschlittert, hingefallen und hat sich die Hände an dem spröden Holz aufgerissen. Ihre Knie haben gebrannt. Sie saß da und hat gewartet. Plötzlich sah sie das Mädchen von schräg oben. Als würde sie irgendwo knapp unter der Decke schweben. Die Kleine hat geweint und geschrien, als der große Schatten über sie fiel. Sie ist verstummt. Starke Hände haben sie unter den Armen gepackt, hochgehoben, weggetragen. Sie wollte hinterher. Aber sie konnte sich nicht bewegen. Sie hat die Schreie des Mädchens gehört. Sie hat noch etwas anderes gehört, aber daran erinnert sie sich nicht mehr. Sie wollte um Hilfe rufen. Sie hörte wieder diese Schreie, aber sie klangen anders als vor wenigen Sekunden. Dann ist sie aufgewacht und hat festgestellt, dass sie es ist, die so geschrien hat. Vincent saß neben ihr. Er hat sie in den Arm genommen. Er sah ganz verschlafen aus. Als sie sich beruhigt hat, haben sie sich wieder hingelegt.

»Du kannst beruhigt schlafen. Deine Albträume kommen ganz bestimmt nicht wieder«, hat er ihr ins Ohr geflüstert und den Arm wieder um sie gelegt.

Aber er hat sich getäuscht. Der Traum kam wieder. Zwei Mal noch. Und immer hat Vincent sie beruhigt.

Jetzt lässt sie ihn schlafen. Er muss jedes Mal eine Heidenangst bekommen haben, als sie geschrien hat. Seine Smaragdaugen zeigten nichts als blanke Panik, dann Sorge, dann Gefühl. Nichts anderes als tiefes, liebendes Gefühl.

Sie streckt die Hand aus und berührt vorsichtig sein Kinn. Die Angst des verblassenden Traumes stecken noch immer tief in ihren Knochen. Sie kann sie nicht einfach abschütteln. Sie spürt, dass sie über den Traum reden muss. Und der einzige, der dafür in Frage kommt ist Vincent.

Aber er schläft noch.

Seine Haut ist warm und weich wie Samt. Seine Wimpern sind so dunkel wie Kohle und so fein und wunderschön wie Goldschnüre. Schwarze Goldschnüre. Auf seiner linken Wange erkennt sie eine kaum merkliche, weiße Narbe. Sie streicht mit ihrem Zeigefinger darüber.

*Wobei er die wohl bekommen hat?*

Sie lässt ihre Hand an seiner Wange liegen. Ihre Augen wandern weiter. Zum ersten Mal kann sie sich vorstellen, dass er ein berühmter Schauspieler ist. Er ist so wunderschön.

*Aber wieso sieht man nirgends Fans oder Kamerateams oder Journalisten? Warum scheint niemand zu wissen, wer Vincent Adler ist? Vielleicht hat er auch einfach nur gelogen.*

Sie stützt sich auf seine Brust mit ihrem Unterarm und beugt sich über sein Gesicht.

Plötzlich zucken seine Mundwinkel und ein breites Grinsen breitet sich über den ganzen

Mund aus. Seine Zähne sind weiß wie frischgefallener Schnee. Seine Lippen sind blutrot. Ein starker Kontrast. So stark, dass Lucy nicht anders kann. Sie muss zurück lächeln. Auch wenn ihr nicht danach zumute ist.

Müde öffnet er langsam ein Auge. Grün. Smaragdgrün. Leuchtend. Funkelnd. Vollkommen ehrlich. Er blinzelt und öffnet das andere Auge auch noch. Dann legt er vorsichtig seine Hand auf ihre und umschließt vorsichtig ihre Finger. Ganz zart. »Du bist schon wach?« Seine Stimme ist kaum mehr als ein Flüstern. Er ist noch sehr müde, aber gleichzeitig auch sehr glücklich. Lucy ist da - bei ihm. Auch wenn sie gefühlte Tausendmal aufgewacht ist, geschrien hat und ihn um seinen Schlaf brachte. Nur zu gut erinnert er sich an ihren Gesichtsausdruck. Wie ein aufgeschrecktes, verängstigtes Tier - vielleicht ein Reh. Er stützt sich auf seine Unterarme und atmet tief durch.

Noch immer sind ihre Augen ängstlich. Sie scheinen auf seinem Gesicht ganz friedlich zu ruhen, aber er spürt, er erkennt sie - die Angst. Er hat eine sechsjährige Schwester, Anna

Carillon. Sie ist schwerkrank. Sie wird bald sterben. Manchmal kommt sie zu ihm aufs Bett gekrabbelt, aber nur an Tagen, an denen es ihr gut geht. Sie schlüpft zu ihm unter die Bettdecke und sieht ihn an und sagt: »Mir geht es gut, Vince«, aber es ist gelogen. Er spürt, ihre Angst so deutlich, als hielte er sie in Händen.

Es ist genau wie jetzt. Er kann Lucys Angst mit Händen fassen. So deutlich spürt er sie. Aber er tut es nicht. Er lächelt ein Wenig. Er weiß, das hilft ihr. Anna hilft das auch immer. Sein Lächeln ist magisch. Es lässt einen für eine Sekunde alles vergessen. Bevor es zurückkommt.

»Ich habe geträumt«, murmelt Lucy, setzt sich aufrecht hin und zieht die Knie an die Brust. Es kostet ihr sichtlich Mühe darüber zu reden. Über diesen wiederkehrenden Traum, der ihr höllische Angst einjagt. »Es war alles so real. Als wäre es Wirklichkeit.«

Vincent setzt sich auf die Bettkante. Ihr gegenüber. Er sagt nichts. Er hört ihr einfach zu. Jedes einzelne Wort registriert er. Und er weiß, dass es wichtig ist zuzuhören.

Sie erzählt nur mühsam. Stockend. Sie windet sich. Sie will nicht alles noch einmal erleben. Die Angst, als sie die Schritte hinter sich hört. Die flackernden Kerzenlichter an den Wänden. Die Holzsplitter, die sich in ihre Hände und Knie bohren. Die Hilfslosigkeit, die sie so stark empfunden hat, dass es schon wehtut, als diese unheimliche Person das kleine Mädchen mitgenommen hat. Die markerschütternden Schreie, die durch den Flur dumpf in ihren Ohren hallen.

*Aber was macht das für einen Unterschied? Ich habe ihn schon so oft diese Nacht geträumt, dann kann ich ihn auch noch einmal träumen. Es ist doch vollkommen egal.*

Und dann erzählt sie weiter. Jedes Detail. Jedes Gefühl. Jede Bewegung. Es fällt ihr leichter, auch wenn sie sich immer wieder korrigieren muss. Den Kopf schüttelt. Tief Luft holt. In Vincents Augen sieht. Das Lachen ist ihm schon längst vergangen. Jedes kleine Gefühl, das sie beschreibt, dass sie noch einmal durchlebt, noch einmal in sich hochkommen lässt, das spürt er ebenfalls. Die Angst. Sie thront über alldem. Die Angst kontrolliert diesen Traum wie ein Kranführer den Kran. Sein Herz rast, als hätte er selbst schreckliche Furcht vor jedem weiteren Wort, das sie mühsam herausbringt. Aber wieso ist sie so mächtig, so stark? Was versteckt sich in Lucys Vergangenheit, das ihr solche Angst macht?

»Ich …«, versucht sie es zu beenden. Ihre Erzählung. Die wiederaufkeimenden Gefühle. Dieses peinliche Gespräch. Auch wenn es nur ihr peinlich vorkommen mag. »Ich weiß nicht wieso, aber ich kenne dieses Mädchen. Ich habe das Gefühl, als gehörte sie zur Familie. … Ich weiß nicht. Es klingt verrückt, oder?«

Vincent schüttelt langsam den Kopf. »Nein. Vielleicht gehört sie dazu. Vielleicht auch nicht. Dein Arzt, dieser Keaton, der hat doch von einem Geheimnis gesprochen. Vielleicht hat das Mädchen etwas damit zu tun.« Er steht auf und schiebt sich die goldenen Locken aus der Stirn. Mit einem Ruck zieht er den Rollladen wieder hoch. Gleißendes Sonnenlicht strömt herein.

Sie muss unweigerlich blinzeln. Dann fällt ihr ihre Frage wieder ein. »Warum weiß hier niemand, dass du ein „berühmter“ Schauspieler bist?«

Er hat den Sarkasmus gehört, aber er ignoriert ihn lächelnd. Langsam zieht er sich den Pullover über den Kopf und öffnet seinen Kleiderschrank. Das Holz ist kalt und glatt – wie jeden Morgen. Aber diesmal nimmt er es nicht wahr. Er konzentriert sich auf Lucy, während er nach einem geeigneten Pullover sucht und ihr antwortet. »Natürlich wissen die Leute hier wer ich bin. Aber ich bin hier aufgewachsen. Mein Vater ist steinreich. Alle kennen uns. Sie lassen uns in Ruhe, weil es keinen Unterschied macht.« Er dreht sich zu ihr um.

Sie zieht scharf die Luft ein.

*Er ist so sexy in diesem Licht.*

»Hast du gar keine Fans? Warum sind hier keine Kamerateams? Keine Journalisten? Niemand, der ein Autogramm von dir will?« Die Fragen platzen einfach aus ihr heraus. Hastig legt sie sich die Hand auf den Mund. Sie will ihn damit nicht nerven. Aber es tut gut über etwas anderes, als ihre Probleme zu reden. Auch wenn sie weiß, dass es keine wirklichen Probleme sind. Nicht solche wie ihre.

Vincent kommt wieder zurück zum Bett. Den purpurroten Pullover immer noch in der Hand. »Ich habe Fans. Aber mein Vater ist streng. Er lässt nicht zu, dass es irgendwelche Fans schaffen zu mir durchzudringen.« Seine Augen glänzen traurig. Er starrt nach draußen. »Ich soll hierbleiben, sagt er immer. Ich soll mich um Anna kümmern.« Seine Hände kneten den Pullover. »Sie wird bald sterben.« Seine Stimme wird leiser. Er hat einen Kloß im Hals. So dick wie seine Faust. »Ich soll möglichst viel Zeit mit ihr verbringen. Sie liebt mich. Ich liebe sie. Ich würde alles für sie tun. Alles. Aber manchmal« Der Pullover sinkt zu Boden. Schwach hängen Vincents Hände neben seinem Körper. »Manchmal fühle ich mich einsam. Ich bin immer in diesem Haus gefangen. Außer wenn ich zum Set muss oder auf Premieren. Die letzten Tage mit dir waren eine Abwechslung. Auch wenn du mich am Anfang gehasst hast. Aber jetzt ist Anna sauer. Aber ich kann nicht immer nur an sie denken. Sie kann nicht mein Leben bestimmen.«

Plötzlich tut es Lucy Leid gefragt zu haben. Sie streckt die Hand nach ihm aus und will ihn berühren, aber er ist zu weit weg.

*Er sieht so traurig aus. Das ist es. Darum schlägt sein Herz so traurig. Ich habe es mir nicht eingebildet.*

Sie krabbelt über die Matratze hinweg zu ihm. Sie kniet sich hin und legt ihm die Hände auf die Schultern.

Er sieht zu ihr herab. Sein Gesichtsausdruck ist nach wie vor unendlich traurig.

Es zerreißt ihr fast das Herz. Aber sie richtet sich auf und blickt ihm tief in die Smaragdaugen, die leidenschaftlicher sind, als alles, was sie je gesehen hat. »Kann ich dich aufheitern?«, fragt sie leise. »Ich mag es nicht, wenn du leidest. Ich leide auch.«

Er nickt zaghaft. Seine Hände legen sich um ihre Taille. »Ich kenne das Gefühl. Ich« Er beugt sich vor. Seine Lippen sind so nah, dass sie fast ihre berühren. »Ich empfinde das

Gleiche.« Dann lehnt er sich ein Stückchen weiter vor. Seine Lippen liegen auf ihren. Sie sind warm und weich. Sie passen perfekt auf ihre Lippen.

*Es ist so gut. So richtig.*

Eine Welle der heißen Erregung durchströmt sie. Sie greift in seinen Nacken. Ihre Fingerspitzen kribbeln. Ihre Lippen brennen.

*Ich liebe dich, Vincent.*

Sie zuckt zurück, als das Bild vor ihr aufflammt. Es ist so deutlich und scharf, dass sie in der ersten Sekunde befürchtet, dass der Kuss nur ein Traum ist. Dass Vincent nur ein Traum ist. Denn diese Vision ist stärker. Stärker als ihre Träume. Stärker als alles, was ihr bis jetzt widerfahren ist.

Ein junger Mann. Blonde Haare. Grüne Augen.

»Vincent!«, schreit sie erschrocken auf, als sie ihn erkennt.

Ein Gedanke klammert sich in ihrem Kopf fest und lässt sie innerlich vor Angst zucken.

*Er hat mich gefunden. Wie kann das sein? Er hat mich gefunden. Ich habe mich doch vorgesehen. Das ist unmöglich.*

Diese Gedanken gehören nicht nur zu ihr. Nicht zu Lucy Tyler. Sie sind anders. Viel zu anders. Und dennoch weiß sie, dass sie der Person gehören, die sie ist.

Sie sieht ihn. Er schreitet durch die Flure. Sie kommen ihr bekannt vor. Es sind die Flure, durch die sie in der Nacht gerannt ist. Er trägt ein weißes Hemd. Blutflecke sind überall. Auch seine Hände sind voll damit. Sein Kinn. Seine Wangen. Seine Lippen.

*Blut …*

Sie ist eingezwängt in der hintersten Ecke des Flures. Dort, wo das Licht am dunkelsten ist. Sie presst sich mit dem Rücken gegen die Wand. Sie sitzt auf dem harten Boden. Die Knie bis unters Kinn gezogen. Sie zittert. Ihre Gedanken kann sie nicht mehr steuern. Sie kann ihnen nur zuhören.

*Er hat mich gefunden. Wie kann das sein? Er hat mich gefunden. Ich habe mich doch vorgesehen. Das ist unmöglich. Es muss einen Verräter geben. Bei uns. In unserer Familie. Henry wird mich umbringen. Henry wird mich hassen.*

Er entdeckt sie. Seine Augen sind kalt. Eiskalt. Die ganze Wärme ist aus ihnen verschwunden. Eiskristalle haben sich um seine Lippen gebildet. Als wäre er tatsächlich aus Eis. Er streckt die Arme nach ihr aus und packt sie. Das Blut fühlt sich glitschig und noch warm an. Er zieht sie halb hoch. Mit einer Hand presst er sie gegen die Wand. Seine Blicke wollen sie töten.

»Nein! Vincent, was soll das?« Sie hört sich kaum schreien. Es ist alles so dumpf. Als würde sie durch Watte hören. Aber das macht es für sie nur noch realer. Sie will abhauen. Fliehen. Wegrennen. Aber er hält ihre Kehle festumschlungen und presst sie fest gegen die Wand.

Er schlägt sie. Immer wieder schlägt er ihr seine Hand ins Gesicht. Er schüttelt sie. So heftig, dass ihr ganz schlecht wird und sie mit dem Kopf gegen die Wand in ihrem Rücken haut.

»Hör auf!«, murmelt sie schwach. »Hör auf, Vincent!«

*Vincent! Warum? Warum, Vincent?*

Aber er hört nicht auf. Er schlägt weiter. Sie spürt das Blut aus ihrer Nase fließen.

»Warum tust du das?« Sterne hüpfen vor ihren Augen. Sie weiß, dass sie jede Sekunde ohnmächtig werden wird. Aber sie kämpft dagegen an.

Er hält mitten in der Bewegung inne. Kurz bevor seine Hand sie wieder im Gesicht trifft. Für einen Moment schweigt er, dann bricht er in schallendes Gelächter aus. Es hallt hohl und kalt von den Wänden wieder.

*Einen Verräter. In unserer Familie,* hört sie sich denken.

Sie rutscht schlaff die Wand nach unten, aber Vincent greift sie wieder am weißen Kleid, das sie trägt und zieht sie hoch. »Ist das dein verdammter Ernst?«, fragt er noch immer lachend.

Ein kalter Schauer jagt ihr über den Rücken. »Ja«, wimmert sie. »Ich weiß es nicht.«

Er greift ihren Haarschopf, ihren Zopf, der wie Schlangen an ihrem Hinterkopf befestigt ist, und zerrt sie mit sich. »Ich zeige es dir, du dummes Mädchen. Du dummes, dummes Mädchen. Henry wird sich freuen. Wie immer.«

Es ist plötzlich als würde sie den Körper dieses fremden Mädchens verlassen. Sie steht an der Wand. In dem weißen Kleid und den nackten Füßen. Sie starrt Vincent hinterher, der das Mädchen am Zopf mit sich zerrt. Sie blutet im ganzen Gesicht und wehrt sich, aber er hält sie fest gepackt.

Lucy will hinterher laufen, aber ihre Füße gehorchen ihr nicht.

Dann sind Vincent und das Mädchen um die Ecke verschwunden.

Schreiend wacht sie auf. Schweißgebadet. Sie liegt auf dem Boden. Blut klebt unter ihrer Nase. Ihr Rücken schmerzt.  Sie hebt vorsichtig den Kopf und sieht sich um.

Vincent ist einige Schritte zurückgetaumelt und starrt sie fassungslos an. Er ist leichenblass. Blasser, als jemals zu vor.

Ihr Blick wandert zu seinen Händen. Sie verschluckt sich an ihrer eigenen Spucke.

Vincents Hände sind voller Blut.

# Kapitel XIV

## *Lucy*

Atemlos sitzt Lucy da und starrt seine Hände an. »Vincent«, haucht sie immer wieder. Ihr Hals schmerzt beim Sprechen. Aber sie kann nicht aufhören. Sie muss einfach. Sie kann nicht in der schrecklichen Stille sitzen und nichts tun – nichts sagen.

Langsam hält er sich die Hände vors Gesicht und keucht auf. Seine Augen weiten sich. Seine Hände beginnen zu zittern. »Ich habe keine Ahnung, Lucy«, flüstert er und sieht sie an. Flehend, dass sie ihm glauben möge.

Sie reißt sich zusammen und setzt sich gerade hin. »Irgendwas musst du aber wissen.« Sie deutet mit dem Finger auf das Blut. Langsam tropft es von seinen Fingern auf den Boden. »Was hast du getan?«

»Ich?« Er verschränkt die Arme vor der Brust, um das Blut zu verstecken. Überrascht von ihrer heftigen Reaktion zieht er die Schultern hoch. »Ich habe nichts getan. Du bist diejenige, die geschrien und seltsame Sachen gesagt hat«, verteidigt er sich verzweifelt. Als er die Tränen über ihre Wangen strömen sieht, stürzt er zu ihr. »Was ist, Lucy? Was ist passiert?« Er holt tief Luft und mustert sie einen Moment besorgt. Seine Augen flehen nicht mehr. Sie wollen nur noch endlich alles verstehen. »Du bist plötzlich zusammengebrochen. Deine Nase hat angefangen zu bluten. Ich wollte dir helfen, aber du hast um dich nicht gerührt. Du lagst nur da. Ich hatte solche Angst um dich.«

Sie sieht ihn an. Langsam versucht sie zu Atem zu kommen. Ihr ist schlecht. Als müsste sie sich gleich übergeben. Das Karussell in ihrem Kopf hat wieder Eröffnung. Aber sie will nicht fahren. Sie will nicht wieder ihre Sinne verlieren. Sie greift Vincents Arme und hält sich fest. Mit wildem Blick starrt sie ihn an. »Es war schrecklich.«

Vorsichtig löst er ihre Hände und streicht ihr über die Wange. Blutige Streifen bleiben zurück. Er beachtet sie nicht. Er nimmt sie langsam in den Arm. Ihr wildpochendes Herz klopft so stark, dass er es mehr als deutlich spürt. »Erzähl es mir, Lucy.«

»Ich kann nicht«, haucht sie. Die Gedanken will sie verdrängen. Aber sie sind zu mächtig. Sie hat das Gefühl, dass Vincent sie immer noch schlägt. Immer wieder. Ihr Kopf fühlt sich an, als würde er gleich explodieren. Sterne hüpfen wieder vor ihren Augen.

*Hilfe, Vincent! Hilf mir. Ich will nicht wieder zurück!*

Sie stößt ihn von sich. »Ich muss gehen. Nach Hause. Ich muss mit meinen Eltern reden.« Sie will aufstehen, aber ihre Beine knicken weg und sie knallt unsanft auf den harten Boden. Sie jault auf.

*Wieso habe ich keine Kraft mehr? Ich brauche doch die ganze Kraft, die ich noch habe.*

Vincent legt ihr behutsam einen Arm um die Taille und hilft ihr sich auf die Bettkante zu setzen. »Bitte, Lucy. Was ist da eben passiert? Ich verstehe es nicht.«

Sie legt ihre Hände an seine nackte Brust. »Wir haben uns geküsst«, flüstert sie schwach. »Das ist passiert.«

*Ich kann es ihm doch unmöglich erzählen. Er darf das nie erfahren.*

Bei dem Gedanken an den Kuss allerdings rauscht ihr eine angenehme Gänsehaut über den Körper. Auch Vincent scheint es gefallen zu haben. Denn seine Muskulatur an Brust, Schultern und Armen spannt sich an und seine Härchen stellen sich auf.

»Ja«, lächelt er weich. Dann legt er ihr eine Hand unters Kinn und legt seine Lippen wieder auf ihre. Es ist ihm egal. Alles ist ihm egal. Nur Lucy nicht. Und tief verborgen in seinem Herzen ist seine Schwester ihm auch nicht egal. Aber jetzt gerade – im Moment – ist sie ihm egal. Lucy hat stärkere Probleme als sie. Für sie gibt es keine Rettung. Sie ist erst sechs, aber schon so gut wie mit einem Bein im Grab. Bei Lucy ist das anders. Er muss Lucy helfen, wenn sie nicht ganz verrückt werden soll. Wenn sie weiterleben und hinter ihre Vergangenheit – hinter das Geheimnis ihrer

Familie - kommen soll. Und langsam aber sicher hat er das Gefühl, dass dieses Geheimnis zurecht versteckt worden ist. Dass es zurecht im Verborgenen schlummert. Dass alle es vergessen sollten.

# Kapitel XV

## *George*

Er riecht es noch bevor er die Augen öffnet. Feuer. Rauch. Asche. Verbranntes.

Er schreckt hoch. Rauch beißt ihm in die Augen. Er muss husten. Der ganze Raum ist voller stickiger, dunkler Luft. Er bekommt Angst. Seine Hände werden nass. Er wischt sie an der Hose ab. Mit einem Mal ist ihm unendlich heiß. Als würde das Feuer in ihm drinnen brennen.

*Isaac hat mich gefunden!*

Hastig tastet er nach der Decke und schleudert sie von sich. Sie landet mit einem dumpfen Geräusch am Boden.

*Was passiert hier?*

Er stolpert durch das Zimmer. Der Boden unter seinen Füßen ist kalt. Alles ist kalt. Es ist nicht einmal ansatzweise warm.

*Es kann nicht brennen.*

Ruckartig bleibt er stehen, als er jemanden etwas sagen hört. Es kommt aus der Küche. Er legt den Kopf schief.

»Was?«, fragt er hustend und hält sich die Hand vor den Mund.

»Keine Sorge, George«, hört er die Stimme wieder sagen. »Alles gut.«

»Susan?« Er zieht zweifelnd die Augenbrauen zusammen und stolpert in die Küche. Schwach sieht er die Umrisse einer Person. Sie steht mit dem Rücken zu ihm am Herd und rüttelt am Fenster. Es klemmt. Es lässt sich nicht öffnen. Das hätte George ihr auch gleich sagen können. Mit zwei Schritten ist er im Flur und reißt die Tür auf. Kalte Dezemberluft schlägt ihm entgegen. Augenblicklich stolpert er zurück und schlingt die Arme um den nackten Oberkörper.

Susan kommt zu ihm und stellt sich neben George. »Ich wollte dich nicht erschrecken«, meint sie leise und legt ihm eine Hand auf die Schulter. Sie ist ebenso kalt wie die Luft von draußen.

Aber langsam lichtet sich der Rauch. Der Gestank verzieht sich. Dafür wird es noch kälter als es sowieso schon ist. George bezweifelt diese Kälte jemals wieder aus der Wohnung vertrieben zu können. »Was hast du getan, Susan?«, fragt er vorwurfsvoll und klingt selbst in seinen Ohren härter als gewollt. Er weiß selbst, dass Susan viel zu nett zu ihm ist. Aber er weiß auch, dass er allen Grund hat sauer zu sein.

*Wie kann sie mich so erschrecken?*

Sie geht zurück in die Küche und wedelt mit einem Handtuch den restlichen Rauch hinaus. Schwarzer Ruß klebt an ihren Wangen, auf ihren Händen und auch auf ihrem Putzkittel.

Aber trotz der Schwärze erkennt es George sofort. Das blaue Veilchen um ihr rechtes Auge herum. Langsam macht er einen Schritt auf sie zu. Sein Herz wird wieder genährt. Von Wut. Er spürt es. Es schlägt schneller und kräftiger in seiner strammen Brust. Sie flammt wieder auf. Seine Wut. Natürlich hat er sie nicht loswerden können. Das ist ihm unmöglich. Aber gestern Abend hat er es gehofft, als er schwach und erschöpft da saß und die Ohrfeige von Susan kassiert hat. »Wer war das, Susan?«, fragt er bestimmt und berührt vorsichtig die Haut unterhalb des blauen Auges.

Sie hört sofort, dass die Wut wieder da ist. Dass er demjenigen wehtun wird, der das getan hat. Aber einen Augenblick lang ist sie sogar stolz auf sein Verhalten. Er beachtet sie und kümmert sich um sie. »Niemand, George.« Sie wird leicht rot auf den Wangen und will ihn wegschieben, aber er lässt es nicht zu.

Er weiß, dass sie lügt. Sie kann ihm nichts vormachen. Aber sie braucht es ihm auch nicht zu sagen. Er weiß es auch so.

*Natürlich war es ihr Mann. Wer denn sonst würde eine so schöne Frau schlagen? Nur ein Idiot – und das ist ja wohl ihr Mann.*

George schiebt ihr eine Strähne hinters Ohr. »Ich mach ihn fertig, wenn du das willst.« Er sieht sie ernst an. Seine Augen blitzen. Etwas Rauch hängt noch immer in der Luft und kratzt in seinem Hals, aber es stört ihn nicht. Es verleiht seiner Stimme den Nachdruck, den er benötigt, damit Susan ihn ernst nimmt. Alles, was er gestern gesagt hat, tut ihm leid. Natürlich hat sie so einen Mann nicht verdient und sie soll es auch nicht zulassen, dass er sie schlägt oder ihre Kinder. Das sollte keine Frau zulassen. »Ich bin stärker als ich aussehe. Glaub mir.«

Sie lächelt. Ein Schwall heiße Lust steigt in ihr auf und sie macht einen Schritt auf ihn zu. Sein Oberschenkel berührt ihren. Es kribbelt. Seine Hand liegt noch immer an ihrer Wange, um ihr Kinn herum. »Das glaube ich dir «, flüstert sie und berührt seinen Oberarm. »Das glaube ich dir sofort, aber« Sie seufzt auf und legt ihm ihre Hände auf die Brust. »Mein Mann wird dich umbringen, wenn du ihm auch nur einen Schritt zu nahe kommst. Das musst du mir glauben.« Ihr Blick wandert von seiner Brust hinauf zu seinen Augen. »Und das hier« Sie deutet mit dem Kinn auf ihre Hände und auf seine, die eine Hand von ihm an ihrer Wange, die andere auf ihrer Hand auf seiner Brust. »Das ist absolut falsch und darf nicht sein. Wenn er das herausfindet, dann«

George unterbricht sie, hebt ihre Hand an seine Lippen und küsst ihre Fingerspitzen. »Ist es nicht völlig egal, was er macht? Was machst du dir überhaupt noch Sorgen? Ich beschütze dich doch.«

Sie nickt. Die Röte in ihren Wangen hat die Farbe des Blutes angenommen. Vor Erregung schlägt ihr das Herz bis zum Hals. »Aber George, wer beschützt dich?« Sie schiebt ihn weg und zieht ihre Hand zurück. »Ich muss jetzt arbeiten. Ich bin nur gekommen, um dir etwas zu kochen, aber es ist verbrannt. Der Herd ist schneller als ich dachte. Plötzlich stand das Steak in Flammen und überall war Rauch. Tut mir leid. Jetzt bleibt dir nur noch die Packung Cornflakes, die ich dir mitgebracht habe.« Sie deutet auf die Plastikschachtel neben der Spüle. Daneben steht eine frische Tüte Milch. »Irgendwas musst du essen. Ich komme heute erst später nach Hause. Irgendwann gegen acht. Aber wenn du Schreie von drüben hörst, kannst du mich dann anrufen? Nicht rübergehen, nur anrufen.« Sie will gehen, aber er folgt ihr, greift ihren Arm und hält sie fest. Sie stehen in der Türschwelle zum Flur. Nur noch drei Schritte und sie wäre draußen. Aber sie macht keine Anstalten sich gegen Georges Griff zu wehren.

»Warte, Susan. Natürlich mach ich das. Deine Nummer klebt am Kühlschrank. Aber« Er holt tief Luft und sieht für einen Moment in den Morgen hinaus, der außerhalb der Küche beginnt zu leben. Die Sonne scheint. Hell und neu. Schnee liegt überall. Auf den Straßen. Auf den Autos. Auf den Häuserdächern. Auf den Hecken, Büschen und Bäumen. Er glitzert im Sonnenlicht. Er strahlt eine tiefe Zufriedenheit aus. Aber er weiß, dass es nur ein Streich der Natur ist. Nichts ist in Ordnung. Kaum einer ist zufrieden. Dann wendet er seinen Blick ab und heftet ihn auf ihr Gesicht. Auf ihr wunderschönes, zierliches, verwundetes, Ruß beflecktes Gesicht. Dort, wo er sie angefasst hat, erkennt man deutlich seine Fingerabdrücke. »Wir müssen reden, Susan.«

Sie senkt den Kopf, löst seine Finger von ihrem Arm und schüttelt langsam den Kopf hin und her. Haarsträhnen fallen ihr nach vorne ins Gesicht. »Ich darf nicht, George. «

»Tu es für mich.« Er sieht sie bittend an und streckt die Hand nach ihr aus.

Sie schlägt sie leicht weg. »Nein, George. Ich habe es deinen Eltern versprochen. Sie wollen selbst mit dir reden, wenn die Zeit reif ist. Du sollst nur auf dich aufpassen. Hab Geduld. Ist das etwa zu viel verlangt, wo sie jahrelang gewartet haben?«

»Nein.« Er zieht die Hand wieder zurück. Ihm ist kalt. Innerlich wie Äußerlich. Er schlingt die Arme wieder um den Oberkörper und sieht Susan nach, wie sie geht. Wie ihre Haare leicht auf und ab hüpfen. Wie ihre Hand den Türgriff umschlingt. Wie sie die Tür hinter sich schließt und eine weitere Kältewelle die Wohnung durchflutet.

»Und jetzt?«, murmelt er vor sich hin und holt eine Schale aus dem Schrank über dem Herd. Von unten ist er voller Ruß, aber George macht sich nicht die Mühe ihn zu entfernen. Er zeichnet lediglich mit seinem Zeigefinger der Hand, die nicht die Schale hält, ein Oval hinein und schreibt *Key* (Schlüssel) in die Mitte. Mit der Milch in der einen und der Schale in der anderen und der Cornflakespackung unterm Arm setzt er sich an den Küchentisch. Er stellt alles in einer gerade Linie vor sich hin - Schale, Milchtüte, Cornflakesschachtel - und beginnt wieder in seiner Welt zu versinken. Noch hat er keinen Hunger, auch wenn es schon spät ist und er lange nichts mehr gegessen hat. Aber er muss Isaac analysieren. Er muss da weitermachen, wo er aufgehört hat. Er muss die hinteren Akten der Schubladen von ihm aufschlagen und dort weitersuchen. Jedes Verhör. Jede Folter. Jedes Treffen. Er weiß, dass es anstrengend wird und an seinen Nerven zerrt, aber er muss das tun. Und gegen Abend wird er seine Sachen packen und erst einmal woanders hin gehen. Er braucht die Gewissheit sicher zu sein. Sonst bekommt er irgendwann einen Anfall, der ihm um den Verstand bringt.

*Was Susan wohl sagen wird?*

Er schüttelt den Kopf und zieht sich zurück. Das Konzentrieren fällt ihm heute sehr schwer. Seine Gedanken kreisen. Kreisen und wollen gar nicht mehr aufhören. Susan hat ihn vollkommen aus dem Konzept gebracht. Ihre Berührungen - so etwas hat er noch nie zuvor gespürt. Sie haben etwas ihn ihm ausgelöst. Etwas Stärkeres. Aber er darf sich nicht davon ablenken. Er muss stark bleiben und durchhalten.

*Reiß dich zusammen!*

Er steht auf, füllt Wasser in die alte Teekanne seiner Mutter und stellt sie auf den Herd. Seine Finger halten den Griff noch immer fest. Vor seinen Augen bilden sich die Schubladen. Die Jahreszahlen stechen schwarz heraus. Er kann nicht anders als die nächstbeste aufzureißen und die Akte hervor zunehmen.

***Isaac, Februar 1999.***

Dieses Jahr. Sie ist schwer. Seine schwerste Erinnerung an ihn. Die, die ihn am meisten gekostet hat. Die, die sein Herz noch immer bedrückt, wenn er sich daran erinnert.

Isaac hat ihn auf den Schreibtischstuhl gestoßen und seine Arme festgehalten. »Reden wir, George.« Seine Augen zuckten nervös. »Über deine Mutter. Über meine Mutter.«

»Wieso?«

»Weißt du, manchmal vermisse ich sie. Meine Mama.« Isaac bohrte seine Finger in Georges Haut. »Sie war eine tolle Frau. Sie hat mich immer geliebt. Ich war immer die wichtigste Person in ihrem Leben. Und dann besucht sie wie jeden Dienstag ihre beste Freundin. Und ich sitze da und warte auf sie und dann erfahre ich, dass sie tot ist. Von jetzt auf gleich. Das war ein Schock für mich.« Er lehnte sich so weit vor, dass er Georges hätte in die Nase beißen können. Aber er tat es nicht. Er fauchte ihn nur wütend an. »In diesem Moment ist mein Leben zerbrochen. Genau wie deines. Ich habe über dich recherchiert. Ich habe in diesem Heim angerufen. Wie hieß es noch gleich? *Toronto Orphanage (Waisenhaus)*?« Er lächelte. Er wusste, wie sehr es George schmerzte, wie diese Erinnerungen ihm wehtaten, aber er hörte nicht auf. Er machte weiter. »Sie haben mir deine Akte zugeschickt. Weiß du, wenn man so viel Geld hat, dann ist das nicht schwer. Es ist einfach. Auch die Waisenhäuser müssen irgendwann renoviert werden. Und ehrlich gesagt, will doch keines dieser Häuser schließen müssen, nicht wahr? Also, George, schieß los! Wieso hat deine Mutter dich dort abgegeben?«

Er zuckte mit den Schultern. Er wusste es nicht. Sie hatten ihm nie etwas gesagt. Niemals. Er wurde geschlagen, wenn er nach ihnen gefragt hatte.

»Sag mir die Wahrheit!«, schrie Isaac ihn an. »Wieso, George?! Wieso hat sie dich weggegeben? Du weißt es. Du vergisst nie etwas. Ich habe Recht. Wenn es irgendwann so weit ist, dann wirst du dich hier dran erinnern. Du wirst dich fragen, warum du es noch nie bemerkt hast. Und ich sage dir, ich werde deine Mutter finden. Ich werde sie töten – wenn es so weit ist. Ich werde sie finden. Ich habe mehr Geld als du. Ich habe bessere Verbindungen als du. Ich *bin* besser als du. Ich werde jeden töten, der dir etwas bedeutet. Meine Mutter hat mir alles bedeutet und ich ihr. Also, George. Redest du jetzt?«

Aber er konnte nicht reden. Er wusste doch nichts. Er konnte sich an nichts erinnern. Und das hat sich bis heute nicht geändert. Alles vor seinem sechsten Geburtstag ist weg. Als hätte es diese Zeit nicht gegeben.

»Ich werde dir sagen, was sie mit Adam gemacht haben. Sie haben ihn umgebracht. Es war ein Unfall - ein verdammter Unfall, aber« Er hob den Finger und quetschte dann wieder Georges Arm. »Aber sie haben es getan, sie haben Adam umgebracht. Sie kamen nicht bis zum Krankenhaus. Nein.« Lachend schüttelte er den Kopf. »Erinnerst du dich an ihn? An Adam? An deinen Bruder. Ich vergaß. Er war nicht dein Bruder. Nicht dein Blutsbruder, richtig? Nur irgend so ein Heimkind, das du besonders gern hattest. Warum auch immer. Das spielt aber keine Rolle.«

George wollte ihm ins Gesicht schlagen. Ihn verletzten. Ihm jedes Körperteil einzeln brechen. Aber er konnte nicht. Seine Arme haben gebrannt. Das Blut war warm und nass. Es durchtränkte seinen dünnen Pullover. Alles war rot. Isaacs Finger hielten ihn fest.

Irgendwie hat er George immer an den Armen verletzt. Jedes Mal. Nur sehr selten im Gesicht oder am Hals. Immer an den Armen.

Das wird ihm jetzt erst bewusst. Er fährt vorsichtig mit den Fingern über die kleinen, blassen Narben.

*Erinnerungen lassen sich auslöschen. Narben nicht. Deshalb hat er das getan. Damit ich ihn nicht vergesse. Damit mir seine Gefahr immer bewusst ist.*

Isaacs Stimme in seinem Kopf wird lauter. »Sie haben ihn umgebracht, George! Sie haben Adam umgebracht! Sie hat es mir erzählt. Deine tolle Heimleiterin. Wie hieß sie doch gleich? – Mann, ich bin aber vergesslich heute. Hilf mir mal, George.« Seine Finger waren wie Krallen. Krallen aus Stahl.

Er hatte nichts sagen wollen. Aber die Antwort brach aus ihm heraus. Für einen Moment hatte Isaac ihn vollkommen in seiner Gewalt. »Madame Roux«, murmelte er trocken und sah den wilden Ausdruck in Isaacs Augen. Er wollte George leiden sehen. Er hatte es geschafft. Mit diesem Gespräch. Er litt schon da.

»Genau! Madame Roux – wie konnte ich das vergessen? Egal. Dumm von mir. Aber jedenfalls: Sie haben Adam in den Wagen geschafft. In den kleinen Käfer. In Madame Roux' Käfer. Sie sind die Straße entlang gefahren. Es war Nacht. Es war dunkel. Es hat geregnet. Erinnerst du dich? An den starken Regen?«

Wie konnte er sich nicht erinnern. Einmal hat Zach nämlich zu ihm aufgesehen und gesagt: »Hörst du das? Adam weint … weil er tot ist.«

»Du erinnerst dich! Das sehe ich in deinen Augen, George. In deinen Augen.« Er hat gelacht und sich fester gekrallt.

Tränen traten in Georges Augen. Aber er hat sich nicht gewehrt. Er war gefangen in der unendlichen Trauer Adam gegenüber.

»Sie fahren also ganz gemütlich die Straße entlang. Auch wenn Adam auf der Rückbank lag und geschrien hat. Madame Roux' Mann – Monsieur Roux, wenn ich anmerken darf – wollte kein Risiko eingehen. Aber seine Frau hat ihn angefaucht, dass er schneller fahren soll. ›Fahr schneller, Rupert! Fahr doch schneller! Der arme Junge!‹, hat sie gesagt und an seinem Ärmel gerissen bis er schneller gefahren ist. Aber leider, leider war es dunkel und es hat geregnet – daran erinnerst du dich ja noch. Die Straße war so furchtbar glatt, dass der Wagen geschlittert ist, als sie über eine Brücke gefahren sind. Er ist schrecklich ins Schleudern gekommen. Über die Straße gegen das Brückengeländer. Adam ist gegen die Tür geknallt. Voll mit dem Kopf. Er hat sich nicht mehr bewegt. Madame Roux wollte weiterfahren, aber ihr Mann – ja, ihr Mann – Monsieur Roux – er hat seinen Puls gefühlt und nur den Kopf geschüttelt. ›Weißt du, Dominique‹, hat er gesagt. ›Es ist Zeitverschwendung. Der Bengel ist tot. So verdammt tot wie eine Maus in der Mausefalle.‹ Sie wollte, dass er Adam trotzdem zum Krankenhaus fährt, damit sie es bestätigen, aber er hat Adam genommen, fest an den Armen gepackt, und hat ihn über das Geländer in den Fluss geworfen. Hätte Adam gelebt und das hat er – so vermutet es zumindest Madame Roux – dann ist er ertrunken. Im Wasser. Schade um ihn. Er war dein Bruder, nicht wahr? Aber ich soll dir sagen, von Madame Roux, es tut ihr schrecklich leid. Alles was sie getan hat. Sie hat geweint und gejammert: ›Ich hätte meinen Mann abhalten sollen. Ich hätte Adam retten sollen. Es ist alles meine Schuld.‹ Und sie hat Recht. So verdammt Recht, wie es nur geht. Sie hat ihn umgebracht. Es ist ihre Schuld.«

»Ich hasse dich, Isaac«, hat er gemurmelt und ihn angeknurrt. Wie ein wilder Wolf, der sein unterlegenes Opfer noch einschüchtern will.

Aber das wirkte bei Isaac nicht. »Ja, George. Du bist ein böses Tier.« Mehr hat er nicht dazu gesagt. Aber mit seinen Gefühlen war er noch nicht fertig. Er wollte George weiter leiden sehen. Er hatte noch längst nicht genug. »Du hast gelitten, nicht wahr, George? … Georgie. Kopf hoch. Adam ist tot. Ja, und? Deine verzweifelte, erbärmliche Trauer macht ihn auch nicht wieder lebendig. Und jetzt reiß dich – verdammt noch mal – zusammen und lass es zu. Lass die Erinnerungen zu. Du musst sie verarbeiten. Das weiß ich doch. Das hat mein Therapeut auch zu mir gesagt. Genau! Ich hatte einen Therapeuten. Den habe ich immer noch.

Ich habe nämlich den Tod von meiner Mutter noch immer nicht verkraftet. Jetzt bist du dran. Ich helfe dir. Komm, George. Erzähl mir von Adam. Wie war er? Was hat er am liebsten gegessen? Was war seine Lieblingsfarbe? Welche Ziele hatte er? Was wollte er später werden?«

George hat gezögert. Ihm war schlecht. Seine Arme bluteten. Sie brannten. Sie schmerzten. Alles schmerzte. Sein Hals. Seine Augen. Seine Hände. Aber Isaac ließ nicht locker. Er wollte ihn – George. Und er hatte Zeit. Er hat gewartet bis er geredet hat. »Adam war toll«, hatte er gemurmelt. »Er wollte immer nur Gutes. Er wollte … Frieden. Am liebsten hat er Äpfel gegessen. Die Äpfel aus dem Paradies. Aus dem Reich des Friedens. Er wollte Friedensbotschafter werden. Er wusste, dass es unmöglich für ihn war. Aber er hat nie daran gezweifelt, dass es anders kommt. Er war so ein guter Mensch. Er war großherzig. Liebevoll. Er hat immer gelacht. Er war der liebste Junge von allen. Selbst Monsieur Roux hat ihn etwas gemocht.«

Isaac begann zu lachen. Laut und kalt. Es klang so schrecklich, dass George zusammenzuckte und jetzt auch zusammenzuckt. »Du verdammter Arsch!«, hatte Isaac gerufen. Sein Lachen klang noch überall nach. Es steckte noch immer in seinem Hals. Selbst als er ihn beleidigte. »Dieser Adam gefällt mir. Mann, was für eine Scheiße. Ist es dir denn nicht klar? George, Adam ist tot. ADAM IST TOT! Er wird seine Ziele nie erreichen. Er wird nie wieder der liebste Junge von irgendwem sein. Du bist der einzige, der sich an ihn erinnert. Du und diese Madame Roux, aber die zählt nicht. Sie ist nichts. Aber Adam. Gott! Er muss toll gewesen sein. Ich hätte ihn gerne getroffen. Oh – so eine verdammte Scheiße!« Er hatte gegen den Stuhl getreten. Er hat noch immer gelacht, aber jetzt meinte er es ernst. Er ließ George los. »Mann, damit muss ich erst einmal klarkommen.«

George stand auf. Er hat sich die Arme umklammert. Gegenseitig. Er konnte nicht mehr sprechen. Der Schmerz pulsierte in jedem Knochen. In jeder Zelle. An der Tür drehte er sich zu Isaac um.

Isaac hing über seinen Schreibtisch. Die Hände in die Tischplatte gekrallt. Wütend. Aber gleichzeitig lachend. Rotes Gesicht. Nasse Wangen. Total verrückt. Dann war George gegangen. Er wollte nur weg und sich in den nächsten Eimer übergeben.

George schreckt auf. Seine Hand brennt förmlich. Er hält noch immer den Griff der Teekanne umklammert, die schon längst abgekühlt ist. Das Wasser ist übergekocht. Seine Hand wirft Blasen. Aber all das ist ihm egal. Er spürt wie die Tränen seine Wangen runterlaufen. Er hat geweint. Er hat wegen Adam geweint. Wegen Isaac. Wegen dieser blöden Akte in seinem Schubladenschrank. Am liebsten würde er sie abfackeln, aber er weiß, dass er es bereuen wird.

*Adam ist tot. Sie haben ihn umgebracht.*

Er spürt den Kloß im Hals. Er ist so breit, dass George Angst hat, gleich zu ersticken. Er schluckt. Einmal. Zweimal. Die Erinnerungen sind da. Die Bilder. Die Worte. Isaacs Lachen. Sie lassen sich nicht einfach wegdenken. Sie sind da. Sie machen ihm Angst. Alles macht ihm Angst.

Er hält sich das Handgelenk. Die Schmerzen pochen in seiner Handfläche. Die Blasen sehen übel aus. Seine ganze Hand ist verbrannt. Er sollte sie untersuchen lassen – das weiß er. Aber es ist ihm egal. Er hat nur eine schreckliche, furchtbare Angst, die ihm durch den ganzen Körper kriecht und ihn langsam lähmt. Seine Beine fühlen sich fremd an. Es sind nicht seine eigenen. Er knickt weg. Hart schlägt er am Boden auf. Das Handgelenk noch immer umklammert. Sein rechter Ellenbogen knallt auf die Fliesen. Der Schmerz ist dumpf und pochend. Es ist ihm egal. Seine Arme fühlen sich weit weg an. Ganz weit weg. Wie der Rest seines Körpers. Er will schreien. Er will die Angst wegschreien. Aber er kann nicht. Er kann seinen Körper nicht kontrollieren. Er liegt da, in der Küche auf den Fliesen. Die Kälte kriecht in ihm hoch. Bis zu seinen Lippen. Aber er kann sich nicht bewegen. Er hat so unglaubliche Angst wie noch nie in seinem Leben. Noch nie.

*Doch – einmal.*

Der Gedanke kommt plötzlich. Ohne dass er es wollte. Er kennt diesen Gedanken nicht. Er ist ihm so fremd, wie gerade sein gelähmter Körper. Er fragt sich, wann er schon einmal solche Angst hatte. Aber er kann sich nicht konzentrieren. Er zittert unkontrolliert.

Er hört einen Schrei. Einen so entsetzlichen Schrei, dass ihm das Blut in den Adern gefriert. Er ist in seinem Kopf. Nicht in der Wohnung. Auch nicht auf der Straße. Oder in der Stadt. Er ist in seinem Kopf. In seinen Erinnerungen. In den leeren Schubladen. Den Schubladen aus seiner frühsten Kindheit. Irgendwo da liegt diese Erinnerung – und sie ist soeben wachgeworden. Aus einem langjährigen Schlaf erwacht.

*Mama!*, hört er eine zweite Stimme. Eine kindliche Stimme. Seine kindliche Stimme. Er erkennt sie sofort.

*George!*, schreit die andere Stimme wieder. *Mein Sohn! George! Mein Sohn! George! Mein Sohn! George! Mein Sohn!*

Immer schneller wird die Stimme. Immer schriller. Immer panischer. Er sieht nichts. Er sieht nur schwarz. Er hört nur diese Stimme. Mehr nicht. Und manchmal wimmert die kindliche - seine Stimme: *Mama*! *Mama!*. Irgendwann während er auf den Fliesen liegt, gelähmt, nicht imstande irgendetwas zu unternehmen, geschweige denn einen klaren Gedanken zu fassen, seinen Erinnerungen - den Stimmen - ausgeliefert, verliert er das Bewusstsein. Es ist zu viel für ihn. Er bricht zusammen.

# Kapitel XVI

## *Lucy*

Alles ist anders hier – bei Vincent. Sie sitzen zusammen beim Frühstück am großen violetten Tisch im Esszimmer. Aber sie sitzen zusammen hier. Vincents Vater - »Du kannst mich ruhig Vinzenzo nennen. Ich bin gebürtiger Italiener. Eigentlich wollten wir Vincent auch Vinzenzo nennen, aber meine Frau – jetzt Exfrau – hat auf die englische Form bestanden« – sitzt rechts vom Kopf und schaufelt sich eine kleine Portion Bratkartoffeln aus einer zartroten Keramikauflaufform auf den weißen Feinporzellanteller mit dem Rosenmuster. Anna – Vincents kleine Schwester sitzt am Kopf und schiebt mit der Gabel langsam ihre Kartoffeln hin und her. Sie mustert Lucy angespannt. Es scheint ihr offensichtlich nicht zu gefallen, dass sie mit am Tisch sitzt.

Lucy erwidert ihren Blick. Das Mädchen tut ihr leid. Sie ist so blass wie das Porzellan.

*Es fehlen nur die Rosen.*

Auf ihrem Kopf, der so haarlos und blank ist, wie eine Bowlingkugel, sitzt ein etwas schiefes Prinzessinnendiadem mit einem großen, flachen roten Rubin vorne auf der Spitze. Man sieht ihr an, wie krank sie ist. Ihre Augen sind schwarz umrandet. Sie hat nicht einmal Augenbrauen. Keine Wimpern. Gar nichts an Haaren. Der Blick in ihren Augen wechselt von traurig zu wütend und zu eifersüchtig.

*Seine Schwester macht alles kaputt*, denkt Lucy enttäuscht und starrt durch das kleine Mädchen hindurch an die Wand. *Vincent hat mich gerade erst geküsst und jetzt ruiniert sie die ganze Stimmung. Es hätte so ein lustiges Frühstück werden können. Aber ich verstehe sie. Sie denkt, ich nehme ihr Vincent weg. Vielleicht stimmt das ja. Vielleicht sollte ich besser gehen und mich um meinen eigenen Bruder kümmern. Schließlich braucht Tristan meine Hilfe. Er hat keine Familie, die ihn liebt und alles für ihn tut. Er hat nur mich und Annie.*

Gerade als sie sagen will, dass sie geht, weil sie noch etwas zu erledigen hat, kommt Vincent ihr zuvor. Er sieht sie an, lächelt ein aufmunterndes Lächeln und fragt während er ihr seine blitzenden Zähne zeigt: »Willst du auch Bratkartoffeln?« Seine Augen funkeln im Licht der rosa Kerzen, die über die ganze Tafel ausgebreitet dastehen und leuchten, und haben einen seltsamen Mixton aus grün und rosa angenommen.

»Vincent, ich«, beginnt sie zögernd und sucht seinen Blick, aber sie wird unterbrochen.

Vinzenzo reicht ihr über den Tisch hinweg eine Schale mit Eiern. »Willst du lieber Eier? Das macht gar nichts, wenn das so ist. Hier.«

»Nein, danke. Ich habe keinen Hunger. Ich« Sie sieht Vincent ernst an. »Ich sollte besser gehen. Kümmere du dich um deine Schwester und ich kümmere mich um meinen Bruder.« Sie schiebt langsam den Stuhl zurück und steht auf. Sie weiß, dass es unhöflich ist, aber die ganze Trauer und die Wut und die Eifersucht von Anna schlagen ihr wie eine eiskalte Welle entgegen. Sie hat Angst zu ertrinken, wenn sie nicht geht.

*Ich muss hier raus. Ich muss zu Tristan.*

Sie wirft Vinzenzo einen Blick zu. »Es tut mir wirklich leid, aber ich muss wirklich gehen.«

Er nickt entschuldigend und verständnisvoll – was sie ziemlich überrascht. Ihr Vater wäre vor Wut an die Decke gegangen. »Man kann doch nicht einfach gehen, wenn man bei einem Geschäftsmann zum Frühstück sitzt«, hätte er gesagt. Aber Lucy wird klar, dass nicht alle Väter wie ihr eigener sind. Es gibt auch andere Väter. Väter, die zuhause sind. Die jede Mahlzeit mitessen. Die sich um ihre Kinder kümmern. Die liebevoll sind und Verständnis zeigen. Bis jetzt kannte sie nicht einen anderen Vater, als ihren eigenen. Ihr Großvater und ihr Vater sind fast ein und dieselbe Person. Nur ihr Großvater ist bereits tot.

Mit schnellen Schritten verlässt sie das große Esszimmer mit den leuchtenden, unzähligen Kerzen. Sie dreht sich nicht einmal mehr um. Sie weiß – sie spürt – dass Vincent da sitzt und ihr verwundert nachstarrt. Sie würde genauso reagieren. Zu verwirrt um etwas zu unternehmen.

Sie holt sich ihre Jacke vom Hacken neben der großen Tür in der Eingangshalle, zu der das Esszimmer eine Abstellkammer ist. Sie ist warm von der Luft hier drinnen. Einen Moment hält sie sie in den Händen, dann zieht sie sie an. Es widerstrebt ihr Vincent zurückzulassen.

*Aber es ist besser so. Er soll die Zeit mit seiner Schwester genießen, die er noch hat.*

»Ich kann mich um meine Probleme selbst kümmern«, murmelt sie bestimmt und zieht den Reißverschluss bis zum Anschlag hoch.

»Bist du sicher?«, fragt eine Stimme hinter ihr.

Sie hört, wie verwirrt Vincent ist und dreht sich langsam um. »Ja. Ich schaff das.« Sie schiebt die Hände in die Jackentaschen und sieht ihn mit gerunzelter Stirn und ernstem Gesichtsausdruck an. »Ich bin mir sicher.« Aber so fühlt sie sich nicht. Sie fühlt sich leer und müde und hungrig.

Vincent lächelt kurz, streckt die Arme nach ihr aus und hält sie an den Schultern fest. »Kann ich dich trotzdem begleiten, Lucy? Nur um sicherzugehen, dass mit dir alles in Ordnung ist. Und« Er lächelt breiter und zwinkert ihr verschwörerisch zu. »Ich bin jetzt schließlich dein Freund. Ich habe dich geküsst – schon vergessen?« Er legt die Stirn in Falten, als sie ihn nur ansieht und nichts sagt.

Aber was soll sie denn schon sagen? Ihr fällt nichts ein. Sie ist zu schnell aufgestanden. Das Karussell gibt wieder Freifahrten. In Höchstgeschwindigkeit natürlich. Und sie ist so dumm und steigt ein. Immer und immer steigt sie ein. Sie kann es selbst nicht glauben. Aber sie kann nicht mehr aussteigen. Es dreht sich zu schnell. Sie kann nur dagegen ankämpfen. Mit aller Mühe versucht sie sich auf Vincents Augen zu konzentrieren. Auf seine wunderschönen, tiefgründigen Smaragdaugen. Und auf seine Lippen. Blutrot. Weich und warm.

»Lucy«, flüstert er und zieht sie näher zu sich heran. Er sieht, wie schlecht es ihr geht. Er spürt es. Er fühlt sich komisch. Ihm ist schlecht.

Er weiß, dass es nicht seine eigenen Gefühle sind. Das sind nicht seine. Es sind ihre Gefühle. Er beugt sich vor. Seine Lippen streichen über ihre. Ganz zart. Ganz sanft. Ganz vorsichtig. Ganz langsam. Dann verschließt er ihren Mund mit einem Kuss. Einem langen, bedächtigen Kuss, bei dem sich seine Härchen auf seinen Armen aufstellen und er wie elektrisiert sie fester in den Arm nimmt.

Und es hilft. Seltsamerweise. Das Karussell stoppt langsam. Alles fliegt nicht mehr ganz so schnell an ihr vorbei. Bis es schließlich ganz aufhört und die Welt wieder aufrecht und vollkommen ohne Wackeln dasteht.

Lucy löst sich von Vincent. Ihre Hände krallen sich in seinen Nacken. Sie nimmt sie weg. Ihre Augen sind wieder klar und leuchten. Ihrem Magen geht es besser. Für eine Sekunde sind alle negativen Gefühle verschwunden.

Vincent lächelt von einem Ohr bis zum anderen. »Besser?«, fragt er wie betäubt und greift nach seinem dicken, mit Daunenfedern gefütterten Parka, der neben ihrer Jacke hing.

»Komischerweise schon«, murmelt sie noch etwas überrascht. Dann sieht sie was er vorhat. Einerseits freut sie sich. Vincent bleibt bei ihr. Er verlässt seine Schwester für sie. Für sie – Lucy. Aber andererseits bekommt sie ein schlechtes Gefühl. Irgendetwas wird passieren – das spürt sie. Es ist als hätte etwas ihr mit Wucht eine Faust in ihre Magengrube geschlagen. Dieses schlechte Gefühl kribbelt in ihrem ganzen Körper. Sie will nicht, dass ihm etwas passiert. Aber sie weiß auch, dass er sich nicht abbringen lassen wird. Er wird bei ihr bleiben. Das macht ihr Angst. Das verstärkt ihr schlechtes Gefühl nur noch.

*Er ist so ein guter Mensch. Ihm darf nichts passieren. Ich muss auf ihn aufpassen.*

Sie berührt seinen Arm. »Vincent«, meint sie bestimmt und fängt seinen Blick ein. »Ich habe kein gutes Gefühl dabei.«

Er betrachtet sie nachdenklich. Er hat das gleiche Gefühl. Wie kann er es nicht haben? Aber selbst dieses Gefühl bringt ihn nicht davon ab mit ihr zu gehen. Er schiebt ihr vorsichtig eine Strähne aus dem Gesicht und drückt seine Lippen auf ihre. »Alles ist gut, Lucy«, flüstert er dann und greift ihre Hand. »Komm. Ich dachte, du hast etwas zu erledigen. Etwas Wichtiges.«

Sie folgt ihm. Auch wenn es ihr lieber wäre, wenn er da bleiben würde. Ihr Herz beschleunigt sich. Nur ganz leicht. Aber sie spürt es. Dieses Adrenalin macht sich bemerkbar. Sie ist bis zum Anschlag angespannt. Ihre Fingerspitzen kribbeln. Sie ballt sie zu Fäusten. Ihre Augen huschen unruhig über den schneebedeckten Gehweg, der von der Eingangstür bis zur Straße führt. Ein komisches Gefühl beschleicht sie.

Der Schnee, der langsam und in Flocken fällt, wird stärker. Er hüllt sie ein. Mehr und mehr Schnee fällt. Sie geht weiter. Es ist anders. Alles hat sich verändert. Irgendwas stimmt nicht. Dann sieht sie sie. Das kleine Mädchen aus den Fluren. Sie steht nur wenige Meter von ihr entfernt. Bekleidet mit dem weißen Kleid. Mehr nicht. Ihre Füße und ihre Hände sind ganz blau vor Kälte. Ihre Lippen zittern. Selbst bis zu ihr hört Lucy die kleinen Zähne aufeinanderschlagen. Sie will zu ihr gehen, aber es ist wie immer. Sie ist nicht sie selbst. Sie ist ein Niemand in diesem Zustand. Nur ein hilfloses Etwas, das nichts tun kann. Sie kann das kleine Mädchen nur beobachten. Es bemerkt sie nicht einmal.

Als Schritte näher kommen, zuckt es zusammen und duckt sich hinter der Mauer, die so plötzlich auftaucht, dass es Lucy den Atem verschlägt. Es ist eine kleine Mauer. Hüfthoch. Aber das Mädchen versteckt sich dahinter und hält ängstlich die Finger zwischen ihre heftig aufeinander klappernden Zähne.

Ein Mann läuft an der Mauer entlang. Ein Mann mit einem schwarzgrauen Mantel und einem Zylinder. Er hat einen seltsam gequälten Ausdruck im Gesicht. In der Hand hält er einen Gehstock. In der anderen Hand eine Laterne, die nur schwach durch den Schnee hindurchscheint. Er ruft ihren Namen. Den Namen des kleinen Mädchens.

Aber Lucy versteht ihn nicht. Alles ist zu verzerrt. Irgendwie als würde Schnee vor ihren Ohren kleben.

Das Mädchen scheint zu weinen. Sie zittert am ganzen Körper. Der plötzlich aufkommende Wind reißt an ihrem Kleid und weht es hoch.

Erschrocken zieht Lucy die kalte Luft ein. Eine armlange Narbe prangt auf ihrem kleinen Oberschenkel. Vom Knie hoch schlängelt sie sich bis zur Hüfte. Die Narbe ist rot und scheint frisch.

Der Mann mit dem Hut fährt herum, leuchtet mit ausgestrecktem Arm in die Dunkelheit, in das Schneegestöber und sagt mit harter, bestimmender Stimme: »Komm sofort raus! Mach es nicht noch schlimmer. Ich warne dich. Henry wird dich finden. Er findet dich immer.« Er geht langsam weiter, nachdem er eine Weile in den Schnee gestarrt hat und mit angestrengten, gespitzten Ohren lauschte. Seine Schritte entfernen sich.

Das Mädchen richtet sich vorsichtig auf. Ihre kleinen Hände umfassen die Kante der Mauer. Sie stellt sich auf Zehenspitzen und späht drüber hinweg.

Eine Stimme hinter Lucy sagt etwas. Sie wendet den Kopf und erkennt einen jungen Mann in einem Hemd und einer feinen Stoffhose. »Du«, meint er sanft, geht zu ihr und hebt sie hoch. Sie presst sich an ihn und schluchzt laut los. »Ruhig, Kleine. Sonst hört er dich doch noch.« Er hält sie fest in seinen Armen und sieht sie an. »Wir gehen jetzt rein. Und du erzählst es mir.« Er lächelt sie an. »Wie kommst du nur her? Es muss doch bestimmt lange gedauert haben. Oh, meine kleine Schwester.« Er drückt sie an sich. »Endlich bist du hier.«

Lucy spürt die Trauer in sich. Sie zieht sich in ihrem Magen zusammen und verhärtet sich dort. Wie eine Bleikugel.

Der junge Mann trägt das kleine Mädchen fort. Zu einem Ort hinter Lucy. Einem Ort, den sie nicht sehen kann. Aber sie weiß welcher es ist:

Das Haus mit den Fluren.

»Lucy«, meint Vincent plötzlich und bleibt stehen. Er greift ihren Arm und hält sie zurück.

»Lucy!«, sagt er noch einmal. Diesmal schärfer. »Die Straße!«

Sie taucht auf. Auf aus ihrer Starre. Das Adrenalin verdampft so plötzlich wie es gekommen war. Wie Eiswürfel verschwindet es, die man in heißes Wasser wirft. »Ja?« Sie dreht sich zu ihm um. Seine Augen sind ganz groß vor Sorge.

»Verdammt, Lucy!«, schimpft er und drückt sie an sich. »Du wärst beinahe auf die Straße gelaufen. Was war los?«

Sie starrt auf die vorbeifahrenden Autos. Sie ist irgendwo in den Straßen der Stadt. Sie hat keine Ahnung. Sie sieht nur das Schild der Bank aufleuchten. Verwirrt sieht sie ihn an. »Das Mädchen, Vincent. Sie war wieder da. Das kleine Mädchen.« Sie löst sich von ihm und greift seine Hand. »Sie ist abgehauen.«

»Von wo?« Vincent drückt sanft ihre Finger und sieht sie ernst an. »Von zuhause?«

Lucy zuckt mit den Schultern. In ihren Augen sammeln sich Tränen.

*Nicht weinen!*, meint sie streng zu sich selbst und fügt hinzu: *Es ist nicht wahr. Es ist alles nicht wahr. Dieses Mädchen gibt es nicht.*

Sie sucht hilflos Vincents Blick und klammert sich an ihn. »Wahrscheinlich. Ich weiß es nicht. Aber es war so furchtbar – so schlimm. Sie hatte eine Narbe auf dem Bein. Über den ganzen Oberschenkel, als hätte man sie gerade aufgeschnitten und wieder vernäht. Zuhause. Ein Mann war da. Er hat gesagt, dass Henry sie finden wird. Wer ist Henry, Vincent? Wer ist das?«

Er legt den Arm um ihre Schultern und streicht ihr vorsichtig über die Wange. Dass sie so aufgelöst und verängstigt ist, macht ihm zu schaffen. Zum ersten Mal fragt er sich, was für eine Freundin er da nur hat. Eine so besondere Freundin wie Lucy gibt es nur einmal – das weiß er auch. Und wenn er ihr helfen kann – wenigstens nur ein winziges Bisschen – dann wird er das tun. Er muss ihr einfach helfen. Er hat sie zu gern, um das nicht zu tun. »Das finden heraus, Lucy«, flüstert er ihr ins Ohr. »Aber erst einmal wolltest du zur Bank. Das wolltest du gestern schon.«

»Ja.« Sie zuckt zusammen. »Wo ist meine Handtasche? Ich brauche sie. Da ist das Geld drinnen. Und meine Karte. Und mein Tee.« Ihre Stimme wird panischer. Nicht, dass sie die Tasche irgendwo verloren hat. Ihre Mutter wäre total sauer. Was sie bestimmt schon ist. Denn es ist Sonntag und sie wollte mit ihr in die Modeboutique und ein Weihnachtskleid kaufen. Für das große Bankett an Heiligabend, bei dem alle wichtigen Geschäftsleute anwesend sein werden.

Vincent deutet mit seiner Hand auf ihre Schulter. »Ich habe sie dir eben gegeben. Weißt du das denn nicht mehr? … Anscheinend nicht.« Er schüttelt langsam den Kopf. Völlig verwundert über ihr Verhalten.

»Ich hole schnell Geld.« Sie will gehen.

»Nein!«, meint Vincent plötzlich. Eine Spur zu heftig. »Ich komme mit. Wer weiß wem du sonst noch vors Auto rennst. Du bist völlig durch den Wind, Lucy.« Er will ihre Hand greifen, aber sie schlägt sie weg.

»Bin ich nicht. Mir geht es gut. Ich schaffe das«, keift sie patzig und geht den Gehweg entlang. Der Schnee unter ihren Füßen fühlt sich matschig und nass an. Der Himmel hat sich zugezogen. Es ist eine einzige graue, undurchlässige Decke, die bedrohlich dort oben schwebt und ihr sogar ein bisschen Angst macht. Es schneit. Nicht sehr schlimm. Nur weiße, winzige Flocken, die aus den Wolken entflohen sind und nun langsam der Erde entgegen schweben. Wie Federn.

Sie geht schneller. Die Bank ist nur noch wenige Meter entfernt. Sie sieht die offene Eingangstür. Sie sieht das vertraute Licht der Bankautomaten. Sie schlittert über den Boden und fängt sich gerade noch an einem Zaun auf. Holz bohrt sich in ihre Handfläche. Sie zuckt zusammen als sie mit vorsichtigen Fingern die Splitter herauszieht. Sie dreht sich um. Vincent hat sich nicht vom Fleck gerührt. Er hat die Hände in die Tasche geschoben und sieht sie an. Er lächelt knapp und deutet auf die Bank.

Es dauert nicht lange, bis sie wiederkommt. Bis sie noch mehr Geld in ihrer Handtasche hat. Weitere fünftausend. All ihr Geld. Weihnachts- und Geburtstagsgeld von der ganzen Familie der letzten sechs Jahre. Sie geht zu ihm und greift seine Hand. Sie schweigt. Aber es tut ihr leid, dass sie ihn angemotzt hat. Sie wollte das nicht. Aber im Moment ist alles ein bisschen zu viel für sie. So viel Aufregung wollte sie nicht. Diese ganzen Visionen machen ihr einfach nur Angst. Und wenn Vincent nicht wäre - nein. Das will sie sich gar nicht erst vorstellen müssen.

*Ein Glück ist er da.*

Leicht drückt sie seine Hand und sieht ihm ins Gesicht. »Gehen wir zu Tristan.«

Er nickt langsam. »Und danach gehen wir zu dir und versuchen etwas über diesen Henry herauszufinden. Deine Eltern erzählen vielleicht etwas.« Er lächelt aufmunternd.

Aber es hilft ihr nichts. Sie fühlt sich dadurch nicht besser.

»Meine Eltern werden nichts erzählen. Sie erzählen ja sowieso nie etwas. Auch nicht über meine Großeltern. Und jetzt, da Tristan weg ist, reden sie noch weniger. Ich denke, dass sie trotz all ihrer Wut auch ein Bisschen traurig sind, dass er weg ist.« Sie wendet ihren Blick ab und stapft mit schweren Schritten die Straße entlang. Der Schnee knirscht unter ihren Schuhen. »Sie würden mir den Hals umdrehen, wenn sie tatsächlich etwas über diesen Henry wüssten. Aber ich will es ihnen nicht erzählen. Das mit dem kleinen Mädchen. Sie würden mich in mein Zimmer schicken. Bis ich achtzehn bin. Und du würdest wahrscheinlich rausgeschmissen.«

»Das können sie aber nicht.« Er läuft neben ihr her. Ihm ist nicht ganz wohl bei der Vorstellung weiterzugehen. Irgendetwas will ihn abhalten. Aber er läuft weiter.

»Werden sie aber. Obwohl dein Vater der reichste Mann der Stadt ist. Das ist ihnen doch egal. Sie würden sich genauso für mich schämen, wenn ich ihnen von den Visionen erzähle, wie für meinen Bruder. Sie würden denken, dann ich nicht mehr ganz dicht bin im Kopf und würden mich zu dem besten Psychologen der Welt schicken.«

»Das wolltest du doch sowieso.« Er lächelt ein Wenig, hört aber sofort auf, als er ihren eisigen Blick sieht.

»Das ist nicht witzig. Du kennst meine Eltern nicht. Sie haben Tristan rausgeschmissen, weil er eine Freundin und ein Kind hat. Sie reden nicht mit oder über ihn. Nie wieder werden sie das. Er ist für sie gestorben. Und jetzt braucht er meine Hilfe. Er hat sich mit irgendwelchen Geschäftsmännern angelegt, die Geld von ihm wollen. Viel Geld. Sie haben ihn schon verprügelt und seine Finger gebrochen. Ich möchte nicht, dass das noch mal passiert. Ich liebe ihn.«

»Oh, Lucy. Das wusste ich nicht.« Er starrt zu Boden. »Ehrlich. Tut mir leid.«

»Danke.« Mehr sagt sie nicht. Es reicht für sie. Auch wenn Vincent mehr Dank verdient hätte.

*Er hätte den Dank der ganzen Welt verdient.*

Sie dreht den Kopf leicht zu ihm und beobachtet ihn, während sie die Straßen zu Tristans Wohnung entlanglaufen. »Vincent«, murmelt sie und drückt so fest seine Hand, dass er zusammenzuckt. »Ich habe Angst«, flüstert sie schließlich. »Ich weiß nicht wieso. Aber ich habe schreckliche, riesige Angst.

Irgendwas Schlimmes wird heute passieren. Und wir können nichts daran ändern.«

Gerne hätte er sie aufgemuntert und ihr gesagt, dass alles gut wird. Dass sie sich das nur einbildet. Dass sie überreagiert, weil sie einfach nur zu wenig Schlaf hatte. Aber dieses Mal kann er das nicht. Er kann sie nicht anlügen. Er kann nicht lügen. Er sieht sie ernst an. Seine Augen sind voller Kummer und Sorgen. Dann öffnet er den Mund und flüstert zurück: »Ich habe auch Angst.«

# Kapitel XVII

## *Lucy*

Tristan öffnet in einer verschmutzten Jeans und dem kaffeebefleckten T-Shirt die Tür. Überrascht sieht er sie an. Lange. Fragend. Abwartend. »Lucy?«, fragt er dann und mustert sie mit zusammengekniffenen Augen. Langsam wandert sein Blick rechts neben sie. Zu Vincent, der ihre Hand hält und Tristan neugierig beobachtet.

»Tristan.« Sie lässt Vincents Hand los und stürzt zu ihm. Die Arme schlingt sie um seinen Hals. »Es ist so viel passiert. Können wir reden?« Sie muss es ihm erzählen. Es gibt so viel. Das Familiengeheimnis. Der Besuch beim Arzt. Ihre Visionen. Ihre Sorge um ihn. Das kann sie nicht länger für sich behalten. Sie braucht Tristan an ihrer Seite. Er war immer da für sie. Aber an seiner Reaktion erkennt sie, dass es diesmal nicht so sein wird.

Er schiebt sie langsam von sich. Die Ringe unter seinen Augen sind so dunkel wie die Wolken am Horizont. Seine Haare sind länger geworden, das ist ihr die letzten Mal gar nicht aufgefallen. Der Verband um seiner Hand ist alt und fleckig. Er wirkt so müde und fertig. Als hätte er die letzten zwei Tage durchgemacht. »Weißt du« Er sieht sie erschöpft an. »Es wäre mir lieber, du würdest gehen.«

Sie hat damit gerechnet. Sie wollte es aber nicht wahrhaben. Es fühlt sich an, als würde Tristan ihr den Boden unter den Füßen wegreißen. Ihr bleibt für einen Moment die Luft weg und sie streckt instinktiv die Hand nach Vincent aus. »Das verstehe ich.«

Vincent drückt vorsichtig ihre Hand. Es tut ihm weh, sie so zu sehen. Aber er ist nicht der einzige, dem das schmerzt.

Auch Tristan tut Lucy leid. Er fährt sich schuldbewusst durch seine Haare und sieht sie mit traurigen Augen an. Seine Stimme ist leise, als er sich vorbeugt und ihr ins Ohr flüstert: »Du musst mich verstehen, Lucy. Es ist so, dass …« Er berührt sie sanft an der Schulter. »Annie ist krank. Ihr geht es sehr schlecht.«

Erschrocken sieht sie ihn an. »Ich kann dir helfen, Tristan.« Sie sieht ihn fassungslos an. Wie kann sie plötzlich so krank sein? Von heute auf morgen. Vorgestern ging es ihr noch gut.

»Nein.« Er stolpert einen Schritt zurück. »Das kannst du nicht.«

Es tut ihr so weh, ihn so zu sehen. So gequält. So fertig.

*Er muss so leiden. So sehr. Und ich darf ihm nicht helfen. Er lässt mich nicht.*

Sie steht da, als hätte er sie geschlagen. Das restliche Licht in ihren Augen erlischt wie die erstickte Flamme einer Kerze. Ein bodenloses Loch öffnet sich unter ihren Füßen. Sie will nicht fallen. Sie will stark sein. Für sich. Für Vincent. Für dieses kleine, misshandelte Mädchen, das ihr auf ihr unerklärliche Weise Leid tut. Sie greift nach Vincents Arm und klammert sich an ihm fest. Um nicht doch noch zu fallen. Tiefer und tiefer. Es reicht ihr, wenn sie Karussell fährt. Es reicht endgültig. Sie hat genug Probleme. »Ich wollte dir nur helfen«, haucht sie atemlos. »Ich habe dir Geld besorgt. Damit du deine Schulden bezahlen kannst. Ich habe mir Gedanken gemacht. Aber es ist egal.« Sie klammert sich mit beiden Händen um Vincents Arm. »Schon gut, Tristan.« Sie sieht ihn nicht einmal mehr an. Sie ist zu verletzt. Sie könnte weinen. Am liebsten würde sie einfach nur die Decke über den Kopf ziehen und schlafen. Aber dann kommt das kleine Mädchen wieder und schreit und rennt um ihr Leben. Nein, es ist aussichtslos. Egal wie Lucy es betrachtet. Es schmerzt alles. Wachsein. Schlafen. Atmen. Ihren eigenen Bruder besuchen. Sie dreht sich langsam um. Ihre Füße tasten sich langsam vorwärts. Nur noch weg von hier. Von ihm. Von Tristan. Ihrem Bruder.

»Nein, Lucy. Warte!« Er versperrt ihr den Weg. »Lass es mich dir erklären. Bitte. Zwei Sekunden.« Er wirft Vincent einen bittenden Blick zu. »Lass uns bitte alleine.« Seine traurigen, müden Augen huschen wieder zu seiner Schwester. »Gib mir eine Minute. Lucy, es ist einfach so, dass in den letzten Tag viel passiert ist.« Er senkt seine Stimme und schabt mit dem Fuß, der nackt in einer Latsche steckt, über den Schnee. Es macht ein knirschendes Geräusch.

Vincent lässt Lucy langsam los und geht einige Schritte weg. In den imaginären Schatten eines Baumes.

»Annie geht es wirklich sehr schlecht. Aber sie ist nicht krank. Isaacs Männer sind aufgetaucht. Sie hat ihnen die Tür aufgemacht. Ich war nur ganz kurz auf dem Sofa und wollte mich ausruhen. Ich hatte nur ganz kurz die Augen zu. Ich habe die Klingel gehört, aber ich war zu müde um etwas zu sagen. Sie hat die Tür aufgemacht. Es ist meine Schuld.« In seine Augen tritt der traurigste Ausdruck, den sie je gesehen hat.

Sie kann nicht länger stark sein. Sie kann sich nicht länger vor den Schmerzen schützen. Es tut zu sehr weh. Sie muss es tun. Sie schlingt die Arme um ihn und drückt ihn an sich. Er tut ihr so leid. Sie kann sich nicht annähernd vorstellen, wie er sich fühlt. Sie will es sich gar nicht vorstellen. Das Loch unter ihren Füßen würde nur größer werden und irgendwann wird es sie dann doch noch verschlingen.

»Es waren zwei Männer«, murmelt Tristan ihr ins Ohr. Seine Stimme klingt genauso unerträglich verzweifelt wie er aussieht. »Einer hat sie gehalten. Der andere hat sie geschlagen. Sie haben mein Mädchen geschlagen, Lucy. Als nächstes holen sie mich. Oder dich.« Seine Stimme wird hart und bitter. »Sie schläft jetzt. Sie schläft seit dem Vorfall fast nur noch. Und wenn sie wach ist, dann weint sie vor Schmerzen. Ich kann hier nicht weg. Sie könnten wiederkommen. Aber das Schlimmste ist, dass ich sie nicht beschützen konnte. Es zerreißt mir das Herz, wenn ich sie ansehe und mir klar wird, dass es meine Schuld ist. Ich hätte sie davon abhalten sollen. Ich habe versagt.« Die letzten Worte waren nur gehaucht. So leise, dass sie es kaum verstanden hat.

Sie beißt sich auf die Unterlippe, um die Tränen zurückzuhalten. Der Kloß in ihrem Hals ist so groß wie ein Felsbrocken.

*Die kleine Annie. Die kleine, arme Annie. Sie hat solche Schmerzen. Und Tristan auch. Und ich kann nichts tun – er hat Recht. Ich kann wirklich nichts tun.*

Sie klammert sich fester an ihn. Ihre Arme spannen sich an. Ihre Beine fühlen sich wie Wackelpudding an. Ihr Hals ist ausgetrocknet. Ihre Unterlippe brennt. Ihre Augen tränen. »Es ist nicht deine Schuld, Tristan. Du kannst nichts dafür. Niemand wird dir das Übel nehmen.«

»Ich kann nicht mehr, Lucy.« Er löst sich von ihr und sieht ihr ins tränenverschmierte Gesicht. Seine Augen sind rot und leer. So unendlich leer. Als gäbe es nichts mehr in ihnen. Kein Leben. Keine Freude. Keine Gefühle. Nichts. Nur Leere. »Ich schlafe seit Tagen nicht mehr. Und wenn dann nur Minuten. Ich habe panische Angst, dass etwas passiert. Keine Ahnung zu haben ist schlimm. Aber die Angst regiert mich. Ich habe immer Angst. Egal, was ich tue. Selbst jetzt habe ich Angst. Angst um Annie, dass jemand in unsere Wohnung geht und ihr wieder wehtut. Angst um dich. Ich weiß nie, wo du bist. Dir könnte alles Mögliche passieren. Und Angst um mich.

Es klingt egoistisch. Aber es stimmt. Ich will nicht leiden. Nicht sterben. Ich will für Annie da sein. Für dich. Aber bin für alle nur eine Enttäuschung.«

»Oh, Tristan.« Sie streckt die Hand nach ihm aus. Um ihn zu trösten. Um diese Leere aus seinen Augen zu vertreiben. Um ihm Hoffnung zu geben.

Aber er macht einen Schritt zurück. »Ich will, dass du auf dich aufpasst. Und dass er da auch auf dich aufpasst.« Mit dem Kopf nickt er in Vincents Richtung. »Es ist nicht der Zeitpunkt um über deinen Freund zu reden. Ich hoffe, er ist ein Guter, Lucy. Für dich.« Diesmal streckt er die Hand aus. Er nimmt den Rucksack von seiner Schwester entgegen. Einen Moment hält er ihn regungslos fest. Er wiegt schwer. Mehr als alles auf der Welt. »Danke, Lucy«, flüstert er durch den Wind, dann dreht er sich um und geht ins Haus zurück. Langsam und leise fällt die Tür ins Schloss.

Sein Verschwinden ist so plötzlich, dass sie nur dasteht und ihm nachsieht. Sie spürt den Schnee auf ihrem Gesicht. Die Flocken, die sofort unter der Wärme ihrer Haut schmelzen. Den Wind, der ihr durchs Gesicht streicht. Den Lärm der Straße hinter ihr. Die Angst, die sie noch immer fest im Griff hat. Sie will zu Vincent. Sie will in seine Arme. Sie will festgehalten werden. Denn langsam entgleitet ihr alles. Ihr ganzes Leben ist auf den Kopf gestellt. Es ist so durcheinander und verwirrend, dass sie den Überblick verliert. Sie stolpert über den Schnee am Boden. Sie stolpert über ihre eigenen Füße. Sie stolpert, weil sie zu schwach für ordentliche Schritte ist.

Vincents starke Arme fangen sie auf und ziehen sie wieder aufrecht hin. »Alles in Ordnung mit dir?« Er betrachtet nachdenklich ihr Gesicht. »Du bist blass. Deine Nase blutet. Wir sollten irgendwo hingehen und du solltest dich ausruhen.« Sanft holt er ein Taschentuch aus einer Packung, die er aus seiner Jackentasche holt und drückt ihr vorsichtig das Tuch unter die leicht blutende Nase. Den anderen Arm um ihre Schulter und den Kopf leicht an ihren gelehnt, führt er sich durch die Straßen.

Es ist mitten am Tag, zwölf Uhr, aber so dunkel wie am Abend. Der Schnee wird wieder stärker. Der Wind schlägt ihnen ins Gesicht. Es ist so kalt, wie schon lange nicht mehr. Es wird ein kalter Winter, das ist jedem Bewohner dieser Stadt klar.

Vollkommen in ihren Gedanken vertieft, verliert Lucy sofort die Orientierung. Vincent könnte sie überall hinbringen.

*Ich kann Tristan verstehen. Ich verstehe alles. Aber warum lässt er mich ihm nicht helfen? Ich könnte mich um Annie kümmern. Ich könnte Medikamente besorgen. Er könnte sich schlafen legen. Er bräuchte nicht mehr so große Angst zu haben. … Er tut mir so leid. Ich habe Unrecht. Ich kann nichts für ihn tun. Ich bin ein Häufchen Elend. Ein mit Probleme vollgestopfter Teenager. Ich muss selbst erst mit mir klarkommen. Mit mir und meinen Problemen. Meiner Vergangenheit. … Ich wünschte, es gäbe meine Eltern nicht. Ich wünschte, sie wären noch vor meiner und Tristans Geburt gestorben. Dann gäbe es uns nämlich auch nicht. Soll Henry sie doch holen. Und mich und Tristan auch. Es gäbe keine Probleme mehr. Für niemanden von uns. Und unsere hätten sich nie für uns schämen müssen. Es wäre alles besser gewesen. Alles. Kinder machen nichts als Ärger. Selbst wenn es um eine längst verdrängte Vergangenheit geht, die am besten unter der Erde vergraben bleibt. Aber was soll ich tun? Soll ich weiterleiden, nur damit ich meine Eltern nicht belaste? Soll mein Buch abfackeln? Meine Festplatte explodieren? Es wäre nicht gerecht. Ich habe nie etwas von ihnen verlangt, aber so viel für sie getan. Ich bin zu ihren bescheuerten Essen mitgekommen. Ich habe immer die brave, liebe Tochter gespielt. Ich habe immer alles getan. Jetzt kann ich etwas verlangen. Sie schulden mir Antworten. Aber vielleicht … vielleicht wissen sie ja gar nichts über Henry und dem Mädchen und dem Typen, der aussieht wie Vincent. Vielleicht bilde ich das mir ja bloß ein. Aber die Visionen sind echt. Irgendetwas ist da. Kevin hat Recht. Etwas muss damals passiert sein. Etwas Schlimmes. Ich werde es herausfinden. Ich muss es herausfinden, wenn ich nicht verrückt werden will. Aber ich muss es gut überlegt angehen. Ich kann sie nicht einfach ausfragen. Sie werden sagen, dass es diese Leute nie gab. Ich muss in den alten Sachen in ihrem Kleiderschrank schauen. Ich muss die Schachteln vom Boden runterholen und durchsuchen. Ich muss Beweise sammeln. Beweise für ihre Existenz. Dann können meine Eltern es nicht mehr abstreiten.*

Vincent bleibt stehen und beugt sich langsam vor, um ihr einen Kuss auf die Nase zu hauchen. Sie merkt es sofort, zuckt zusammen und starrt ihn erschrocken an. Er muss unweigerlich lächeln. Auch wenn noch immer Blut unter ihrer Nase klebt. Und alles nicht im Geringsten witzig oder zum Lächeln ist.

»Wo sind wir?« Sie sieht sich um. Ein großes, helles Gebäude. Große Fenster mit roten Samtvorhängen davor. Edle Statuen auf dem Rasen vor dem Gebäude. Ein schmiedeeisernes Tor. »Das Stadtarchiv.« Sie hält kurz inne. »Vincent«, murmelt sie und greift seine Hand. »Mein Bruder hat etwas gesagt.« Sie holt tief Luft. Das Bild von Tristan in ihrem Kopf tut weh. Es macht ihr Herz schwer. Es ertränkt sie in Kummer und Sorgen. Sie schiebt es von sich. »Du sollst auf mich aufpassen.«

»Das tue ich.« Er schiebt ihr eine Strähne zurück. »Das weißt du doch.«

Die Frage klebt auf ihren Lippen. Sie will sie nicht stellen, aber sie kann nicht anders. »Bist du ein Guter, Vincent?«

Der Ausdruck in seinem Gesicht wird weicher. Liebender. Verständnisvoller. »Natürlich, Lucy. Weißt du das denn nicht?« Er küsst ihre Fingerspitzen. »Jetzt komm. Wir suchen etwas über diesen Henry.«

Als er die Tür zum Archiv öffnet, schlägt ihnen alte, stickige Luft entgegen. Es riecht nach Büchern, nach Tinte, nach alten Erinnerungen. Unzählige Türen gehen von der Eingangshalle ab. Über jeder Tür steht eine Jahreszahl. Das Gebäude besteht aus drei Stockwerken. Jedes einzelne umfasst über hundert Türen. Nur die ersten beiden Türen jeweils links und rechts vom Eingang haben andere Beschriftungen. Es sind die Küche, das Gäste-WC, der Computerraum und ein Raum mit einigen Sesseln, einer weißen Wand und einem Diaprojektor. Es wird schwer sein, etwas herauszufinden, dass wird ihnen jetzt klar.

»So viele Türen«, murmelt Lucy ehrfurchtsvoll. Sie ist noch nie hier gewesen.

Dabei befindet sich das Archiv nur drei Straßen von ihrem Haus entfernt. Alle prunkvollen Gebäude oder die Häuser reicher Leute befinden sich in dieser Gegend. Sie holt tief Luft und zieht ihre Jacke aus.

Über ein Buch gebeugt sitzt direkt links neben der Tür in einem alten Ledersessel eine etwas ältere Frau mit kurzen, grauen Locken und liest. Die Brille rutscht ihr langsam von der Nase, weshalb sie sie immer wieder hochschieben muss. Ihre Haut ist runzelig und gelblich. Sie sieht aus, als würde sie schon sehr lange dort sitzen – und die beiden Ankömmlinge nicht einmal bemerken.

Vincent nimmt Lucys Jacke und hängt sie und seine an eine Garderobe neben dem Sessel der Frau. »Guten Tag«, meint er höflich und richtet mit einer Hand seine Locken, während er mit der anderen Hand Lucys greift und festumschlungen hält.

Die alte Frau guckt nur einmal kurz hoch, murmelt: »Guten Tag, Vincent« und liest weiter in ihrem dicken Foliant.

Vincent lächelt ein kleines Lächeln. Er mag die Frau. Sie ist schon immer hier gewesen und sie hat sich nie verändert. Nur ihre Bücher sind mit dem Laufe der Zeit dünner geworden. Sie sieht nicht mehr so gut und liest langsamer, aber sonst ist sie wie immer.

»Wo fangen wir an?«, fragt er schließlich und schreitet neben ihr her die Türen entlang. Zwischen den Türrahmen hängen alte, handgemalte Wandbilder von verschiedensten Leuten. Alte Männer mit Zylinder und Pfeife im Mund, die grimmig und mit einem alleshassenden Blick posieren. Frauen mit wunderschönen Kleidern, schmalen Lippen und Unmengen an Schmuck. Kinder mit Matrosenanzügen oder engen Miedern, die stocksteif auf ihren Stühlen dasitzen und es nicht wagen sich zu bewegen.

Mit wachsendem Interesse bewundert Lucy die Portraits. Sie haben etwas Fesselndes an sich. Sie sehen so echt und lebendig aus. Als könnten die Personen dem Bild nach Belieben entspringen und wieder darin verschwinden. Sie antwortet Vincent nicht. Sie geht einfach weiter. All die Gemälde entlang. Für die mit

Gold verzierten Türen hat sie keinen Blick übrig. Ihre Augen glänzen bei dem Anblick der Bilder. Sie hat schon immer davon geträumt einmal abgemalt zu werden und all diese Personen haben es geschafft. So viele unterschiedliche. Sie fragt sich, was sie wohl gemacht haben, ob sie glücklich waren, ob sie Angst hatten, ob sie stolz darauf waren, hier hängen zu dürfen. Aber sie weiß, dass man lange stillsitzen muss, damit der Maler ein perfektes Bild zustande bringt.

»Lucy, willst du dir die anderen Bilder auch ansehen?«, fragt Vincent und folgt ihr mit verwirrten Ausdruck im Gesicht die stilvolle Wendeltreppe in den ersten Stock, die mit roten Samtteppichen verlegt wurde. Ihre Schritte klingen nur sehr schwach gedämpft auf dem Teppich.

Irgendetwas zieht Lucy an. Es ist fast magisch. Sie spürt, dass sie weitergehen muss. Den Gemälden folgen. Denn dort ist etwas. Etwas, zu dem sie hin muss. Das spürt sie. Als würde jemand an einem unsichtbaren Seil ziehen, das um ihre Brust befestigt ist.

Vincent folgt ihr mit einiger Entfernung. Sie ist so schnell. Sie überfliegt nur die Bilder. Sie nimmt sie gar nicht richtig wahr. Aber noch ist sie auch nicht am Ziel. Das spürt. Jemand zieht noch immer am Seil. Aber sie will nicht ankommen. Diese Gemälde lassen sie alles vergessen. Alles, was sie die letzten Tage erlebt hat. Alles Schlechte und Schlimme. Alles Gute. Jede Erinnerung ist für die Zeit des Betrachtens weg. In ihrem Kopf - ihrem Buch - sind tausende unbeschriebene Seiten Papier. Als hätte jemand sie alle ausradiert. Und es ist gut so. Sie fühlt sich frei und unbeschwert. Fast mit elfenzarten Schritten schwebt sie über den Gang des ersten Stockes. Sie spürt kaum den Boden unter den Füßen. Alles ist so leicht. Dann bleibt sie stehen.

»Oh, mein Gott.« Ihr Stimme ist nicht mehr als ein Hauchen. Der Mann auf dem Bild starrt sie mit eiskalten, ausdruckslosen Augen an. Sein Bart ist schwarz und voll. Der Zylinder auf seinem Kopf ist leicht schräg nach rechts verrutscht. Die dünnen, bleichen Lippen sind aufeinandergepresst und verraten, dass er nie gelächelt hat. Seine Haut ist so blass, das man fast hindurchsehen kann. Seine Brust ist nur halb zu sehen. Aber man erkennt deutlich die rote Rose auf seiner rechten Brustseite, die dort in seinen schwarzen Anzug hineingesteckt worden ist. Es gibt keinen Hintergrund. Das Papier ist einfach nur weiß und unberührt. Das Bild fasst einen goldenen Rahmen mit Rosenverzierungen ein.

»Was ist?« Vincent legt ihr die Arme um den Oberkörper und bettet sein Kinn auf ihre Schulter. Der Mann starrt ihn wütend an. »Wer ist das, Lucy?«

Sie starrt auf das weiße Texttäfelchen mit den drei Zeilen unterhalb des handgemalten Bildes. Mit stockendem Atem und vor Anspannung und Aufregung zitternder Stimme liest sie es vor.

***Lord Isaac Henry August Henson,***

***Schlosspark Henson Anwesen,***

***Juni 1970***

»Henry«, haucht Lucy. »Das ist Henry. Der Mann aus meinen Visionen.«

»Sicher?« Vincent tritt neben sie und betrachtet das Gemälde näher. Seine Augen glänzen im gedämpften Licht der Kronleuchter grüner als jemals zuvor. »Er sieht nicht gerade menschenfreundlich aus.«

Lucy verschränkt die Arme. »Ich bin mir sicher. Das ist er. Lord Isaac Henson.« Sie wirft ihm einen Blick zu. Seine durchdringende, eisige Miene jagt ihr einen kalten Schauer über den Rücken. Aber sie ist sich sicher. Aus irgendeinem Grund, den sie nicht kennt, weiß sie es. Es ist so klar, als würde ihre eigene Mutter dort abgebildet sein.

»In Ordnung.« Vincent nickt ernst. »Dann suchen wir doch jetzt mal etwas über diesen Lord Henson im Internet raus. Hier oben ist auch ein Computerraum.« Er greift langsam ihre Hand, als sie sich nicht rührt. »Komm, Lucy.«

Sie starrt das Bild an. Sein Blick hält sie gefangen. »Er ist böse«, murmelt sie immer wieder. »Er ist ein böser Mann.« Plötzlich schiebt sich Vincent zwischen sie und das Gemälde.

»Guck mich an, Lucy«, flüstert er und sucht ihren Blick. Für einige Sekunden hält er ihn, dann streichelt er ihr vorsichtig über ihre Wange und fügt hinzu: »Lass uns in den Computerraum gehen.« Er nimmt ihre Hand und zieht sie mit sich, noch bevor sie dem Blick des Lords ausgesetzt ist. Es ist ihm nicht geheuer, dass sie so gefesselt von dem Bild ist. Er kann es nicht verstehen. Aber er glaubt ihr, wenn sie sagt, dass er dieser Henry ist. Er glaubt nämlich nicht, dass sie ihn einfach anlügt.

In der Vergangenheit zu wühlen und auf ein unentdecktes Ameisennest zu stoßen, ist schwerer als gedacht. Nirgendswo findet sie etwas über Lord Henson. Sie suchen alles durch. Die alten Computer rauchen schon fast vor Anstrengung.

Lucy steht auf. Ihr Rücken tut weh. Ihre Beine. Ihre Augen. Zwei Stunden suchen sie nun schon in diesem kleinen, stickigen, dunklen Raum nach Hinweisen. Aber alles was sie haben, ist nur dieses Gemälde im Flur. Es ist als hätte es den Lord nie gegeben. »Können wir nicht in den Ordnern und Akten nachsehen?«, fragt sie in das stille Rumoren der beiden einzigen Computer hinein.

Vincent hebt den Kopf. Seine Augen sind ganz klein und rot geworden von dem anstrengenden Suchen im dunklen Zimmer. Er steht auf und vertritt sich etwas die Beine. So gut wie es jedenfalls geht.

Plötzlich hören sie ein Geräusch. Dumpfe Schritte. Ganz nah. Vor der Tür.

Ängstlich sieht sie zu Vincent. Er erwidert ihren Blick und ballt die Hände zu Fäusten. Angespannt stehen sie da und lauschen.

Die Schritte verstummen. Direkt vor der Tür.

Lucys Herz dreht durch. Es schlägt so laut, dass sie befürchtet, dass es jeder im ganzen Gebäude hören kann. Es klopft bis zu ihren Ohren. Es pocht in ihrem Kopf. Sie hat Angst. Sie streckt die Hand nach Vincent aus, um sich sicherer zu fühlen.

Dann geht alles so schnell. So schnell, dass sie kaum registriert, was vor sich geht.

Die Türklinke wird runtergedrückt. Langsam.

Eine Sekunde vollkommende Stille.

Die Tür wird aufgerissen. Zwei maskierte Personen stürzen herein. Einer packt Vincent und schlägt ihn nieder. Vincent wehrt sich. Der Unbekannte schlägt ihm mit ganzer Wucht ins Gesicht. Er geht zu Boden.

Stille.

Sie kommen auf Lucy zu.

Sie will schreien. Ihr Mund ist staubtrocken. Kein Laut kommt heraus.

Der Linke greift sie und presst sie gegen die Wand. Mit tonloser Stimme flüstert er: »Halt dich da raus, Mädchen.«

Der Rechte zuckt mit den Fäusten und verdreht ihr das Handgelenk. »Verstanden?«, fragt er – genauso monoton.

Sie ist unfähig sich überhaupt zu bewegen. Unfähig zu atmen. Sie wusste, es würde etwas passieren. Sie wusste es. Und jetzt liegt Vincent auf dem Boden und rührt sich nicht mehr. Er blutet. Und sie bekommt keine Luft. Panik steigt in ihr hoch.

»Verstanden?«, fragt der Rechte. Diesmal schärfer und drohender. »Du hältst dich aus allen Angelegenheiten raus.«

Endlich findet sie ihre Stimme wieder. Sie ist dünn und ängstlich, aber sie zwingt sich zu reden. »Ich verstehe nicht. Aus welchen Angelegenheiten?«

Der Linke verpasst ihr einen Schlag ins Gesicht.

Sie stöhnt auf. Blut bildet sich in ihrem Mund. Es schmeckt bitter. Ihre Hände zittern so stark, dass sie sie zusammenballt. »Sag es mir«, verlangt sie. Ihre Stimme klingt kräftiger als vorher.

»Tristan Tyler - er ist doch dein Bruder, richtig? - der schuldet uns Geld. Er schuldet uns viel Geld. Halte du dich da raus. Wir wissen, dass er dich angestiftet hat, gegen den Lord zu ermitteln. Hör auf damit. Oder« Der Linke presst sie fester mit dem Arm quer über ihren Hals gegen die Wand. »Deinem Bruder wird es sehr schlecht ergehen. Und dir und seinem kleinen Mädchen auch.« Er lässt sie los und starrt sie einige Sekunden einfach nur an. »Verstanden?«

Zitternd nickt Lucy. Sie sieht wie Vincent vorsichtig den Kopf hebt. Langsam und verwirrt. Er keucht und schnappt Luft. Dann richtet er sich plötzlich auf, als er erkennt, was da vor sich geht. Als er das Blut in ihrem Gesicht sieht. Er macht einen Schritt auf sie zu.

Der Rechte wirbelt sofort herum, als hätte er Vincent in Lucys Augen gesehen. Er greift ihn vorne am Pullover, zischt ihm etwas zu und schleudert ihn mit aller Kraft gegen den Computer. Er stöhnt und sackt zu Boden. Leblos bleibt er zusammengekrümmt liegen. Blut tropft auf den Teppich und versickert im gleichfarbigen Stoff als wäre nichts gewesen.

Lucy schreit auf und schlägt die Hände vors Gesicht. Sie spürt es genau. Es tut weh. Etwas zerbricht in ihr drinnen. Etwas, das sie bisher noch nicht kannte. Etwas, das sie aufschreien und verzweifeln lässt.

*Nein! Vincent!*

»Guck mich an, Mädchen!« Der Linke greift fest ihr Kinn. »Wenn du dich nicht daraus hältst, dann tun wir ihm noch mehr weh. Deinem kleinen, reichen Freund hier.« Er lächelt. Das sieht sie. Durch seine schwarze Maske hindurch. »Und richte deinem Bruder aus, dass wenn er nicht morgen bezahlt, es ihm schwer zu schaffen machen wird.«

»Nein!«, ruft sie panisch. »Nein! Er hat das Geld! Er hat es! Lasst ihn – verdammt noch mal – in Ruhe! Ihr habt ihn genug gequält! Es reicht! Bitte!« Weinend sinkt sie zu Boden. »Bitte.« Mit Tränen, die unaufhörlich über ihre Wangen laufen, blickt sie zu ihm auf. »Bitte!«

Er lacht. Laut und hohl. Ohne jegliches Gefühl. Dann stößt er sie um und dreht sich um zum Gehen. »Wir garantieren für nichts«, meint er und tritt Vincent leicht gegen den Kopf. Sie schluchzt auf und starrt ihn an.

»Viel Spaß ihr beiden hier drinnen. Ganz alleine. Für die nächsten Stunden. Tage. Jahre«, sagt der Linke noch immer monoton lachend.

Dann verlassen die beiden Männer den Raum, ziehen die Tür leise zu und schließen hinter sich ab. Vincent und Lucy bleiben alleine im Halbdunkeln zurück.

# Kapitel XVIII

## *Lucy*

Sie kämpft sich mit aller Kraft auf die zittrigen Beine. Sie will zur Tür. Aber sie muss kämpfen. Schritt für Schritt. Sie steht unter Schock. Nichts will mehr, wie sie will. Tristan wird bedroht. Annie wurde verprügelt. Vincent und sie wurden von maskierten Männern bedroht und geschlagen. Vincent rührt sich nicht mehr. Es scheint als wäre er … tot.

*Ich muss Hilfe holen. Wir brauchen Hilfe. Vincent braucht Hilfe.*

Mit zitternden Fingern rüttelt sie an der Tür. »Sie ist verschlossen«, murmelt sie und sinkt kraftlos zu Boden. Auf die Knie. Ein dumpfes Geräusch auf dem Teppich.

*Wir kommen hier nicht raus. Vielleicht nie wieder. Hier ist doch nie jemand. Wie sollen wir da rauskommen? Vincent braucht unbedingt Hilfe! Er darf nicht sterben. Es ist meine Schuld!*

Das Loch unter ihr reißt unweigerlich auf und sie stürzt in die Tiefe. Sie will schreien, aber es kommt kein Ton heraus. Sie bekommt Angst. Sie fällt tiefer. Schwarz rauscht vor ihren Augen vorbei. Es fühlt sich unwirklich an. Wie im Traum. Sie wendet den Kopf. Über ihr ein Himmel aus goldenen und roten Farben. Bordeauxrote Pinselstriche im goldenen Samt. Sie muss lächeln. Es ist so schön. Ihr Herz kribbelt. Sie schaut nach unten. Erschrocken zuckt sie zusammen. Da ist etwas. Licht. Bewegungen.

»Henry!«, ruft eine Stimme weit unter ihr. »Nein! Henry, lass sie in Ruhe!«

Sie stoppt. Mitten im Fallen. Das muss sie sehen. Das ist wichtig. Das ist grausam. Sie muss jetzt irgendwas tun, was sie ablenkt. Aber es scheint, als hätte sie alles vergessen. Es gibt nur noch diesen wunderschönen Himmel und das Licht und die Stimmen unter ihr. Nichts war vorher. Sie ist schon immer da. Immer hier. Abgeschieden von der Außenwelt. Von ihrem Bruder. Von Vincent.

»Vincent!« Die letzten Minuten kommen wieder hoch. Ganz plötzlich. Ihr wird schwindelig und sie presst die Fingerspitzen gegen die Schläfen. Es ist alles wieder da. Diese Männer. Die Angst. Sein Blut. Ihr Blut. Er liegt da oben. Was auch immer da oben bedeutet. Was auch immer über dem goldenen, roten Himmel ist. Er liegt da. Er bewegt sich nicht mehr. Er braucht Hilfe.

Sie muss raus hier. Sie muss zu ihm. »Vincent!« Sie zwingt sich den Kopf zu heben. Aber es ändert sich nichts. Sie ist immer noch über diesem Raum. Irgendwo in der Luft. Sie weiß nicht wo. Nur, dass es ihr schwerfällt sich zu bewegen. Aber gleichzeitig fühlt sie sich frei und lebendig wie eine Elfe. Eine Elfe, die über eine sommerliche Wiese irgendwo in den Bergen fliegt und vor Glück laut lacht. Nur dass sie nicht lacht. Das kann sie jetzt nicht mehr.

Diese flehende Männerstimme ist immer noch da. Und sie klingt wie Vincent. Er fleht um Gnade. Er ist völlig verzweifelt und fast am Durchdrehen.

Dann sieht sie ihn. Er trägt nichts weiter als eine weiße Unterhose, die ein Viertel seiner Oberschenkel bedeckt. Sein Körper glänzt im Kerzenlicht vor Schweiß. Er kommt von rechts. In der Mitte des winzigen Kellerraumes steht eine Liege mit Schnallen. Eine Laborliege. Mit Blut. Es sticht ihr wie ein Warnschild ins Auge.

*Da ist Blut. Auf der Liege.*

Ihr wird schlecht. Aber sie wendet den Blick nicht ab. Es gibt nur eine Möglichkeit da raus. Raus aus diesem gefangenen Zustand. Sie muss da durch.

Um die Liege herum stehen cremefarbene Kerzen, die brennen und im Windzug von dem Mann, der Vincent so sehr ähnelt und es ihr unendlich schwer macht zuzusehen, leicht flackern. Links steht ein Mann in einem weißen Kittel und starrt auf den jungen Mann. Auf Vincent.

»Was ist, Max?«, fragt er streng und hebt den Blick. Es ist der gleiche Mann, den sie auf dem Bild im Flur gesehen hat. Genauso finster. Genauso grausam. Genauso furchteinflößend. Nur etwas jünger. Seine Gesichtszüge sind nicht ganz so verhärtet. Sie sind noch zarter. Er knackt langsam mit den Fingern. Das Geräusch hallt in dem Keller wieder. Sein dichtes schwarzes Haar und sein dunkler Bart rahmen das Gesicht wie ein Gemälde ein. Er hat etwas Gefährliches, Herrschendes an sich, das sie sich nicht trauen würde herauszufordern. Aber Max tut es. Und für einige Sekunden glaubt sie seine Angst zu spüren. Sie ist stark. Sie hämmert gegen ihre Brust und quetscht sie ein. Aber da ist ein Wille. Ein starker Wille, alles in Ordnung zu bringen. Vielleicht sind es auch nur ihre Empfindungen.

*Nein, das kann nicht. Ich kann gerade nichts fühlen. Es müssen seine Gefühle sein.*

»Henry«, wimmert der junge Mann, der nun einen Namen bekommen hat, und fällt auf die Knie. Sand staubt unter seinen Beinen auf. Er sieht zu Lord Henson auf, der ihm den Rücken nun zudreht. »Ich bitte dich. Lass sie gehen. Du kannst sie doch nicht ihr Leben lang hier gefangen halten.«

»Es ist meine Entscheidung, Max«, knurrt er und zuckt nicht einmal mit den Schultern. Aus einer Tasche am Kittel zieht er einen Block.

»Es ist nicht mehr deine Entscheidung, wenn sie achtzehn ist. Dann kann sie gehen. Und ich helfe ihr dabei. Sie wird dieses schreckliche Gefängnis verlassen und ich auch.« Er will sich aufrichten, aber Henry fährt herum und stößt ihn zu Boden. Sand klebt an Max' gesamten Körper.

Er wischt sich durch das Gesicht. Aber er macht es nur schlimmer.

»Wenn du dieses „Gefängnis" – wie du es so schön nennst – verlässt, dann wird deine Schwester sterben und du wirst ihren Platz einnehmen.« Lord Henson schlägt nach ihm, verfehlt ihn aber und atmet tief ein. Dann kniet er sich vor ihm hin. Irgendwas in seinen Augen verändert sich. Sie werden mitfühlender. Weicher. Freundlicher. »Hör mir zu, Max.« Langsam legt er ihm seine Hände auf die Schultern und sieht ihn ernst an. »Ich mag dich. Du warst immer auf meiner Seite. Letzte

Woche hast du sie noch Manieren gelehrt. Was ist mit dir passiert?«

Max sieht ihn ernst an. Seine Augen schimmern genauso grün wie Vincents. Wüsste Lucy es nicht besser, würde sie denken, dass es Vincent ist. Aber diese Zeit - hier und jetzt - ist lange her. Vor ihrer Geburt. So etwas würde es doch jetzt gar nicht mehr geben. Nicht hier. Nicht in dieser Stadt.

»Es ist nichts passiert.« Er erwartet eine Reaktion. Das sieht Lucy. Seine Schultern sind angespannt. Die Sehnen an seinen Armen und an seinem Hals treten hervor. Er erwartet etwas Schmerzhaftes, aber es passiert nichts dergleichen.

»Max! Max. Max.«, murmelt Henry und massiert ihm die Schultern. Seine Stimme wurde immer lieblicher. Jetzt flüstert sie nur noch. »Mein lieber Neffe. Du musst es mir sagen, Max. Ich finde es sowieso heraus.«

Dann ist es vorbei. Ganz plötzlich. Mit einem tiefen Atemzug stürzt sie zurück ins Leben. Sie ist so überrascht, dass ihr die Luft für einige Sekunden wegbleibt. Sie fühlt sich schwer und wieder gefangen in ihrem Körper. Eben war sie so leicht und konnte schweben. Und jetzt ...

»Vincent!«, ruft sie, schlägt panisch die Augen auf und stürzt zu ihm. Ihr Atem geht noch hastig und unregelmäßig, aber es ist egal. Sie streckt die Hand nach ihm aus.

Er liegt unbewegt da. Noch immer. Blut läuft weiterhin aus einer Wunde an seinem Kopf.

»Vincent!« Sie kann kaum hinsehen. In ihrer Brust zieht sich alles zusammen. Bis in ihre Fingerspitzen führt dieses Stechen. »Hörst du mich?« Sie hebt langsam seinen Kopf an und bettet ihn auf ihren Schoß. Er ist ganz warm. Sie spürt das Blut, wie es auf ihre Hose tropft und vom Stoff aufgezogen wird. »Wach doch auf!« Ihre Stimme wird immer weinerlicher. Sie kämpft mit den Tränen. Sie fühlt sich so hilflos. So verzweifelt. Sie kann nichts tun. Sie kommt hier nicht raus. Die Tür ist abgeschlossen. Es ist ein Gefängnis. Aber irgendwas muss sie tun. Sie kann ihn doch nicht im Stich lassen. Nicht so wie ihre Eltern Tristan im Stich gelassen haben. Sie legt vorsichtig ihre zitternden Finger auf seine Wange. Sie spürt seinen Atem. »Du atmest«, haucht sie. Sie kann die Tränen nicht länger zurückhalten. Sie rollen ihr Gesicht hinunter und tropfen auf ihren Pullover. Sie legt langsam die zweite Hand auf seine Brust. Kurz unterhalb des Halses. Seine Haut strahlt eine unnatürliche Wärme aus. Sie kribbelt in ihren Fingerspitzen und verdeckt den stechenden Schmerz in ihr drinnen. Es ist wie eine Medizin.

»Sind sie weg?«, flüstert Vincent plötzlich. Schwach und undeutlich.

»Ja.« Überrascht nickt sie. Sie sieht ihn an. Er blinzelt nur kraftlos. Aber er kann reden. »Sie haben uns eingesperrt«, fügt sie hinzu.

Sein Gesichtsausdruck verändert sich nicht. Er greift lediglich ihre Hand auf seiner Brust und hält sie fest. Sein Blick ist starr an die Decke gerichtet. Aber er sieht sie nicht an. Er sieht durch sie hindurch.

»Alles in Ordnung?« Sie betrachtet ihn aufmerksam. Das Blut tropft nur noch langsam aus der Wunde. Seine Lippen sind rötlich verklebt, aber seine Augen schimmern.

*Ein gutes Zeichen*, denkt sie. Aber sie weiß nicht wieso. Vielleicht weil sie dann weiß, dass er lebt. Dass er keine Schmerzen hat. Aber da wo er gerade ist, hat er sowieso keine Schmerzen.

»Ich habe dich gesehen, Lucy«, flüstert er plötzlich, setzt sich vorsichtig auf und verzieht das Gesicht.

*Er hat Schmerzen. Schlimme Schmerzen.*

»Wo?«, ist alles was sie fragt.

Er sieht auf seine Hand, die ihre umschlingt, auf ihren Arm. Nur langsam hebt er den Blick und sieht ihr ins Gesicht. »Du warst da. Und ein Mann – ich. Ich war er, aber ich bin nicht er. Verstehst du?« Als sie nickt und ihm weiter ins Gesicht sieht, fährt er langsam fort. Das Sprechen scheint ihm wehzutun, aber er muss es ihr einfach erzählen. Sie hat ein Recht darauf es zu erfahren. Schließlich hat es mit ihr zu tun gehabt. »Wir saßen irgendwo. Es war ein Raum. Er war klein.« Er schließt die Augen, um sich zu erinnern. »Es gibt kein Bett, nur ein Lager aus Stroh und Decken. Es ist komisch. Alles so alt. Dein Kleid. Auf der rechten Brust ist eine rote Rose. Wie auf dem Bild von Lord Henson. Deine Haare sind zu so einem Zopf verknotet. Auf deinem Hinterkopf. Wie eine Zimtschnecke.« Eine Sekunde lächelt er. Aber es verschwindet sofort wieder. »Wir sitzen da. Du und ich. Auf einen Vorsprung in der Steinmauer. Es gibt keine Fenster. Ich sehe eine Tür aus Holz. Sie steht einen Spalt offen.«

Sie weiß, wo das ist. In dem Keller dieses Hauses, wo bis jetzt alle gewesen sind. Außer dieses eine Mal, als das kleine Mädchen hinter dieser Mauer hockte und ihr Bruder gekommen ist. Aber bis jetzt hat sich alles andere in den Kellern abgespielt. Sie drückt leicht seine Hand. Aber er ist verstummt.

Er hat die Stirn in Falten gelegt und scheint nachzudenken.

»Was ist?«, fragt sie flüsternd und rückt näher zu ihm heran. Sie legt die Hand wieder auf seine Wange. Es scheint sie beide zu beruhigen. Diese Berührung.

»Es ist merkwürdig. Du sitzt auf meinen Schoß, nimmst mein Gesicht in deine Hände, aber irgendwas stimmt nicht. Es fühlt sich komisch an. So als ob ich dich liebe, aber gleichzeitig ob ich« Er verstummt schon wieder und öffnet die Augen um sie anzusehen.

»Als ob ich deine Schwester bin?«

»Ja. Und du lächelst nicht. Du hast geweint. Und ich flüsterte dir etwas zu. ›Ich werde dich hier rausholen. Er wird dir nichts mehr tun.‹ Und dann beuge ich mich vor und dann … küsse ich dich.« Er blinzelt und sieht sie dann ernst an. »Was soll das, Lucy? Vor was beschütze ich dich? Wieso bist du meine Schwester? Wieso küsse ich dich, wenn du meine Schwester bist?«

Es ist verwirrend. Selbst für sie. Das ist neu. Aber davon scheint Henry geredet zu haben. Diese Veränderung an Max. An seinem Neffen.

*Das ist verwirrend*, denk sie noch einmal und holt tief Luft.

»Das ergibt keinen Sinn, Vincent«, murmelt sie. »Wie kann das alles sein? Dein Vater kommt doch aus Italien. Dich kann es vor fünfzig Jahren doch noch gar nicht hier gegeben haben. Und was haben wir dann miteinander zu tun? Wer ist dieser Henry, dieser Lord Henson? Wir müssen das herausfinden.« Sie sieht ihn bestimmt an.

Er nickt langsam, hält sich mit der freien Hand den pochenden Kopf und sagt mit fast atemloser Stimme: »Wir müssen aufpassen. Auf diese Männer. Sie wollen das nicht.«

»Ja. Aber es ist offensichtlich, dass da etwas nicht stimmt. Etwas in der Vergangenheit von Max und diesem Mädchen und Henry muss geklärt werden.«

»Max?« Vincent tastet vorsichtig seine Stirn ab, zuckt zusammen, als er die Wunde berührt und betrachtet das Blut an seinen Fingern.

»Du. Du bist Max. Du siehst aus wie er. Du hast die gleiche Stimme.« Sie unterbricht sich. »Aber du kannst es nicht sein«, fängt sie noch einmal an. »Das ist gar nicht möglich. Wie soll das gehen, wenn dein Vater doch aus Italien kommt?«

Für einen Moment wird Vincent ganz still und traurig. Seine Augen glänzen schwach. »Mein Vater ist nicht Italiener. Ich weiß nicht, wer er ist.« Er seufzt und sieht sie mit einem unendlich kummervollen und tiefen Ausdruck in den Augen an. »Meine Eltern wissen nicht, dass ich das weiß. Aber ich habe sie einmal belauscht, als sie sich gestritten haben, als sie noch zusammenwaren. Es war kurz bevor sie weggezogen ist. Meine Mutter hat gesagt, dass er seine Kinder behalten soll. Sie hat eigene, andere Kinder gefunden bei ihrem neuen Mann. Und er hat zurückgeschrien, dass sie eine verdammte Hexe ist und dass es gar nicht sein Sohn ist, den er da großzieht.« Vincent senkt den Kopf. »Ich habe keine Ahnung, wer mein Vater ist. Ich habe meine Eltern gehasst, als ich es erfahren habe. Aber ich konnte es ihnen nicht erzählen. Mein Vater hätte mich wochenlang in mein Zimmer gesperrt, weil ich Erwachsene beim Gespräch belauscht habe. Und meine Mutter ist weggezogen. Ich habe nicht ein Wort mehr mit ihr geredet, seit sie vor fünf Jahren weg ist. Ich war dreizehn und unglaublich wütend und dumm. Ich vermisse sie manchmal.«

Lucy legt ihm eine Hand auf den Arm und schweigt. Zu gerne hätte sie gesagt, dass er seinen Vater fragen soll, wer sein richtiger Vater ist, aber sie traut sich nicht. Sie spürt, dass Vincent kurz Zeit braucht. Dass er kurz in seine Erinnerungen zurück muss. Dass es gar nicht anders geht.

Sie sitzen schweigend da. Einige Minuten. Bis Vincent einfach weiterredet. »Ich werde in seinen Sachen nach meinem Vater suchen. Er muss irgendwas von ihm haben. Ich bezweifle, dass er was weggeschmissen hat. Aber zurück zu uns. Zu Max und diesem Mädchen. Wollte er sie vor Henry beschützen? Vor diesem Mann auf dem Gemälde?«

Lucy nickt und nimmt seine Finger der einen Hand in beide Hände. Langsam streicht sie jeden einzelnen nach und versucht sich an irgendetwas Hilfreiches zu erinnern. »Henry ist der Onkel von Max und ihr«, meint sie plötzlich. »Vincent!« Sie sieht ihn panisch an. »Was ist los?«

Er stemmt die Hände in den Bauch und kneift die Augen mit gequältem Gesicht zu. »Mir ist nur schlecht. Ist gleich weg. Rede mit mir, Lucy. Erzähl mir irgendwas.«

Sie kniet sich direkt neben ihn und schlingt die Arme um Vincent. »Wir müssen hier raus.

Ganz schnell, damit wir Archivakten nach Lord Henson und seinen Enkeln durchwühlen können. Es muss etwas geben und das finden wir und den Rest von alldem finden wir auch heraus. Das verspreche ich dir, Vincent.« Sie schmiegt ihre Wange an seine Schulter und streichelt sanft mit ihren Fingern über seinen Hals. »Wir holen alle dunklen Geheimnisse von Lord Henson und meiner Familie ans Licht. Und so etwas wie jetzt wird nie wieder passieren. Wir werden vorsichtiger sein. Wir suchen nicht mehr im Internet, nur noch in Büchern und fragen nur noch vertrauenswürdige Personen. Wie unsere Eltern. Die werden uns ja wohl kaum verraten und ausliefern an diese Männer.«

Vincent schüttelt den Kopf. Eine Locke fällt ihm in die Stirn. Er streicht sie mit zittrigen Fingern zurück. »Ja«, murmelt er und sieht Lucy an. »Kann ich … dich küssen? Es beruhigt mich wenigstens zu wissen, dass du da bist.«

»Es beruhigt mich auch. Aber« Sie dreht sanft sein Gesicht zu sich, damit er sie ganz ansehen kann. Für einen Moment erkennt sie die Befürchtung, dass sie ablehnen würde in seinen Augen. Aber sie hat nicht vor so etwas zu sagen. Nicht einmal annähernd. »Es ist mehr als nur das. Du heilst mich.« Sie streckt den Rücken, damit sie ein Wenig größer ist.

Er lächelt. Dass dieser letzte Satz in ihm etwas ausgelöst hat, das alles ein bisschen mehr zerstört, sagt er nicht. Er legt sanft eine Hand in ihren Nacken und zieht sie näher zu sich heran, damit er sie küssen kann.

Seine Lippen schmecken bitter. Nach Blut. Nach Trauer. Nach Wut. Aber sie muss ihn küssen. Sie kann nicht anders. Sie muss dieses überkommende Kribbeln und Rauschen in ihrem Körper fühlen. Das heftige, vor Glück schlagende Klopfen ihres Herzens gegen ihre Brust. Ein Lächeln in ihrem Gesicht, das von einem Ohr zum anderen reicht, auch wenn es eigentlich nichts zu lachen gibt.

*Doch es gibt etwas. Tristan lebt noch. Ich lebe noch. Vincent lebt noch.*

Sie greift fest seinen Nacken und drückt ihn enger an sich. Seine Haare kitzeln ihre Handrücken. Sie schließt die Augen und versinkt tiefer im Kuss. Sie spürt seine Hände

um ihre Taille, die sie begierig festhalten.
Seinen Körper an ihrem. Warm und pulsierend.

# Kapitel XIX

## *Lucy*

Vincent steht mit noch immer wackeligen Beinen an der Wand, die gegenüber den Computern ist, und starrt das zierliche goldene Muster auf der Tapete an. In dem Licht der schwachen Glühbirne über ihnen an der Decke. Er lehnt sich gegen die Wand mit einer Hand, während er weitersucht. Nach irgendetwas. Er denkt nach. Seine Augen sind leicht zusammen gekniffen.

Lucy sitzt auf dem Boden an der Wand gegenüber der Tür, hat die Beine angezogen und das Kinn auf die Knie gelegt. Die Arme hat sie um die Beine geschlungen. Sie beobachtet Vincent. Seine Haare sind durcheinander. Sein Pullover steckt halb in seiner Hose, halb hängt er draußen. Seine Lippen sind gerötet. Seine Augen schimmern grünlich wie Moos.

Es müssen Stunden schon vergangen sein. Vielleicht auch erst eine. Sie hat völlig das Zeitgefühl verloren. Aber es ist Zeit hier rauszukommen.

»Madelaine!«, ruft eine Stimme plötzlich. Dunkel und männlich. Befehlend. Sie kennt sie, aber sie weiß nicht woher.

»Was?« Erschrocken reißt sie den Kopf zurück und knallt gegen die Wand. »Au!«

»Mhm?« Vincent sieht sie an. Noch immer verwirrt. Als wäre er gerade erst aufgewacht. Aufgetaucht aus einer Welt der Gedanken. Er kniet sich sofort zu ihr, als er ihr schmerzverzerrtes Gesicht sieht. »Hast du das gehört?« Er greift ihre Hand und drückt sie sanft. »Alles gut?«

»Was gehört?«, fragt sie und runzelt die Stirn, während sie sich den Kopf hält. Diese Stimme ist verschwunden. Aber es war ihr Name. Eindeutig. Wenn auch nur ihr Zweitname.

»Das hohle Geräusch, als du gegen die Wand gehauen bist.« Er lächelt sie schief an. Er betrachtet ihren wütend, überraschten

Ausdruck im Gesicht. Sein Lächeln wird breiter. Als das Pochen in seinem Kopf stärker wird, presst er nur schwach die Lippen zusammen. »Ich meine nicht deinen Kopf. Ich meine die Wand. Sie ist hohl.« Er schlägt mit der Faust gegen das Holz und nickt zustimmend. »Hörst du? Hohl. Etwas muss hier hinter sein.« Das Glänzen in seinen Augen ist wieder da. »Geh lieber zur Seite.« Er streckt ihr die Hand entgegen.

Langsam rappelt sie sich auf, während sie an seiner Hand zieht, und lehnt sich gegen den Tisch mit den Computern. Sie weiß nicht, was das soll. Aber Vincent sieht so krank aus, dass es bis in ihre Handflächen wehtut.

Er hat sich noch nicht erholt von dem Schlag. Er verdrängt es. Er will stark sein. Für Lucy. Für sie. Aber es fällt ihm immer schwerer.

Mit einem kräftigen Tritt zerstört er das Holz. Ihm wird schwindelig. »Ich glaube«, murmelt er und stützt sich an der Wand ab. »Ich glaube, ich hatte Recht.«

Sie starrt auf das schwarze Loch in der Wand, kniet sich hin und fasst hinein. Luft.

Leere. Aber garantiert keine Wand. Da ist ein Raum. Ein kleiner Raum. »Ja, hattest du.« Sie dreht kurz ihren Kopf zu ihm und versucht ein Lächeln. Es gelingt ihr nicht. »Setzt dich, Vincent.« Sie springt wieder auf und hilft ihm sich auf einem der Stühle vor den Computern zu setzen. Sie legt ihm vorsichtig von hinten einen Arm um den Hals und streicht mit der anderen Hand durch sein weiches, blondes Haar. Seine Stirn ist heiß. »Du bist ganz warm, Vincent«, haucht sie erschrocken und lässt die Hand auf seiner Stirn liegen. »Wir müssen hier sofort raus. Du musst dich ausruhen. Du musst zum Arzt.«

»Ja.« Er schließt die Augen. »Wir müssen hier raus. Aber ich werde nicht zum Arzt gehen. Ich werde mich nur kurz hinlegen.« Sein Kopf fällt nach vorne. Auf seine Brust. Er atmet langsam. Flach.

Lucy kniet sich vor das Loch.

*Es ist keine Zeit zum Weinen. Ich muss ihm helfen.*

Das Holz ist so leicht, dass sie es mit beiden Händen und ein wenig Anstrengung rausbrechen kann. Gerade so viel, dass sie hindurch krabbeln kann. Auf der anderen Seite fällt ihr sofort das Fenster auf. Das große Fenster, vor dem ein roter Samtvorhang hängt und neunzig Prozent des Lichts verschluckt. Sie reißt ihn zur Seite. Gleißende, abendliche Sonnenstrahlen strömen herein. Sie muss die Augen zusammenkneifen um etwas zu sehen. Es ist so weiß und hell. Es blendet. Es tut sogar weh in den Augen.

»Unglaublich«, murmelt sie, als sie sich endlich an das Licht gewöhnt hat. Sie sieht sich langsam um. Es ist ein langer Gang. So lang wie fast die gesamte Etage. An den Wänden zwischen den Fenstern stehen einfach Holzregale, in denen Haufenweise Bücher aufeinandergestapelt daliegen. Auf dem Boden liegen Akten. Alles durcheinander. Am Ende des Ganges erkennt sie eine Tür. Alle Fenster sind zugezogen. Nur das eine nicht mehr.

*Es wird auffallen!*

Sie sieht sich um und entdeckt schließlich einen Karton mit haufenweise Kerzen und Zündhölzern. Die meisten Kerzen sind nur noch weiße oder cremefarbene Stummel, dessen schwarze Dochte wie verbranntes Leben wirken. Sie greift zwei Packungen Streichhölzer, steckt eine in die Hosentasche, nimmt eine Kerze und entzündet sie. Dann schließt sie den einzig offenen Vorhang wieder.

»Vincent!«, ruft sie, stellt die Kerze auf den Boden und krabbelt durch das Loch zurück in den Computerraum. Er liegt mit dem Kopf auf den Armen auf der Tischplatte, auf der Tastatur. Er hat die Augen noch immer geschlossen. Seine Schultern sind entspannt und vollkommen ruhig. Würde sie nicht sehen, wie eine Locke in seinem Gesicht sich im schwachen Atemzug auf und ab bewegt, würde sie ihn für tot halten. Sie legt ihm eine Hand auf die Schulter, beugt sich vor und küsst vorsichtig seine Wange. »Vincent, hörst du mich?«

Er blinzelt sie an. Schwach und fertig. Er will etwas sagen, aber es geht nicht. Er kann nicht. Er ist zu müde.

»Ich komme gleich wieder. Ich hole Hilfe!«, flüstert sie, streicht ihm die Locke zurück und sieht ihn noch für einen Moment an.

*Armer Vincent. Es ist meine Schuld. Ich muss es wieder gut machen. Wäre ich nicht, würde er nicht so leiden. Dann würde er bei seiner Schwester sein und sie heilen.*

Dann krabbelt sie fluchtartig zurück zu dem Gang, nimmt die schwachleuchtende Kerze und stürzt den Gang entlang.

# Kapitel XX

## *George*

»George! George! Aufwachen!«

Die Stimme ist so laut, dass er unvermittelt die Augen aufschlägt. Er will den Kopf heben, aber es schmerzt zu sehr. Irgendjemand kniet vor ihm. Ein Kind? Ein kleines Kind? Er blinzelt. Ja. Es ist ein Kind. Ein Kind in einer kurzen Hose und einem dicken Wollpullover. Braune Haare. Strubbelig. Blaue leuchtende Augen. Es hat die Hand nach ihm ausgestreckt und piekst in seine Wange.

»Nicht schlafen! Du sollst aufstehen!« Es ist eine Jungenstimme. Und der dazugehörige Junge hockt da und starrt ihn an und bohrt den Finger in seine Wange. Sechs. Vielleicht sieben.

»Lass das, Sid.« Eine Frau packt den Jungen am Arm und zerrt ihn sanft zurück.

*Susan?*

George stöhnt auf, als er letztlich doch den Kopf hebt. Als hätte ihn jemand so fest auf den Kopf gehauen, dass alles wehtut.

Susan steht gebeugt über ihren Sohn - es kann nur ihr Sohn sein - und redet fluchend auf ihn ein.

George hört nur ein Rauschen, als er versucht dem Gespräch zu lauschen. Dann erst merkt er, dass er nicht in seiner Wohnung ist. Er stützt sich keuchend auf seinen Arm und sieht sich um. Überall liegen Bauklötze, Autos und Puppen herum. Es ist Susans Wohnung. Sie ist genauso aufgeteilt wie seine. Aber hier im Wohnzimmer, wo er auf dem harten Sofa liegt, liegen vier Matratzen auf dem Boden mit Decken und Kissen drauf. Das Kinderschlafzimmer. Auf einer der Matratzen liegt schlafend ein Kind.

»Er ist wach! Er ist wach!« Zwei weitere Kinder krabbeln über den Boden auf ihn zu, hängen sich halb auf das Sofa und zerren an seinen Haaren. »Spiel mit uns! Los! Spiel mit uns!« Ein Junge und ein Mädchen. Vier und fünf. Nur kurze Hosen. Keine Pullover. Gleiche

Haare. Gleiche Augen. Braun. Blau. Sie sehen ihn erwartungsvoll an.

Susan wirbelt herum. »Sadie! Stevie!« Sie schlingt die Arme um die Bäuche der beiden Kinder und setzt sie im Flur auf den Boden. Sie hält sie an den Händen fest und zerrt ihnen die dicken Pullover über die Köpfe, während sie wütend auf den Boden hauen und schimpfen.

»Der ist viel zu warm!«

»Doofes Ding. Ich will das nicht anziehen.«

Sid mustert George mit zusammengekniffenen Augen. »Du bist derjenige, der uns Mama wegnimmt?«, fragt er spitz.

»Du Mama-Dieb!«, ruft Sadie aus dem Wohnzimmer.

»Sadie! Sid!« Susan kneift dem Mädchen in die Wange. »Hört auf damit. Sonst sperre ich euch in die Besenkammer.«

Sid tritt nach George und flüchtet dann ins Badezimmer, bevor seine Mutter ihn am Arm erwischen kann.

Susan zuckt entschuldigend mit den Schultern und kniet sich zu ihm. »Wie geht's dir, George?« Sie legt ihm eine Hand an die Wange. »Jetzt hast du jedenfalls wieder eine normale Temperatur. Du warst komplett kalt. Eiskalt.«

Er legt den Kopf schief und sieht sie an. »Wo ist dein Mann, Susan?«, fragt er dann, ohne auf ihre Frage einzugehen. Die Schreie scheinen in der Luft zu stehen und nur darauf zu warten wieder aufzutauen. Aber das will er nicht. Diese Schreie haben ihn zerstört. Für einige Stunden. Sie haben ihn gelähmt, gefoltert. Aber das Schlimmste ist, dass er sie nicht zuordnen kann. Er weiß, dass er sie kennt. Er muss in seinen Schubladen wühlen, aber noch hat er keine Zeit dazu. Und keine Kraft.

Susan strafft die Schultern, greift abrupt Georges Handgelenk und dreht es herum. »Mein Mann, George, wird nie wiederkommen. Es ist besser so. Jetzt ist es besser.«

»Er ist tot.« Seine Stimme klingt kalt und einsam. Als hätte er Wochen in der Wildnis verbracht, gelernt wie wenig die Menschen ihm bedeuten und ist jetzt wiedergekehrt.

Susan sieht ihn ernst an. »Ja, das ist er.« Dann lässt sie seine Hand los und steht auf. »Mehr sage ich dazu nicht.« Mit einigen Schritten ist sie in der Tür zum Flur. »Ich hole dir was zu essen und eine Salbe und Verband für deine Hand.« Sie lässt ihn zurück.

*Sie ist anders. Sie hat sich verändert. Sie muss seinen Tod noch ein Wenig länger verkraften, aber in einigen Tagen wird er ihr egal sein. Sie wird ihn vergessen haben, weil er so ein schlechter Mensch war. Sie wird sich nie wieder an ihn erinnern. Keiner wird das je wieder tun,* denkt er und steht auf. Seine Beine fühlen sich noch taub an, aber sie gehorchen ihm wieder. Sie gehören ihm wieder. Er sieht aus dem Fenster. Es ist dunkel draußen. Es schneit heftig. Der Wind rüttelt an alldem, was sich bewegen lässt. Dann sieht er sie. Die Gestalt, die sich über den Gehweg voran kämpft. Die einen schwarzen Mantel trägt. Deren Schultern nach vorne gebeugt sind. Deren Kopf nach unten hängt. Die unterwürfig und dennoch sein Bruder ist.

*Zach!*

Er weicht einen Schritt zurück.

*Das kann nichts Gutes bedeuten. Zach bedeutet schon seit Jahren nichts Gutes mehr.*

»Äh … Susan.« Er geht zu ihr in die Küche. Sie wärmt gerade einen Teller in der Mikrowelle auf und steht mit verschränkten Armen da. Als er kommt, wendet sie den Kopf, kramt eine Tube Schmerzsalbe aus einer Schublade und eine Rolle Verband und deutet neben sich.

»Komm. Ich mach dir das.« Sie nimmt sanft seine Hand in ihre, spritzt einen Klecks Salbe auf die Handfläche und verteilt ihn vorsichtig.

Die Blasen müssten brennen, aber er spürt es nicht. Er spürt nur, dass dumpfe Gefühl der Wut und der Trauer in sich drinnen. Eng miteinander verschlungen sind die beiden. Als wären sie Freunde, die nicht ohne einander können.

»Susan, ich gehe schnell rüber und hol mir was zum Anziehen«, meint er, als sie fertig ist. Er muss raus, bevor Zach hier klingelt, wenn keiner bei George öffnet. Er streicht kurz über den Verband, küsst Susan flüchtig auf die Wange und geht dann.

Zach steht ihm Hausflur. Schnee klebt in seinen Haaren und auf seinen Kleidern. Er scheint nicht gerade fröhlich über Georges Erscheinen zu sein.

»Wie kannst du nur?!«, schreit er wütend. »Ich will das nicht, George! Ich will nicht, dass er dich umbringt!« Er schlägt ihm wütend vor die nackte Brust. »Du bist so was von dumm! So dumm, George!«

»Sei leise, Zach.« Er greift Zachs Hand und zerrt ihn in seine Wohnung. Es ist eiskalt hier drinnen. Überall kleben noch Ruß- und Rauchfetzen. Mit schnellen Schritten durchquert er die Wohnung und öffnet die Tür zu seinem Zimmer. »Was ist?«, fragt er dann und nimmt sich das nächstbeste T-Shirt vom Kleiderstapel. Es ist das leuchtendblaue.

»Ich habe eine Botschaft für dich, George. Von Isaac. Ich soll sie dir persönlich bringen.« Der Ausdruck in seinem Gesicht verändert sich. Es ist nur noch pure Traurigkeit. Dann wird er zornig. Unglaublich, unheimlich zornig. So zornig wie George am Abend zuvor geworden ist. »Du weißt ja gar nicht, was du angerichtet hast mit deiner Aktion«, faucht er. Er versucht es zu unterdrücken, aber es fällt ihm schwer. Und nach den nächsten Sätzen versucht er es gar nicht mehr. Es hat keinen Sinn. Soll George seine Wut zu spüren bekommen. Er hat sie solange geheim gehalten. Deshalb poltert er einfach drauf los. »Edmund ist … er ist in seinem Zimmer und traut sich nicht hervor. Isaac rastet bei jeder Kleinigkeit aus. Er ist nicht mehr zu bändigen. Er hat seinen eigenen Vater geschlagen. Er hat August Henson geschlagen, verstehst du?« Er sieht für einen Moment seinen Bruder nachdenklich an, öffnet ein Wenig seinen Mantel und deutet auf seinen Hals. Violett. Blau. Grün. Gelb. Fingerabdrücke im Fleisch. »Er schlägt mich. Er schlägt jeden, wenn er einen Anfall bekommt. Es ist deine Schuld. Du hast alles kaputt gemacht.« Er zieht die Schultern noch weiter ein. Jetzt ist es wieder Trauer. Tiefe Trauer. »Alles. So wie mit Adam.«

Die Wut sprudelt hervor. Sie hat an der Oberfläche gelauert. Nur gewartet auf

Brennstoff. Jetzt legt sie los. Sie überkommt George wieder. Aber er lässt einfach das T-Shirt auf den Boden fallen, packt Zach nur hart an den Schultern und hält ihn fest. »Ich habe Adam nichts getan. Er ist nicht meinetwegen gestorben. Das weißt du auch. Isaac hat dir irgendetwas erzählt und du glaubst ihm einfach – so wie immer. Merkst du nicht, wie dumm du bist?« Er kann es ihm nicht erzählen. Das, was Isaac ihn vor einigen Monaten erzählt hat. Über Adam. Über Madam Roux. Über Monsieur Roux. Zach soll es nicht erfahren – nicht so. Nicht heute. Und nicht, wenn er zwischen Trauer und Wut lebt. George stößt ihn von sich, dreht sich weg und zieht das T-Shirt über. Er kann nicht darüber reden. Er will Zach nicht verletzten. Er ist sein Bruder. Seine einzige Familie – jetzt im Moment.

Aber Zach will nicht nachgeben. Er hat immer nachgeben. Jetzt will er seine Meinung sagen. Jetzt will *er* Recht haben. »Du bist dumm, George. Isaac ist auf den Weg hierher. Er weiß nicht, dass ich ihm voraus bin. Das mit der Nachricht war eine Lüge. Ich wollte dich eigentlich warnen, dass er kommt. Ich wollte dir sagen, dass er gekommen ist, um dich zu töten, aber es ist zu spät. Du kommst hier nicht mehr raus.« Er stemmt die Arme in den Türrahmen um seinen Bruder den Weg zu versperren. Um seine Macht zu dominieren. »Jetzt habe ich gewonnen. Isaac hat immer gesagt, was für ein gefühlsloser Mensch du bist. Dass du immer nur an dich denkst. Jetzt denke ich aber mal an mich – du tust es ja nie. Obwohl du mein Bruder bist. Obwohl wir zusammen aufgewachsen sind. Obwohl du niemanden außer mich hast. Ich werde sterben, wenn du jetzt weg bist. Wenn Isaac mich hier findet und dich nicht. Er wird Bescheid wissen. Er weiß immer Bescheid. Über alles. Du bist ihm egal. Er will nur deinen Tod. Ich will deinen Tod. Ich will mich beschützen. Aber du … DU. BIST MIR EGAL!«

Seine Stimme ist so laut, dass George befürchtet, Susan kommt jeden Moment herein und sieht nach dem Rechten und dann – dann wird sie verletzt und ihre Kinder wären alleine. Für immer. Ihr Vater ist schon tot. Ihre Mutter muss nicht sterben. Außerdem mag er Susan. Sie ist … eine gute Freundin.

Er muss Zach bremsen. Seinen Bruder. »Bitte, sei leise, Zach. Drüben schlafen Kinder. Du sollst sie nicht wecken.«

»ES IST MIR EGAL, WEN ICH WECKE. ALLE SIND MIR EGAL. ICH WOLLTE DIR NUR SAGEN, DASS ISAAC DA IST UND DICH UMBRINGEN WIRD.« Er dreht sich ruckartig um, wirbelt aber sofort zurück und fährt fort: »George, unsere Mutter … – Isaac sagt, er hat sie gefunden. Sie lebt in New York. Sie lebt, George! Unsere Mutter lebt!«

»Quatsch!« George setzt sich kopfschüttelnd auf sein Bett und betrachtet seinen Bruder. »Wie will Isaac sie denn finden? Er lügt, Zach. Damit du mich auslieferst. Damit er dich im Griff hat. Du bist sechszehn. Du brauchst ihn nicht. Du kannst dein eigenes Geld verdienen. Du hast doch einen Schulabschluss, nicht wahr?«

Zach zuckt zusammen. »Nein. Habe ich nicht. Isaac hat mich nicht gehen lassen. Nie. Ich habe keinen Abschluss. Ich werde nie einen haben. Deshalb brauche ich Isaac. Er hat gesagt, ich kann bei ihm bleiben. Für immer. Er wird mit mir nach New York fliegen. Wir werden meine Mutter suchen. Dir ist sie ja egal.«

Georges Herz krampft sich zusammen. »Sie ist mir nicht egal. Ich habe mich immer gefragt, wer sie ist. Wo sie ist. Was sie macht. Warum sie uns wegegeben hat. Aber mir ist klargeworden, dass es sinnlos ist. Sie ist weg. Sie wollte uns nicht. Sie hat uns weggeben. Also will ich sie auch nicht mehr.«

»Nein! Falsch!« Zach lässt die Arme sinken und verschränkt sie dann wütend vor der Brust, damit er nicht auf ihn losgeht und ihm die Augen aussticht. »Du kannst es einfach nicht ertragen, etwas nicht zu wissen. Du willst immer über alles und jeden alles wissen. Dir ist sie nur egal, weil du nichts weißt. Deshalb. Aber sie ist unsere Mutter. Hast du keine Gefühle, George? Nicht einmal für deine eigene Mutter? Sind dir deine Erinnerungen und dein Wissen so viel wichtiger?«

Er schweigt. Er muss an die Schreie denken. An die seiner Mutter. Seiner richtigen Mutter. Die, die ihn zur Welt gebracht hat. An seine Schreie. Sein Wimmern. Er muss sie geliebt haben, wenn er so um sie weint. Wenn seine kindliche Stimme so nach ihr schreit. Und sie muss ihn geliebt haben.

*Aber warum – verdammt noch mal – hat sie uns weggeben, wenn sie uns doch geliebt hat?*

»Sag es!«, schreit Zach. Tränen glänzen in seinen Augen. Sein Gesicht ist rotgefleckt. »Du erinnerst dich an etwas von ihr! Sag es mir! Ich bin dein Bruder! Ich will es wissen! Sofort!«

George senkt den Kopf. »Ich hab sie schreien gehört. Sie hat meinen Namen geschrien. Und ich ihren.« Es fühlt sich merkwürdig an, ihm das zu erzählen. Als wäre es nicht real. Als wäre es nur ein Film und er beobachtet ihn. Seine Worte. Seine Handlungen.

»Du liebst sie, George. Du hast sie immer geliebt. Irgendwo in dir gibt es Gefühle für sie – auch wenn du es dir nicht eingestehen willst.« Er lächelt kurz. Knapp. Dann ist es weg. »Falls du hier lebend rauskommen solltest. Dann besuche sie doch in New York. Ich weiß, du willst sie treffen. Gestehe es dir endlich ein. Übrigens: sie heißt Liv Morrissey. Wir haben ihren Nachnamen.«

»Nein.« Stur schüttelt George den Kopf. »Ich heiße Campbell. Sie haben mich adoptiert. Ich bin George Campbell.« Er will nichts von einer Liv Morrissey hören, die in New York lebt. Wahrscheinlich hat sie jetzt wieder Kinder. Das will er nicht hören. Er will nie wieder etwas über sie hören. Nie wieder!

»Nein!«, faucht eine Stimme durch den Flur. Kalt wie Eis. Scharf wie Splitter. »Du bist ein kein Campbell. Du bist auch kein Morrissey. Du bist ein Niemand. Ein Genie. Ein außergewöhnlicher Mensch. Aber ein Niemand!«

Zach wirbelt herum und bleibt wie angewurzelt mitten in der Bewegung stehen. »Isaac«, haucht er erschrocken.

George sieht an seinen Bruder vorbei. »Isaac!«, flüstert auch er und springt auf von seinem Bett.

Und da steht er. In einem seidenen Mantel. Mit einer Waffe in den Händen. Groß und schlank. Und das Gesicht vor Wut verzerrt. Er ist bereit zu töten. Er würde nicht „ja" sagen, wenn es auch einen anderen Weg gibt. Er macht einen Schritt auf die Brüder zu und lächelt eisig. Kalt. Genau wie jeder Henson hat er dieses Lächeln. Ein Lächeln voller Gewalt, ohne Gefühle, ohne Verständnis, ohne Mitgefühl. Einfach nur kalt und herzlos. »George«, meint er in einem abfälligen Ton. »Ich dachte ehrlich, dass du schlauer wärst. Dass du abhaust und dich nie wieder blicken lässt. Aber es trifft sich gut.« Er nickt Zach kurz zu. Nur eine winzige Sekunde, aber alle sehen es. Isaac. Zach. George.

Zach packt seinen Bruder am Arm und stößt ihn weiter in die Besenkammer hinein. In sein Zimmer.

»Was willst du, Isaac?«, fragt er mit vor Wut zitternder Stimme. Er weiß, er ist gefangen. Er muss aus seinem Zimmer raus. Bis in den Flur. Er wartet einige Sekunden bis Isaac näher gekommen ist, dann umschließt seine Hand langsam und unauffällig seine Nachtischlampe, greift sie fester und schleudert sie Zach gegen den Kopf.

Erschrocken stöhnt sein Bruder auf und stürzt zu Boden.

George rennt los. Aus seinem Zimmer. Gegen Isaac, der gegen die Wand knallt. In den Flur. Ins Wohnzimmer. Und dann …

Schwärze.

Eine Sekunde.

Zwei Sekunden.

Drei, vier Sekunden.

Er spürt den Boden unter sich. Er öffnet langsam die Augen. Er sieht Füße. Zwei Paar Füße, die weder Isaac noch seinem Bruder gehören. Er blickt auf. Sein Schädel brummt. Helle und dunkle Lichtflecken hüpfen vor seinen Augen.

»Liegen bleiben!«, befiehlt der Linke und stellt einen Fuß auf seine Hand.

Er nickt nur. Jetzt hat er verloren. Das weiß er. Jeder in diesem Raum weiß das. Er – George – ist der Verlierer. Der Idiot. Der Arsch.

Isaac kommt. Sein Gesicht ist rot angelaufen. Seine Fäuste sind geballt. Seine Schritte sind stampfend und voller Wut. Als er George am Boden liegen sieht, tritt das Lächeln wieder auf sein Gesicht. Mit einem Schubs stößt er beide von ihm weg und tritt dann auf ihn ein.

George liegt da und beißt die Zähne zusammen. Er kann nichts tun. Niemand wird ihm helfen. Niemand wird sich trauen. Er kann nur eines denken: *Jetzt sterbe ich.*

Und er weiß, dass es wehtut. Dass sein Körper vor Schmerz schreien und sich totkrümmen müsste. Aber da ist nichts. Nur ein schwaches, dumpfes Pochen. Kein Schmerz. Der Trauer-Wut-Mantel schützt ihn. Er ist sein Freund. Ein unverhoffter Freund, mit dem er nie gerechnet hätte.

Dann spürt er diesen einen Tritt. Den einen Tritt gegen seine Schulter. Er zuckt zusammen und wacht auf aus seinem hypnotischen Zustand, der für alle anderen unsichtbar ist. Sie sehen ihn nur da liegen, vor Schmerzen gekrümmt, atemlos.

»Es reicht, Isaac!«, meint Zach plötzlich und zerrt ihn einen Schritt zurück.

Seine Stimme ist so kraftvoll, dass George den Kopf hebt und ihn verwundert ansieht. So kennt er ihn nicht. Er klang für einen Moment wie Isaac selbst.

Isaac nickt. »Klar. Es reicht, weil du es sagst. Du, Zach Morrissey. Ein Waisenkind ohne Familie. Ich würde dir raten, dass du für immer verschwindest, wenn du weiter leben willst. Wenn dein Bruder leben soll.« Isaac zielt mit der Pistole erst auf ihn und dann auf seinen Bruder.

Zach wirft George einen Blick zu, der alles hätte heißen können. »Du schaffst das«, formt er mit den Lippen. Dann wendet er sich ab und stürmt davon. Die Tür fliegt gegen die Wand im Hausflur. Kalte Luft kommt herein.

George sieht ihm nach.

*Er will sich retten. Vor Isaac. Und ich kann nicht. Ich bin ein Opfer meines Körpers.*

»So, George.« Isaac streift den Mantel von den Schultern und lässt ihn achtlos auf den Boden liegen. Seine Augen blitzen verschwörerisch auf. »Jetzt kommen wir zu dir.« Er gibt seinen zwei Gehilfen ein Zeichen.

George schweigt, während sie ihn an den Armen packen und ins Badezimmer schleifen. Seine Armen müssten bersten vor Schmerz, aber es ist noch immer alles weg. Nur die Schreie stehen noch in der Luft, als wären sie aus Eis – und sie warten weiterhin.

Isaac nimmt einige Handtücher und wirft sie in die Toilette. »Es wird dein Untergang, George. Dann triffst du endlich deinen geliebten Bruder wieder. Adam. Du erinnerst dich an ihn?« Er drückt die Spüle. Einmal. Zweimal. Es verstopft. Wasser quillt über den Rand. »Natürlich erinnerst du dich«, antwortet er sich selbst. »Ich wette« Er drückt George den Zeigefinger in die Brust. »Ich wette um alles, was du besitzt, dass du in letzter Zeit alles durchgegangen bist. Auch unser Gespräch über Adams Tod.«

Der Ausdruck in Georges Augen wird wilder. Er weiß, er spürt keinen Schmerz mehr. Er weiß, es ist alles vorbei. Er hat nichts mehr zu verlieren. Es ist alles egal. Es ist nur noch eine Frage der Zeit bis Isaac ihn töten wird. Es ist alles egal, was er nun tut.

*Ich kann mich wehren. Er tötet mich. Aber ich sterbe nicht ohne mich zu wehren. Auch wenn das der größte Fehler ist, den ich machen kann. Dann bin ich eben dumm – Zach hat Recht. Dieses Mal.*

Er zwingt seine Beine dazu, nach Isaac zu treten. Nach den beiden Gehilfen. Die beiden erwischt er im Bauch. Isaac ist zu weit weg. Sie stöhnen auf. Er knallt zu Boden und hält sich seine dumpf schmerzenden Arme. Mehr als ein Pochen fühlt er nicht mehr. Er ist tot. Innerlich. Äußerlich. Bereits jetzt. Und Isaac hat nicht einmal angefangen.

Isaac stürzt hervor, stützt sich auf seine Schultern, die an der Wand im Bad lehnen, und beugt sich vor. Sein Atem riecht nach Tod. In seinen Augen blitzt der Teufel. »Weißt du was, George. Ich habe dich immer für deinen Mut bewundert. Deinen Mut zu rebellieren. Dich aufzulehnen. Dich gegen die Ungerechtigkeiten zu wehren. Aber … aber du weißt nicht, wann du aufhören musst. Wann du verloren hast.«

George hebt den Kopf und sieht ihn an. Mit schwacher Stimme sagt er bestimmt: »Ich weiß, dass ich verloren habe.«

Isaac lacht auf. Hohl und scharf wie Eissplitter. Er stößt George gegen die Stirn, sodass sein Kopf zurück fliegt und gegen die Wand knallt. »Und warum? Warum wehrst du dich weiter? Das so unglaublich dämlich von dir. Merkst du das nicht? Es wird dir nur weiter wehtun. Dich noch mehr verletzten. Willst du als Krüppel sterben?«

George schweigt. Es ist egal. Sterben. So oder so. Egal. Was macht das für einen Unterschied? Gebrochene Arme oder nicht. Misshandelter Körper oder nicht. Seine Leiche wird verschwinden, so wie die von allen, die Isaac zum Opfer gefallen sind. Sie sind einfach ausradiert. Leute wie er ohne Hoffnung. Ganz normale Leute mit Kindern. Mit Familien. Leute, die Schreckliches getan und noch tun wollten. Aber einige davon waren unschuldig. Sie waren nur Köder. Nur Fallen. Leute, die nichts wussten, die einfach nur großes Pech gehabt haben. Und diese Leute taten ihm immer am meisten Leid. Er konnte sie nicht wieder ins Leben holen. Die Seelen waren offen. Sie lassen sich nicht wieder schließen. Es ist vorbei für sie gewesen.

*Ich habe das alles verdient. Ich habe so viele Menschen getötet. Es war nur eine Frage der Zeit, wann ich vor Sünde auch sterben würde.*

Die Gehilfen zerren ihn auf die Knie und drücken seinen Kopf ins Wasser. Die Arme über den Rand nach unten gebogen.

Er sieht die Handtücher, wie sie den Abfluss verstopfen. Er sieht die Luftblasen aus seinem Mund und aus seiner Nase, wie sie an seinem Gesicht, an seiner Haut, vorbeistreichen und nach oben an die Oberfläche treiben. Er sieht weiß. Dann schwarz. Dann Lichtflecke. Weiße Lichtflecke. Schwarze Lichtflecke. Dann wieder weiße. Schwarze. Immer abwechselnd.

Er weiß nicht, ob er tot ist. Ob er noch lebt. Ob das er ist, dessen Lungen sich mit Wasser füllen. Die ertrinken. Aber er hört diese Schreie.

*George! Mein Sohn! George! Mein Sohn! George! … Mein Sohn … George.*

Sie sind wieder da. Es tut so weh in seinen Ohren. Er wünschte, er könnte irgendwas gegen diese Schreie tun. Sie gehen durch seinen ganzen, zerschundenen Körper.

*George! Mein Sohn! George! Ich wollte das nicht! Ich war das nicht! Es war er! Nicht ich! Erzähl ihnen nichts. Sag kein Wort, hörst du? George, hörst du? Sie werden dich mir nicht wegnehmen können. Ich bin deine Mutter. Ich liebe dich. Das musst du mir glauben. Glaub es mir! Ich kann nichts dafür. Für nichts. Sag es allen. Auch deinen Brüdern. Sag es ihnen. Sag es deinen Schwestern. Sag es den Erwachsenen. Sag ihnen, ich war es nicht. Sag ihnen, ich liebe dich. Ich liebe dich und deine Geschwister. Ich liebe euch alle. Daran wird niemand etwas ändern können. Ich werde euch immer lieben. Und irgendwann werde ich kommen und dich holen. Dich und Zach und Matt und Scott und Brad und Tommy und Andy und Sarah. Und dann sind wir wieder eine große Familie und dein Vater wird da sein und wir werden glücklich und dann sind wir für immer zusammen. Niemand wird uns dann noch trennen können. Niemand wird mich dann noch von euch fernhalten können. Dann bleibt ihr für immer bei mir. Bei mir und deinem Vater, George. Bei mir und deinem Vater.*

Plötzlich wird er zurückgerissen und landet hart mit dem Rücken auf den Boden. Er keucht auf. Wasser ist in seinen Lungen. Er hustet. Er keucht. Er atmet schwer. Wasser läuft aus seinem Mund. Tropft auf den Boden. Auf die Schuhe der Gehilfen.

»Du lebst?!« Isaacs Stimme klingt überrascht und seltsam verschwommen in Georges Ohren.

George liegt einfach nur da. Er hustet bis alles Wasser raus ist. Dann lässt er den Kopf zurück auf den Boden fallen und rührt sich nicht mehr.

*Einatmen.*

Seine Mutter klang so weinerlich. Aber es ist nicht das, was ihn erschlagen hat. Es sind ihre Worte. All ihre Worte. Alles. Er hat Geschwister.

*Ausatmen.*

Was ist mit ihnen passiert? Zach und er waren alleine in dem Waisenhaus. Niemand hat was von Geschwistern erzählt. Sie dachten immer, sie wären alleine. Ihre Mutter hätte nur sie.

*Einatmen.*

Und jetzt so viele Kinder? Wieso musste sie sie alle weggeben? Warum hat sie ihn nie zurückholt? Warum Zach nie?

*Ausatmen.*

Er hätte es verdient. Er hat sich früher immer eine Familie gewünscht. Eine Familie mit Geschwistern und liebevollen Eltern.

*Einatmen.*

»Du lebst«, haucht Isaac. Er ist noch immer vollkommen verwirrt. Dann reißt er sich zusammen. »In Ordnung, George.« Er hockt sich vor ihn hin und betrachtet sein Gesicht.

George hat den Blick starr an die Decke gerichtet. Seine Brust hebt und senkt sich schmerzvoll. Das spürt er. Mehr nicht. Nur das Ziehen in der Brust beim Ein- und Ausatmen.

Isaacs Finger berühren seine kalte Schulter. Die nasse Haut. »Wie das möglich ist, weiß ich nicht. Du müsstest tot sein. Aber da du jetzt noch lebst, können wir reden. Ganz normal. Wie Geschäftsleute. Ich brauche dich noch einmal, George. Es gibt da zwei Personen, zwei

Teenager. Sie siebzehn. Er achtzehn. Beide aus reichem Haus. Sie wollen etwas über meine Familie herauszufinden. Nicht über die Fletschers, wie wir überall heißen. Nein, über die Hensons. Das musst du verhindern. Das Mädchen kennst du. Sie heißt Lucy Madelaine Tyler.«

Innerlich zuckt er zusammen, als er ihren Namen hört. Es ist seine Schwester. Tristans Schwester. Das geheimnisvolle Mädchen mit dem außergewöhnlichen Schloss. Das unlösbare Schloss.

Isaac lächelt zufrieden, als er Georges nicht vorhandene Reaktion sieht. Dieser Zustand gefällt ihm. Wie ein Zombie. Sein eigener, persönlicher Zombie. »Der Junge heißt Vincent Maximilian Adler. Du sollst sie trennen. Der Junge liegt bereits im Krankenhaus. Aber es ist nicht genug. Er wird mit hoher Sicherheit morgen entlassen. Sie werden nicht aufgeben. Deshalb musst du einen anderen Weg finden, um es zu verhindern. Um ihre Zusammenarbeit zu verhindern.«

George hört seine Worte. Er registriert sie. Er verarbeitet sie. Aber es geht nur langsam. Seine Augenlider zucken. Er ist noch immer benommen von der Botschaft seiner Mutter. Er versteht das alles nicht. Es ist verwirrend. Und obwohl er besser sich um Isaac Gedanken machen sollte, muss er an sie denken. An Liv Morrissey. An seine Mutter.

»George. Es wird eine Leichtigkeit. Du musst es nur richtig machen.« Isaac klopft ihm leicht auf die Brust, erhebt sich dann und lächelt ein kaltes Lächeln. »Ich lege dir einen Umschlag auf dein Bett. Du wirst es tun. Ich weiß es. Alles Weitere steht in dem Brief. Du bist besser für diesen Auftrag geeignet als Zach. Außerdem ist Zach weg. Für immer. Du wirst ihn nie wiedersehen.« Mit schnellen Schritten geht er davon. Seine Schuhe hallen im Flur wieder.

Seine Gehilfen folgen ihm.

George bleibt zurück. Er will nicht aufstehen. Er kann nicht aufstehen. Sein Körper pocht dumpf. Seine Schläfen am Schlimmsten.

*Sie werden dich mir nicht wegnehmen können. Ich bin deine Mutter. Ich liebe dich. Das musst du mir glauben. Glaub es mir!*

Er kann nicht aufhören daran zu denken. Sie liebt ihn. Sie hat es gesagt.

Dann plötzlich hört er Susans Schrei. Sie steht in der Tür zum Badezimmer. Sie sieht auf ihn herab. Sie hat Tränen in den Augen. Sie suchen seinen Körper ab. Nach Lebenszeichnen. »George!«, haucht sie und fällt neben ihm auf die Knie. Ihre Augen wandern auf seinem Körper hin und her. Hoch und runter. »George!« Ihre Stimme wird leiser.

Ein Stromschlag durchfährt ihn, als sie eine Hand auf seine Brust legt, sich vorbeugt und ihn küsst. Auf die Lippen. Auf den Mund. Er spürt es. Er spürt wieder etwas. Ein Gefühl. Ein dumpfes Aufatmen seines Herzens.

»George!«, haucht Susan atemlos.

Er zuckt zusammen und sieht sie einen Moment an. Einen Moment, in dem er nicht die Türen zu seinen Gefühlen verschlossen hat.

Sie erkennt, die Trauer. Die Wut. Den pochenden Schmerz. Die Angst. Die Sorge. Alles erkennt sie. Sie erkennt jedes ihr bekannte Gefühl. Den Rest kann sie nicht zuordnen. Wahnsinn vielleicht. Aber das will sie sich gar nicht erst vorstellen. George ist nicht verrückt. Das war er nie. Das wird er nie sein. »Oh, George.« Dann presst sie wieder ihre Lippen auf seine und diesmal erwidert er den Kuss. Schwach und noch sehr kraftlos, aber er erwidert ihn. Bis ihn die Stimme zurückreißt. Unsanft und brutal.

*Sieh mich an, George. Sieh deine Mama an. George, sieh mich an! Komm her, mein Großer. Mein Liebling. Du bist doch immer mein Liebling gewesen. Schon immer. Ich liebe dich. Du bist der beste Sohn der Welt. Jetzt komm her und setzt dich auf meinen Schoß. Komm, jetzt, George. Komm, jetzt. Gib der Mama einen Kuss. Los, George! Und dem Papa. Gib dem Papa auch einen Kuss. Du liebst ihn doch auch. Liebst du deinen Papa? George, liebst du ihn?*

*Ja.*

*Dann gib Papa einen Kuss. … Genau. Und jetzt musst du ins Bett. Papa bringt dich ins Bett. Aber vorher musst du baden. Wie du aussiehst. Du bist ganz schmutzig, George. Du bist ein kleines Ferkel, George. Papa badet dich. Los, ab jetzt. Ab, George. Geh mit Papa mit! Warte, George. Liebst du mich, George? Hast du Mama lieb? Sag, dass du mich liebst. Sag: ich hab Mama lieb.*

*Ich hab dich lieb, Mama.*

*Ich hab dich auch lieb, George.*

»Hilfe!«, keucht er auf. Erschrocken presst er sich in den Boden. So fest er nur kann. So fest sein schwacher Körper nur kann. »Das kann nicht sein. Nein. Nein!«

Susan sieht ihn verwundert an. »George?«

»Nein!« Er schüttelt den Kopf. Ganz langsam und vorsichtig. »Das kann nicht sein. Ich will nicht, dass es wahr ist. Das darf alles nicht wahr sein. Es darf einfach nicht.«

»Was denn?« Sie hilft ihm sich aufzusetzen. Gegen die Wand zu lehnen.

»Meine Mutter, Susan«, murmelt er und greift ihre Hand um sie zu drücken. »Sie liebt mich.«

Erschrocken zuckt sie zusammen. »Ja. Das hat sie immer.« Mehr sagt sie nicht. Sie nimmt ihn einfach in den Arm und hält ihn ganz fest.

# Kapitel XXI

## *Lucy*

Sie starrt ihn an.

Bewegungsunfähig.

Leer.

Kalt.

Er liegt da.

Er bewegt sich nicht.

Sie kann ihren Blick nicht von ihm nehmen.

Sie kann nicht weinen.

Sie will weinen.

Sie muss weinen!

Sie kann nicht.

Hände greifen sie.

Wollen sie mitzerren.

Wollen sie in den Arm nehmen.

Irgendwann geben die Hände auf.

Stimmen sprechen mit ihr.

Leise Stimmen, die immer lauter werden.

Irgendwann schreien sie.

Wollen sie aus ihrer Starre holen.

Zurück ins Leben.

Zurück zu irgendwas.

Leute betrachten sie besorgt.

Flüstern miteinander.

Machen sich große Sorgen.

Reden wieder mit ihr.

Aber sie kann ihnen nicht antworten.

Sie versteht sie nicht.

Ihre Stimme gehorcht ihr nicht,

selbst wenn sie etwas sagen wollte.

Alles ist verzerrt und dumpf.

Er liegt da und bewegt sich nicht.

Als wäre er … als wäre er …

tot.

Sie will zu ihm.

Ihn aufwecken.

Aus seinem Schlaf.

Sie fühlt sich leer.

Ausgelaugt.

Als würde sie tief unten im Wasser treiben.

Reglos.

Sie will ihn berühren.

Aber er liegt nur und bewegt sich nicht.

Dann wird er weggeschoben.

Auf der Trage.

Von den Ärzten.

Sie kann nichts tun.

Sie kann nur dastehen.

Sie kann nur mit ansehen,

wie er weggeschoben wird

wie Ärzte neben ihm herlaufen.

Und sie kann nichts für ihn tun.

Ihm nicht helfen.

Nichts mehr.

Auch wenn sie alles dafür tun würde.

Und er liegt nur da

und bewegt sich nicht mehr.

Er sieht sie nicht einmal an.

Er hat die Augen geschlossen.

# *6. Dezember*

# Kapitel XXII

## *George*

Nachdem er bei Susan geschlafen hat, weil sie ihn nicht alleine lassen wollte, sitzt er jetzt auf seinem Bett und öffnet den Brief. Der weiße Umschlag mit seinem Namen fällt zu Boden. In seinem Hals steckt ein Kloß. Er hat keine Ahnung, was Isaac von ihm verlangt. Das Meiste von dem Gespräch mit ihm ist einfach verschwunden. Aus seinen Erinnerungen. Als hätte es das Gespräch nie gegeben. Nur Wortfetzten sind ihm geblieben, aber sie ergeben keinen Sinn.

Er hält eine kleine Karte in der Hand. Weiß. Unschuldig. Mit nur wenigen rotgeschriebenen Wörtern darauf. Er sieht sie an, aber er versinkt zu schnell. Er versinkt wieder in seine Erinnerungen. An die Erinnerungen von gestern Abend. Susan hat ihn lange festgehalten. Ihn festgehalten und beschützt.

Vor seinen Gedanken. Vor den Schreien. Vor den Verletzungen. Sie hat ihn mit zu sich rüber genommen. Sie hat seine Verletzungen verarztet. Sie hat geweint, als sie sein T-Shirt auszog. Als sie die Wunden sah. Als sie seine Schulter sah. Aber er spürt es nicht. Er spürt gar nichts mehr. Jegliche Gefühle sind nur noch verzerrte Erinnerungen, die er nicht mehr greifen kann. Die ihm immer weiter entwinden. Die er nicht mehr einfangen kann.

*Konzentriere dich!*

Aber es geht nicht. Er kann das nicht. Er ist wieder bei Susan. Sie hat ihn in ihr Bett gelegt. Sie hat ihm etwas Haferbrei gekocht und ihn damit gefüttert.

Er hatte keine Kraft. Für nichts mehr. Selbst das Schlucken war schwer. Aber er hat es für sie getan. Für Susan. Weil sie so hilfsbereit ist. Auch wenn er sich hier gegenüber nicht immer vorbildlich verhalten hat. Sie ist trotz alldem nett zu ihm. Sie kümmert sich um ihn.

Und dann hat sie ihre Kinder weggeschickt, die auf der Bettkante gesessen und zugesehen haben. Sie hat sie einfach rausgescheucht, die

Tür hinter sich verschlossen und George angesehen.

»Schlaf jetzt«, hat sie gesagt. »Du muss jetzt schlafen. Du musst dich ausruhen.«

Er ist eingeschlafen. Aber immer wieder aufgewacht, weil er Schreie gehört hat. Aber da waren keine. Überhaupt keine Schreie. Susan lag neben ihm. Nur in einem dünnen Nachtkleid. Er wollte sie berühren. Aber seine Hand wollte nicht. Sie hat sich nicht bewegt. Und dann ist er wieder eingeschlafen. So ging das die ganze Nacht und am Morgen hat sie ihm die Decke weggezogen und ihm seine Wunden noch einmal untersucht. Sie hat nicht einmal gefragt, was passiert ist. Nicht ein einziges Mal.

*Vielleicht weiß sie es. Wahrscheinlich hat sie alles mitbekommen. Es ist ja nicht zu überhören gewesen. Alle hätte es hören müssen. Warum hat sie nicht die Polizei gerufen?*

Er zuckt zusammen. Eine Tür schlägt zu. Er sieht auf. Susan steht vor ihm. Noch immer im Nachtkleid. Es ist mit dem Frühstück der Kinder bekleckert. Mit Haferbrei. Ihre Haare sind wirr vom Schlaf. Ihre Augen funkeln begierig, als sie seinen nackten Oberkörper sieht. Sie wollen ihn, aber noch kann sie es nicht. Sie muss an ihre Kinder denken und daran, was Sid gesagt hat. »Du bist derjenige, der uns Mama wegnimmt?« Es tut ihr weh, dass zu hören. Sie muss also durchhalten. Sie will nur das Beste für ihre Kinder. Aber manchmal muss sie auch einfach nur an sich denken.

»Was hast du da, George?«, fragt sie nach einer Weile und runzelt die Stirn. Mit dem Kinn deutet sie auf die Textkarte, auf der nur vier, rote Wörter stehen.

Er senkt den Blick und liest sie endlich. Zum ersten Mal. Das Herz hört einen Schlag auf zu hämmern. Das Blut gefriert in seinen Adern. Er wird bleich.

Susan sieht es, setzt sich neben ihn und nimmt sie ihn aus den Fingern. »Das hast du nicht wirklich vor, oder George?«

Er schüttelt den Kopf. Nein, das kann er unmöglich tun. Das ist zu viel verlangt. Er nimmt die Karte und steckt sie sich in die

Hosentasche. »Isaac kann es selbst machen«, flüstert er, dreht sich zu ihr und nimmt ihr Gesicht in seine Hände. »Susan, ich wollte mich bedanken. Für alles.« Er beugt sich vor und küsst sie. Lang. Leidenschaftlich. Ihre Lippen schmecken nach Haferbrei.

Sie ist erst überrascht. Dann lässt sie es zu. Seine Hände in ihrem Gesicht. Sie spürt seinen Verband über ihre Haut kratzen. Sie spürt ihren wilden Herzschlag. Sie spürt ihr Verlangen. Sie kann nicht mehr anders. Sie drückt George zurück auf das Bett.

Seine Hände wandern nach unten. Über ihre Taille. Über ihre Beine. Bis hin zum Ende des Nachtkleides. Vorsichtig zieht er es ihr über den Kopf.

Und da ist sie wieder, während sie sich küssen und sich aneinander drücken und die Wärme des anderen an ihren Körper fühlen. Er hört sie. Aber es ist noch was anderes. Er hört mehr. Nicht nur ihre Stimme. Er hört ein Weinen. Ein schluchzendes, tiefes Weinen. Er will es ignorieren. Er will nur den Moment genießen. Den Moment mit Susan. Aber die

Stimme wird lauter. Die Stimmen werden lauter. Alle Geräusche von damals.

Das Weinen wird stärker.

Er hört seine Stimme. *Mama! Mama! Sarah weint! Mama!*

Er hört ihre Stimme. *Komm her, George. Komm mit.*

*Aber Mama. Sarah weint!*

*Ich weiß, George. Aber jetzt komm her.*

*Aber Papa tut ihr weh! Papa tut Sarah weh!*

*Ich weiß, George. Und jetzt komm her oder Papa tut dir auch weh.*

Er hört seine stolpernden Schritte über knarzendes Holz. Die Diele entlang. Sie zieht ihn hinter sich her. Schritte auf Fliesen. Die Treppe nach unten. Wieder Holz. Teppich. Sie bleiben stehen. Eine Tür knallt.

*Jetzt vergiss das, George. Papa hat nichts getan.*

*Aber ich habe es gesehen!*

*Sei still, George!*

*Aua!*

*Ja. Genau. Aua. Jetzt komm her und lass mich dich umziehen. Du sollst schließlich hübsch aussehen, wenn wir zu Oma und Opa fahren.*

*Ich will da nicht hin!*

*Da gehen wir aber hin. Du hast Oma und Opa schon lange nicht mehr gesehen. Wir fahren da alle zusammen hin. Wir alle. Als eine Familie.*

*Mit Papa?*

*Ja. Mit Papa.*

*Ich will da nicht mit Papa hin!*

*Aua!*

*Ja. Aua. Papa kommt mit. Schluss jetzt. Jetzt komm zu mir und lass mich dich umziehen.*

Er öffnet die Augen. Seine Lippen liegen noch immer auf Susans Lippen. Sie küssen sie noch immer. Er spürt ihre Haare in seinem Gesicht. Ihre Erregung. Sie ist heiß. Aber er kann das nicht. Er darf das nicht. Er darf keine Gefühle haben, denn dann kommen sie wieder. Die Stimmen. Ihre Stimmen. Und sie werden immer lauter. Immer unheimlicher. Er kann sie nicht länger ignorieren.

»Was ist los?«, fragt Susan plötzlich, als sie merkt, dass er abwesend ist.

»Ich will nicht drüber reden.« Er küsst sie weiter. Bestimmter. Inniger. So fest, dass es ihr beinahe wehtut.

Aber sie tut nichts dagegen. Sie genießt es. Endlich mit ihm zusammen. Endlich seinen Körper an ihren.

*Mama!* Er streckt die Hand nach ihr aus.

*Nein, George! Sei still!* Sie greift seine Hand und hält sie fest umklammert.

*Aber Mama! Mama! Mama! Mama!* Tränen laufen über seine Wangen.

*Sei still! George! Sei – verdammt noch mal – still! Oder willst du, dass Papa aufwacht? Antworte, George!* Sie schüttelt ihn und sieht ihn wütend an. Sie hat Angst. Sie weint.

*Nein. Will ich nicht.* Er macht sich schwer. Er will nicht mit.

*Gut. Dann komm jetzt. Wir gehen.* Sie nimmt ihn hoch, kneift ihm leicht in die Wange und geht mit ihm davon. Er sieht nicht wohin. Aber er will das nicht. Er will zurück.

Das reicht! Es ist vorbei. Mehr erträgt er nicht. Das ist genug. Nur hören ist schlimm, aber jetzt sieht er es auch noch. Das kann er nicht. Er schiebt Susan von sich.

Ihre Wangen sind gerötet. Seine ebenfalls. Schweinasse Haare kleben ihm in der Stirn. »Ich kann nicht, Susan.« Er setzt sich auf und will ihre Wange berühren. Sie beruhigen.

Sie ist verwirrt. Überrascht. Enttäuscht. Dann wütend. Sie zieht ihr Nachtkleid wieder über und schlägt hart seine Hand weg. »Was soll das, George? Willst du mich ärgern?«

»Nein. Ich« Er senkt den Kopf. »Es geht einfach nicht.«

»Du bist ein Arsch!« Sie stößt George gegen die Brust und geht. »Lass dich bei mir nicht mehr blicken.«

*Ganz toll,* denkt er. Er fühlt sich leer. *Ich darf einfach nicht mehr fühlen, dann kommt sie nicht wieder. Nie wieder.*

Das hat er begriffen. Aber er hat noch etwas anderes begriffen. Susan bedeutet ihm mehr, als er dachte. Er will sie lieben. Sie küssen. Er streicht sich langsam über die geschwollenen Lippen. Aber er darf nicht. Er will sie nie wieder hören. Seine Mutter. Er muss seinen Auftrag erledigen und dann muss er sie besuchen. Damit alles ein Ende hat. Damit alles geklärt wird. Damit er wieder Gefühl haben darf für Susan. Er muss wissen, was sie getan hat. Was sein Vater getan hat. Er weiß ihren Namen. Er hat Geld gespart. Er kann zu ihr. Er braucht nur noch ihre Adresse.

Er steht auf und zieht den Reisverschluss wieder zu. Er ist kalt. Seine Hände sind kalt. Ihm ist kalt. Er nimmt den schwarzen Pullover und zieht ihn sich über den Kopf. Dann öffnet er seine Schublade. Seine Metalldose mit seinem gesamten Geld – sie ist weg!

»Isaac!«, knurrt er wütend und schlägt gegen die Wand, sodass sie beginnt zu zittern.

*Ich werde ihn umbringen! Ihn und alle anderen Bastarde, die zu ihm gehören!*

Er geht wütend in die Küche. Aber da steht sie. Seine Metalldose mit den Bananenaufdruck. Verwirrt bleibt er stehen und nimmt sie in die Hand. Sie ist schwer. Das

Geld ist noch drinnen. Daneben ein Zettel. Er nimmt ihn und liest ihn langsam.

*George,*

*nimm das Geld und verschwinde aus der Stadt. Sofort. Isaac wird nicht zufrieden sein, mit der Tatsache, dass du lebst. Er wird dich umbringen. Er oder du.*

*Zach*

*PS. Ich habe noch etwas dazu gelegt. Das, was Isaac dir noch geschuldet hat. Er wird es nicht vermissen.*

Er starrt auf den Namen seines Bruders. »Zach!«, haucht er, dann zerknüllt er den Brief und wirft ihn in die Spüle. Er wird das noch erledigen. Er muss es einfach tun. Er muss seine Wut rauslassen. Er muss seiner Wut freien Lauf machen. Nur dann wird sie besser. Irgendwann. Er geht zurück in sein Zimmer und hebt die Karte auf. Er dreht sie um. Da steht noch mehr.

*Sie hasst dich, George. Zerstöre ihr Leben.*
*Sie bringt dich um den Verstand. Räche dich.*

Ja, das wird er. Sie bringt ihn wirklich zum Verzweifeln. Diese Lucy. Sie und ihr verdammtes Schloss. Er hat so viel Zeit damit verschwendet. So viel Zeit, die er anders hätte nutzen können.

*Sie hat es verdient.*

Er ist so betäubt von der Wut, dass er alles andere nicht mehr merkt. Es ist ihm egal, wer nun leidet. Er wird es nicht mehr. Er hat genug gelitten. Jetzt sind andere dran. Leute, die es verdient haben.

*Lucy und ihr verdammter Bruder. Er hat selber Schuld. Warum hat er sich auch von Isaac Geld geliehen? Warum hat er sich mit ihm angelegt? Er ist ein Idiot – genau wie seine Schwester. Warum kann sie sich nicht raushalten? Warum muss sie sich da einmischen?*

Er ballt die Hände zu Fäusten. Das Adrenalin pumpt durch seine Blutbahnen. Er kann es kaum erwarten. Er will es jetzt tun. Er will los. Er kann es nicht länger warten. Er packt schnell seine Sachen in einen Rucksack, stopft die Bananendose hinterher und verlässt das Haus.

Es kalt. Aber nicht kälter als sonst. Oder er merkt es einfach nicht. Er trägt ja nicht einmal einen Mantel. Er trägt nur seinen hauchdünnen, enganliegenden, schwarzen Pullover. Das ist alles an Schutz für den Oberkörper.

Mit schnellen Schritten überquert er die Straße. Er geht auf ein Auto zu. Er schlägt mit dem Ellenbogen die Scheibe ein.

Das dumpfe Pochen schwillt für einen Moment an. Dann ist es wieder weg.

Er hat einfach keine Schmerzen mehr. Und er hofft, dass sie nie wieder kommen.

Er entriegelt die Tür, öffnet sie und setzt sich hinters Steuer. Das Auto ist noch warm. Es muss bis eben jemand damit gefahren sein. Er schließt es kurz. Natürlich kann er das. Isaac hat ihm gezeigt. Einmal nur. Aber er vergisst so etwas nicht. Genau wie das Autofahren. Das hat Isaac ihm auch gezeigt.

*Isaac hat mir viel gezeigt. Er war wie mein Vater. Ein grausamer, kaltblütiger Vater. Aber wahrscheinlich nicht einmal schlimmer, als mein richtiger Vater.*

Der Motor springt tief brummend an. Er gibt Gas. Auf den Schnee rutschen die Reifen, aber es dauert nicht lange und da hat er das Auto unter Kontrolle. Vollkommen unter Kontrolle. Das Leder des Lenkrads ist kalt an seinen Fingern, aber das ist doch nun wirklich egal. Er spürt wie sein Herz schneller schlägt. Er drückt das Gaspedal durch. Mehr Adrenalin. Mehr Geschwindigkeit. Er lacht kurz auf. Ein gefühlsloses, kaltes Lachen. Dann ist es wieder verschwunden. Nur die Schreie sind noch da. Sie hängen wie Eis zwischen ihm und der Vergangenheit. Seiner Vergangenheit.

*Aber nicht mehr lange. Ich werde Liv Morrissey finden und sie zur Rede stellen. Ich werde alles erfahren. Sie muss es mir erzählen. Ich bin ihr Sohn. Ich bin ihr Liebling – das war ich schon immer.*

Er lacht noch einmal kurz auf. Dann lässt er das Fenster ganz auf. Die zertrümmerte Scheibe fährt langsam nach unten. Auch das Fenster auf der anderen Seite verschwindet wie von Zauberhand.

Die Dezemberluft ist so eiskalt, dass er davon Kopfschmerzen bekommen hätte. Aber er spürt nichts. Nur ein dumpfes Pochen in den Schläfen.

# Kapitel XXIII

## *Lucy*

Es ist Mittag. Ihre Beine sind steif vom Sitzen. Ihre Gelenke auch. Alles. Sie steht auf und geht einige, langsame Schritte. Das Linoleum quietscht unter ihren Schuhsohlen. Draußen ist es hell. Es schneit nicht – was ungewöhnlich ist.

*Aber es ist sowieso nichts mehr richtig. Alles ist durcheinander.*

Sie seufzt und wirft einen besorgten Blick aus dem Fenster. Die Sonne scheint. Strahlendblauer Himmel.

*Es ist viel zu schön für einen so schrecklichen Tag. Alles ist viel zu schön.*

Sie lässt sich wieder auf den Plastikstuhl fallen und starrt auf die Tür mit der Aufschrift:

**Patientenzimmer 102**

Sie hört Stimmen. Die Ärzte. Vincents Vater, der seit Stunden schon hier ist. Genau wie sie. Sie hat sich nicht abwimmeln lassen. Sie will zu ihm. Zu Vincent. Auch wenn die Ärzte es noch nicht erlauben. Sie sagen, dass er Ruhe braucht. Dass er erst einmal zu sich kommen soll. Dass es besser ist, wenn sie jetzt nach Hause geht und morgen noch einmal wiederkommt. Aber sie will nicht gehen.

*Er ist schließlich mein Freund.*

Sie hört Schritte und sieht auf. Aus Vincents Zimmer kommt ein kleines Mädchen. Blass. Dünn. Mit einer dicken Mütze auf dem Kopf. Seine kleine Schwester.

*Seit wann ist sie denn da? Ich hab doch nur kurz geschlafen. Aber vor zwei Stunden.* Lucy setzt sich gerade hin und legt den Kopf schief, als dieses kleine, kranke Mädchen auf sie zukommt.

Sie wirkt traurig und müde.

*Genau wie ich.*

»Hallo, Lucy«, murmelt sie und setzt sich neben sie auf einen der Plastikstühle. Sie baumelt mit den Beinen. Ihre Fußspitzen berühren nicht einmal den Boden.

Lucy versucht sie zu ignorieren. Sie will sich nicht mit ihr streiten. Sie will nur in Ruhe gelassen werden. Warten. Warten bis sie endlich zu ihm kann.

»Es tut mir leid, Lucy«, sagt Vincents Schwester plötzlich. »Ich war mies zu dir. Das war falsch. Ehrlich. Tut mir wirklich leid.«

Sie dreht den Kopf und mustert Anna. »Schon gut. Ich verstehe dich. Du willst ihn nicht verlieren und ich habe alles nur noch schlimmer gemacht. Ich wette, du hasst Krankenhäuser.«

Anna schüttelt leicht den Kopf. Ihre Augen funkeln so grün wie Vincents.

*Oh, Vincent!*

»Krankenhäuser helfen mir noch weiterzuleben. Sie werden Vince auch helfen. Keine Angst. Er wird es schaffen.« Anna nimmt Lucys Hand und tätschelt sie sanft. Warm und weich sind ihre kleinen, dürren Finger. Ganz anders als erwartet. »Du solltest nach Hause gehen. Papà hat gesagt, dass es noch etwas dauert bis du zu ihm kannst. Aber ich rufe dich sofort an. Sag mir einfach deine Nummer.«

Sie blinzelt verwundert, sieht auf Annas kleine Hand hinab und fragt sich, wie dieses kleine, gutmütige Mädchen sterben kann.

*Das ist einfach nicht gerecht. Sie ist doch so liebevoll und nett. Jetzt jedenfalls.*

»Danke, Anna.« Lucy steht langsam auf und sagt ihr die Nummer. Dann verlässt sie das Krankenhaus. Auch wenn es ihr schwerfällt. Sie will ihn eigentlich nicht zurücklassen. Immerhin hat sie Hilfe geholt. Eigentlich ist sie nur in eine völlig überraschte alte Frau hineingerannt, als sie die Tür am Ende des Ganges aufgestoßen hat. Die Oma hat den Krankenwagen angerufen. Sie selbst hat die Tür aufgeschlossen mit einem Schlüssel, den die Oma ihr gegeben hat und hat sich neben ihn gesetzt und seine Hand gehalten. Mehr konnte sie nicht tun. Aber jetzt fühlt sie sich etwas stärker. Nicht besser. Aber sie vertraut Anna. Sie hat etwas an sich, dass ihr ein Wenig mehr Hoffnung gibt.

*Sie ist toll. Kein Wunder, dass Vincent sie liebt.*

Der Weg kommt ihr unendlich lang vor. Die Straßen wollen einfach kein Ende nehmen. Die Sonne scheint so hell, dass sie die Augen zusammenkneifen muss. Der über Nacht gefallene Schnee verstärkt das gleißende Licht auch noch. Aber irgendwann kommt sie an. Sie hat eine Hand schon auf der Türklinke, aber sie wird schon vorher aufgerissen.

Ihre Mutter steht ihr gegenüber. Wütend. Stocksteif steht sie da. »Reinkommen, Fräulein!«, presst sie mühsam hervor, damit sie nicht sofort rumschreit.

*Oh, je.*

Mit hängendem Kopf folgt Lucy ihr in die Küche.

»Setz dich hin.« Ihre Mutter verschränkt die Arme, wartet bis sie sich auf einen der Küchenstühle gesetzt hat und baut sich dann vor ihr auf. »Was fällt dir ein! Du kommst tagelang nicht nach Hause und jetzt schwänzt du auch noch die Schule! Sei froh, dass wir nicht die Polizei gerufen haben. Da kannst du dich wirklich bei deinem Vater bedanken. Er hat gesagt, du tauchst schon wieder auf. Und wie du überhaupt aussiehst! Ist das da ein Pflaster?« Sie nimmt grob Lucys Gesicht in ihre Hände und dreht es so, dass sie das große Pflaster auf ihrer Schläfe sehen kann. Ihre Lippen wurden mit zwei Stichen genäht. Sie sieht schlimm aus. Nachdem der Krankenwagen kam, haben die Ärzte sie untersucht und verarztet. Ihr war gar nicht klar, wie schlimm sie aussah, wie die beiden Kerle sie verletzt hatten.

»Es tut mir leid«, murmelt sie und sieht auf.

»Es tut dir leid? Wir haben uns solche Sorgen gemacht! *Ich* habe mir solche Sorgen gemacht! Dein Vater hat immer nur gesagt: ›So sind Teenager. Sie taucht schon wieder auf. In ihrem Alter war ich genauso.‹ Du bekommst Hausarrest. Für den Rest deines Lebens. Hast du noch etwas zu sagen?«

»Lass es mich erklären.« Lucy holt tief Luft. »Vincent und ich«

»Wer ist Vincent?«, unterbricht ihre Mutter sie sofort. Aber ihre Stimme ist weicher geworden. Als hätte sie die Wut rausgelassen.

»Mein Freund. Wir wurden überfallen, als wir im Stadtarchiv waren und etwas recherchiert haben. Wir waren eingesperrt und konnten nicht raus. Irgendwann konnte ich dann Hilfe holen. Er liegt im Krankenhaus. Ich wollte ihn nicht alleine lassen.«

Ihre Mutter ist ganz blass geworden. »Oh, Lucy!«, seufzt sie und nimmt sie in den Arm. »Oh, meine Lucy.« Ihre Hände sind dünn und warm, als sie Lucy die Haare aus dem Gesicht streifen und sie ansehen. »Erst dein Bruder und jetzt du. Es ist alles so schrecklich im Moment. Ich kann einfach nicht mehr klar denken.«

Sie sieht ihre Mutter ernst an. »Was ist mit meinem Bruder?« Ihr Herz schlägt schneller. Diese panische Angst kommt wieder. Sie überfällt sie und sie muss sich am Tisch festhalten, damit sie nicht vom Stuhl fällt. »Was ist mit Tristan?«

Ihre Mutter setzt sich auf den Stuhl. Gegenüber von ihr und knetet ihre Hände. Sie schweigt. Tränen treten in ihre Augen.

»Was ist mit Tristan?«, fragt Lucy noch einmal. Lauter. Wütender. Ängstlicher. »Was hat er?«

Ihr Vater kommt aus dem Flur. Auch er hat Tränen in den Augen, aber er weint nicht. Nicht so wie ihre Mutter jetzt.

Ihr Herz krampft sich zusammen. Ihr Bauch wird zu Blei. Ein schwerer Bleiklumpen. Ihr wird schlecht. »Was ist mit Tristan?«, wiederholt sie noch einmal. Diesmal leiser. Flehender. Den Tränen nahe. Wenn sie ehrlich ist, will sie es nicht hören. Egal wie schlimm es ist. Sie will keine Probleme mehr. Sie will sich einfach nur die Decke über den Kopf ziehen und sich unter ihrem Bett verstecken. Für immer. Bis alles wieder in Ordnung ist. Aber so geht das nicht. Das weiß sie selbst. Sie kann sich nicht mehr verstecken. Besonders nicht jetzt, wo alles ins Wanken gerät. Ihr ganzes Leben. Es ist alles so unheimlich schlimm und kompliziert.

»Hör zu.« Ihr Vater legt ihrer Mutter die Hände auf die Schultern. Sie zittern leicht. Er schweigt eine Sekunde. Seine Adern am Hals sind hervorgetreten. Seine Sehnen sind auf den Händen und sein Kiefer ist schmerzhaft angespannt. Seine Wangen sind gerötet.

»Sag es mir«, flüstert Lucy und sieht ihn mit großen, traurig glänzenden Augen an. »Bitte.«

Ihr Vater holt noch einmal tief Luft. Sein Blick ist so unendlich traurig, dass ihr Herz alleine bei seinem Anblick noch mehr zusammenkrampft. Dann öffnet er den Mund. Nur langsam kommen die Wörter heraus. Langsam und qualvoll. »Lucy, dein Bruder hatte einen schrecklichen Unfall. Ein Auto hat ihn angefahren.« Eine Träne löst sich und rollt seine Wange hinab. Seine Stimme zittert und bricht, als er weiterspricht. »Wir wissen nicht, ob er überlebt hat.«

# Ende

## Key Seeker

## Nächte im Schnee

Printed in Poland
by Amazon Fulfillment
Poland Sp. z o.o., Wrocław